山之口貘全小説
沖縄から

山之口貘

河出書房新社

装幀——水上英子
カバー写真©ＰＩＸＴＡ

山之口貘全小説　沖縄から

無銭宿

父との話は、月に三十円ずつ、送金してもらえることにきまり、念願叶って、ぼくは絵の勉強のためにはじめて上京することになったのである。大正十一年の初秋なのである。詰襟の霜降りの服に、リボンなしの形のくずれた黒のソフト帽子、ズックの赤靴、というような風体で、柳行李を肩に、バスケットを片手にぶらさげて、東京駅に降りたのは夜なのであった。しかし、迎えに来てくれる筈の友人、我謝君の姿は一向に見えなかった。ぼくは、構内の一隅に、バスケットと柳行李を置いて、そこに突っ立ったまま、我謝君の姿の現われるのを待っていたのだが、待っているうちにいよいよ来てくれそうもないとわかると、急に、こころぼそくなってしまって、いっそのことこのまま、国へ引っ返そうかともおもったりなどして、ぼくは意気地もなく郷愁に襲われたのである。するとそのとき、うしろの方から声をかけられた。

にいさんどこまで行くんだい。というのである。振り返ると、人力の車夫がしげしげと見ているのだ。ぼくはこれでも、自分が田舎者であることは出来るだけ人に見せまい気づかれまいと、なにかにつけ気を配ったつもりで、そっとそこに立ってはいたのであるが、車夫に発見されて赤面してしまった。それでも、金三円也を投じて、その人力に乗せてもらい、夜更けの街々を縫って、どうやら我謝君の宿まで届けてもらったのである。我謝君の宿は、早稲田戸塚町の、諏訪神社裏の釣堀のある家で、かれは、そこの二階に下宿していた。ぼくとは、小学時代に仲のよかった友人で、かれは小学を卒えて郷里を去った。そして、佐賀の中学を経て、東京の大学生になっていた。その間ずっと折りにふれては、ぼくに便りをくれていたのである。かれの便りはほとんどが、虫や空や樹木などのある季節々々の色彩でいっぱいなのであった。かれはまた、南方産にしては珍らしいくらいに、生れつきの色白で、東京で見る久し振りのその顔は、眩しいほど格別に美しくなって光っていた。

知らせてくれれば駅まで迎えに行ったのにと、我謝君はぼくに言った。ぼくは、車中で知り合った青年のことを思い出さずにはおれなかった。青年は、途中下車と称して大阪で汽車を降りたが、電文を書き込んだ頼信紙に電報料を添えてその青年にあずけたのであった。それもすすんでぼくから頼んだのでもなかっただけに、青年の親切にやられた感じなのであった。その夜、寝ながらの話に、目下ある女性から求愛されて困っていると我謝君は言って、実はそれがこの下宿の娘できれいな娘なんだと言った。ぼくはそれを音楽にでもきいているかのように、我謝君の仕合わせ、東京の仕合わせを、こころもちよく耳にしながら寝入ってしまった。

ぼくは我謝君に引っ張り廻されて、靖国神社を見たり神田の本のにおいのなかを歩いたりした。ある時は銀座へ出て、我謝君はぼくに、毛利の肉饅というのを食わせた。それから浅草の観音さまや十二階や金竜館なども見せてもらった。金竜館のオペラでは、舞台に出て来た女優にむかって、アイコ　アイコオとみんなが叫んでいた。

十月のはじめになって、我謝君のところから、本郷の湯島新花町に変った。玉成館という下宿屋の二階の三畳で、下宿料二十三円なのである。窓を開けるとそこには青桐の梢があった。ぼくは早速、郷里へ知らせて金の催促をしたり、郷里から持ち越した油絵の、福樹のある風景に手をいれたりした。この絵は後になって我謝君に所望されてかれに贈った。ここに来てからは、矢張り同郷の友人で須南君が時々訪ねて来るようになった。須南君は、首里の中学を途中でやめていたのだが、上京してまた中学生になっていた。父からは、約束の金がなかなか来なかった。月末に近くなるにつれて、そのことばかりが心配になって来たのである。そこで、ぼくは打電してみたのであるが、金も来なければなんの便りも来なかった。思い余って、訪ねて来た須南君に事情を話すと、なんとかなるから俺んとこへ来いよということになって、菊坂のかれの下宿に変ったのである。ぼくはとりあえず、新花町の下宿から菊坂の下宿に移って来たことを郷里へ知らせて、新花町の下宿代を須南君に立て替えてもらったことを書き添えて更に金の催促をしておいたのである。ぼくはこの下宿から、すぐ近くにある洋画研究所に通うことになって、またデッサンの真似ごとをはじめた。またというのは、中学生になってまもなくの頃から、アグリッパの石膏像を父にねだって、上京直前までつづけていたからなのである。下宿から、下宿屋と下宿屋の間を出ると、右は平坦な途、左はだらだらの下り坂で、下宿から出たところは丁度この坂のうえなのである。ここから見える富士は、すでにその頭が白くなっていた。だらだら坂を下りると突きあたりに交番があって、右への道路は下り加減で餌差町の方へ、左の上り加減の道を行くとその出外れの右角が燕楽軒というカフェー、そこを右へ曲ったところが本郷三丁目の交叉点なのである。更にそこから、上野広小路の方向へ一寸《ちよ》《つと》行った右手の横町を這入ると、洋画研究所はすぐ左側なのである。ぼくはここで、木炭の音に陶酔しては、また、だらだら坂をのぼって帰るのである。
ある夜、雪が降った。ぼくには初めての雪なのである。須南君は、その雪をぼくに見せるというのであろう。窓を開けっ放しのまんま戻って来て、また火鉢に手をかざしたが、
忠臣蔵を思い出すだろう。とぼくに言った。ぼくはうなずいて須南君に、君もはじめての時はそうだったのかときくと、
民族はみんな忠臣蔵だ。と言って須南君は笑った。この民族というのは、つまりは、須南君やぼくなどの属している民族のことで、南方、亜熱帯の洋上にうかぶ珊瑚礁に住んでいるために、雪を知らずにいるのだが、それでも、忠臣蔵の時には紙製の雪が降るのであった。
雪は、しばしば降って、マント姿の波里さんが、ぼくの下宿に訪ねて来るようになった。波里さんは、五年ぐらいぼくの先輩で、郷里では隣り近所や友人間に、風変りな人として見られていた。夜更けになると、かれは蛇皮線を肩にして出かけては、海岸の崖下の洞穴のなかで暮らし、夜明けに、またその蛇皮線を肩にして帰ってくるというような調子なのであった。かれは上京して、私立の音楽学校に通っていて、訪ねてくるたびにいつも、マントの下からヴァイオリンのケースをのぞかせていた。ぼくは下宿の借金を、須南君の顔で翌年に持ち越すことが出来た。ぼくは父との約束を諦め切らずにいたのだが、電報も手紙も役に立たなかった。下宿からの催促を受けるたびに、須南君も懸命になって言い訳をしてくれるのだが、加速度的に催促を受けるようになったのは、二月の末頃からなのである。ぼくは次第にやけくそになって、しまいには絵具箱だの画架などみんなぶち毀してしまった。もう絵なんかやめてしまうというわけなのである。それを、訪ねて来た波里さんが見て、そんなことしたって下宿料がどうにもなるもんじゃないよと言って先輩らしく笑った

が、どうせこんなところは暴利を貪っているんだからと言い、
　俺なら消えてみせるよ。と波里さんが言った。ぼくは、須南君の世話でこの下宿に来たことをおもわずにはいられなかったが、あとは引受けるから心配するなと須南君は言うのである。そこで、ぼくは、波里さんの暗示にかかったまま行動に移ることになったのである。約束の日の夕方になって、マント姿の波里さんはやって来た。いつも、マントの下からのぞいている筈のヴァイオリンのケースが見えないのは、なにかにつけ邪魔になってはとおもってのことかも知れない。須南君は、そわそわしながらにこにこしていた。波里さんは一服つけながら、ぼくに、荷物は？　ときいた。
　荷物なんかいらんですよ。と答えると、
　馬鹿を言いなさんな持てるだけの物は持つんだ。と波里さんは押しつけるみたいに言って、またここに帰ってくるのでもあるまいし。とつぶやいた。しかし、ぼくにしてみれば、逃げるつもりで逃げるのではないので、荷物まで持ち出すにしては、下宿の借金に義理を感じ過ぎているくらい気の咎めるところがあるのであって、事実、ぼくとしては、お金の都合のつくところどこからでもすぐに引っ返して来たい気持でいっぱいなのである。時間が時間なので、部屋々々に膳を運んでいるらしく、廊下には女中さん達のスリッパの足音がきこえた。スリッパはこちらにも近づいて来て、障子が開いた。意外にも、膳のうえには一本ずつの銚子がついているのである。女中が出て行くと、ぼくらは顔を見合わせてふき出してしまった。
　まあまあ夕めしでも食ってからのことだ。とそう言って、須南君がいつのまにやら大人びていたのである。飲んで食って雑談の後、そろそろ支度にかからねばなるまいと、波里さんがまたしても、荷物のことを言い出したのである。かれは立ち上って勝手に押入を開けたかとおもうと、振り返っ

て、ぼくのことをその眼で促した。ぼくは立って行った。荷物といっても、柳行李のなかとバスケットのなかにあるだけのものなのであった。波里さんは行李を開けると、中を引っ掻き廻わしてそこらに散らかしはじめた。シャツや猿又やズボン下や、四枚か五枚ほどの衣類なのである。ぼくは、それらのものを風呂敷に包もうとした。するとそれを、波里さんが制して、駄目だ荷物にするのはまずいんだ。と言った。かれはそれらのものを、着られるだけ着ろとぼくにすすめるのである。ぼくは、卯年持ち前の性格からも、波里先輩の暗示に対してはすぐに従順になるのかも知れないが、それにやけくそも手伝い、その上、のんだ一本の酒からも次第に調子づいて来たのかも知れなかったのである。ぼくは、まず、着ていた霜降りの服を脱ぐと、猿又やシャツやズボン下と、行李のなかから出たものを重ねて着たり穿いたりして、また霜降りの服を着たのである。その間に、波里さんは、じぶんでもその紺サージの服のうえから、浴衣や単衣物などを重ねて着てしまった。かれは、ズボンのバンドを外し、重ねた着物の前をかき合わせるとそのうえからバンドを締めなおした。そこで、かれは、まるで手本を示したように、ぼくにもそうしろというのである。ぼくは、かれを真似て、久留米絣《がすり》の袷《あわせ》と羽織を服のうえに重ねて帯を締めた。あとは、蒲団と毛布なのであるが、蒲団は、須南君が一役買って出て、部屋の窓から下宿の横の路地へ細紐で下ろしてくれることになった。波里さんは、毛布を畳のうえにひろげていたが、適宜の幅に折ると、それをかれ自身の胴にくるくると巻きつけて麻紐を帯にして結わえたのである。

ふたりが、それぞれマントを肩からかけると、それぞれの奇妙な恰好が、すっぽりと隠れてしまった。波里さんはまだ足りないみたいに、ほかにはもうなにもないのかときくのだが、ぼくはもう懲りていたのである。しかし、かれは、もう一度バスケットのなかを開けて、取り出して見せたのが庖丁と、一枚ずつ紙にくるんであった五枚ばかりの皿なのである。そんなものいりませんよというと、波里さんはまるでそれを自分ごとのように、いやいるんだといいながら、毛布の懐に庖丁を差し込んだかとおもうと、皿を三枚ばかり頭にのせて、ソフトの帽子をうんと眼深かに被ってみせたのである。ぼくには、それが、なんのことだかわからなかったが、波里さんは、それを、誰が見ても手ぶらにしか見えないだろうと云い、出かけるところを廊下や玄関で、誰かに見られないとも限らないからと言うのだ。云わば、こうして、持てるだけの荷物を持ったかれが、人目には、手ぶらみたいに見せかけるための苦心の技術なのであった。

波里さんは、またしても、残りの皿をぼくに差し出したのだ。ぼくは、このような、かれの仕種の一々に、金持ちの伜としてのかれの育ちを見るようで、自他を乗り越えてくる猛烈なその物欲のようなものには、こころひそかに反撥を感じないわけでもなかったのであるが、ここまで来ては、ついに、道化なのだ。いまは、まるで、あべこべに、波里さんからかれの手伝いごとを強いられたおもいでいっぱいになったが、渡されるままに、ぼくもその皿を頭にのっけると、ソフトの帽子を、うんとやけくそに眼深かに被ったのである。

ぼくは、その夜、菊坂の下宿から姿を消してしまった。むろん、波里さんといっしょに暮らすことになったのである。かれは、駒込片町の荒物屋の二階に間借りしていた。電車通りに面した東向きの六畳間で、足の踏み場もない部屋なのである。隅っこの畳が一枚、壁に立てかけられていて、そこの床のうえには、楽譜のようなものばかりを山みたいに積んである。見渡すと窓際の方から、炭俵をはじめ、鍋、釜、七輪、火鉢と、その他の、ろくに洗ったこともないみたいな、炊事道具の群が、楽譜の山の裾まで乱れながら及んでいるのである。波里さんは、胴に巻きつけて来た毛布を、その持主には無断で早速絨毯がわりにして使った。庖丁も皿も同様の運命を辿った。かれの口からはたびたび、エルマンだのジンバリストだのが出て来た。かれは、いつも、突然立ち上るみたいに立ち上って、ヴァイオリンを肩に、手首をふるわせるのである。こうした暮らしのなかでも、郷愁は、時にふたりを襲って来た。そんなとき、波里さんはヴァイオリンを胡坐《あぐら》の膝のうえにのせて、ほんとうは楽器のためにはよくないのだがと言いながら、それを蛇皮線のかわりに爪弾きをはじめるのだ。かとおもうと、ある時は、街々の縁日や、浅草、銀座の雑沓のなかに、かれはぼくのことを誘い出すのだが、そこにうごめく群衆を、波里さんは顎で示しながら、ねえ君、あれだけのなかから抜きん出るということは大へんなことだねえ君と言ったりして、野心とも慨嘆ともつかない混ぜものみたいな言葉をもらすのである。ぼくはぼくで、出掛けるたんびにいつでも、こころの隅でおどおどしている自分の姿を見逃がすわけにはいかなかった。菊坂の下宿の、おじさんかおばさんか、その息子か、あるいは、女中か下宿人の誰かに、途中、ばったり逢わないとも限らないからなのである。

荒物屋の二階には、梯子段を距だてて、外にも一人の間借りのひとがいた。中年の婦人なのである。職業婦人らしく、朝出かけて、暮れ方になって帰って来た。その婦人と波里さんとは、ひとつ屋根の下にいながら、たがいに顔と顔とが合っても、どちらも妙に知らぬ顔で通しているのである。ぼくが、ここに来たばかりの時、朝の小用のために襖を開けると、むこうの襖も開らくところであった。ぼくは、お早ようですと言って、挨拶しないわけにはいかなかったが、婦人はだんまりと避けるようにして、さっさと、ぼくよりも先に梯子段を降りて行った。戻ってくると、波里さんはいかにもぼくに不服らしく、挨拶などしてやる必要がないと言った。ぼくは、特に必要があって挨拶したのではなかったが、その婦人のことを、波里さんによれば、うるさい奴でいやな奴だというのであった。

ところが、あるときのことなのである。ヴァイオリンの音に、ぼくの眼が覚めたのだ。夜更けというのに、突然また、立ち上ったのであろう。火鉢の側には、波里さんが立っていて、手首をふるわせてやっているのだ。その姿は常識では到底、わかりかねるほどのまぶしすぎる光景なのである。ぼくは、啞然として、蒲団の隙間からのぞいているより外はなかった。すると、隣りの部屋の方から、

うるさあいッ。と叫ぶのが聞えて来た。まるで、張り裂けるような婦人のこえなのである。なにをッという気配がしたかとおもうと、ヴァイオリンの投げ棄てられる音がした。つづいて、ぼくの枕元を、荒々しく飛び越える跫音がして、ひらいた襖の柱にぶつかる音がした。ぼくは、それらの音をききながら、波里さんがその婦人のところへ、殴り込むのではないかとおもっていたのだが、かれは入口に立ち止まったらしく、

うるさかったら出て行っちまえ。と呶鳴り返したのであった。しかし、婦人は、それっきり応えなかったのである。ぼくには、ふたりのいきさつがはっきりした。婦人は、波里さんのことをうるさがって、波里さんからうるさがられているのである。波里さんは、火鉢の側に戻ってくると、そこに胡坐をかいてお茶などのんでいる様子なのであったが、時計を見たらしく、まだ十二時前じゃないかと、ひとりごとを言ったりして、しばらくは昂奮のほとぼりの中にいた。

それから幾日も経たないうちに、波里さんは、荒物屋の二階を追ん出されたのである。家主は、もちろん、二階の婦人のことは黙っていたが、隣り近所がどうもうるさいんでと言った。

波里さんは、駒込中里に一軒の家をみつけた。ふたりは、手車を借りて来て、荒物屋の二階の荷物を運んだ。波里さんは車をひきひき、荒物屋をそそのかしたのはあいつなんだと言って、二階の婦人のことを思い出していた。

駒込中里の家は黴くさかった。平屋なのである。玄関を這入って、上ったところが三畳の間で、右隣りは障子を距てて板の間、むこうは障子を距てて六畳間なのである。六畳間に這入ると、前面の左側に一間の押入、その右隣りが、襖のひらきになっていて、便所なのである。東は押入と便所で、西は玄関、北は壁、六畳間と台所が南に向いていて、南を開けるとすぐ眼の前に省線の線路がある。家のなかは、どこをのぞき、どこに立ってみても、黴のにおいだらけなのである。波里さんはこの家を、存外、気に入っていると見えて、繰り返し繰り返し、理想的な家だと言った。第一、かれには、荒物屋の二階のうるさい婦人から解放されたよろこびであって、隣り近所は離れているし、昼でも夜中でも、存分にヴァイオリンの相手が出来るのだと言って張り切った。話をしているとその話が、なんどもなんども省線の音に揉み消されるので、勉強にはあれがうるさいですねえと言うと、波里さんは、ここだとばかりに真顔になって、

人のうるささにはがまんも出来なくなるが、省線の音などは馴れるときこえなくなるものだと言ったりした。だが、ぼくは、この家に来てから、ねむれない夜がつづいた。省線の音がきこえると、近づくにつれて頭の上にのしかかってくるようで、跳ね起きたい衝動に駆られたりした。ぼくはつとめて、電車は、線路の上に走っているものだと考えることによって、跳ね起きたい衝動を抑えることにした。何日か経って、ねむれないことを、波里さんに訴えると、

君もそうか。と波里さんも言った。ぼくらはそれを、電車の音に馴れないせいなのかも知れない

のだと語り合って、いまに馴れてしまえば、頭の上に電車がのしかかって来ても、鼾《いびき》をかいて寝ているのかも知れないなどと言ったりした。しかし、ある夜のこと、珍らしくぐっすり寝込んだところを、波里さんに肩をゆすぶられて、ぼくは眼を覚ましたのである。波里さんは、ぼくに並行したまま腹這いになっていた。かれは緊張した面持ちで、ぼくに眼くばせをして、そっと、枕元のむこうを指差してみせた。ぼくもだまって腹這いになり、かれの指の誘う方へ眼をやった。そこは、便所なのである。ふたりは息をこらして見ていたのであるが、ふと、ぼくの、身の毛がよだって来たのである。そっと、便所の襖が開いたからなのだ。それが、二寸か三寸ほども開いたのだろうか。その時、波里さんが、蚊帳から飛び出して行って、襖を、ぐっと大きく開いて見たのだ。かれは、なかの様子を検《しら》べて、首をかしげて出て来ると、襖を締めて蚊帳のなかに這入って来た。別に、変ったこともないのに襖のひらくのが変なのだと、ふたりはそればかりが不思議なのであった。というのはそもそも、日常、その襖の開閉には、こころもち、持ち上げるようにする操作を必要とするからなのだ。にもかかわらず、音も立てずに、襖が、ひとりでにそっと開いたのである。波里さんは、枕元にあったマッチを手にすると、また、起き上って蚊帳を出て行った。かれは、便所の襖を開けると、マッチの軸を、五本も六本も束にするようにしては、火を点けて、天井を見上げたり隅隅を見廻したり、足もとの暗い穴のなかを照らしては、なんども、そこをのぞきこんだりした。

　それでも、日は経った。電車も、その線路から飛び出して、頭のうえにのしかかって来そうな気配などしなくなって、睡眠や話の外側をおとなしく往ったり来たりした。たとえ、眠れない夜があっても、ぼくらはそれを、電車のせいにするのでもなく、便所の襖のせいにすることもなかった。そんなときには、ふたりとも、神経衰弱だと言い合ったのである。

その頃になって、須南君が訪ねて来た。かれとは、菊坂の下宿を出てからはじめてなのであった。かれは、片町の荒物屋できいて知ったと言った。ぼくは、郷里へ帰る旅費のことについて、かれに相談したいとおもいながら、その下宿へ、手紙も出せず訪ねて行くことも出来ないで困っていたのである。かれは、その後の下宿のことをぼくに報告した。下宿のおじさんが、いちど、神保町で、ぼくの姿を見かけたというのである。ぼくが、駿河台方面へ向って歩いているところを、日比谷行の電車に乗っていて、生憎と、電車が動き出してから、窓から見たと云って、おじさんが残念がっていたというのである。それは、明らかに人違いなのであるが、だから、うっかり道も歩けないものだとぼくはおもった。須南君の話によると、ぼくが、姿を消した翌日から、夜になるといつも、女中かおばさんが、まだ帰りませんか、と言って、須南君の部屋をのぞきに来たのだが、一週間ばかりして、おじさんが、荷物はあるんですかと言って確かめに来たというのであった。ところが、柳行李は空っぽだし、バスケットも空っぽだし、おまけに蒲団もないし、これだけのものを持ち出したのだから、知らない筈はないでしょうと言われて、須南君も困ったのであるが、知らなかった気がつかなかったで白ばっくれてその場を通しちゃったと須南君はぼくに話した。須南君は、一通りのことを話し終ると、ぼくみたいな者をそのままにして放って置くと、癖になって、同業者が迷惑するから、警察の手を借りて懲らしめてやるんだと、下宿では言っていたというのであった。ぼくには、その警察はどこの警察なのか見当もつかなかったが、警察ときいては、すっかりおびえてしまって、郷里へ帰り次第は何を措いても第一にこの下宿の借金を解決しなくてはなるまいとおもった。須南君は、ぼくの頼んだ旅費については、すぐにというわけにはいかないが、そのうちに片道ぐらいの分は引受けるからと約して帰って行った。その旅費は、大阪までの汽車賃と、大阪から郷里までの船賃で二十四、五円もあれば充分なのである。この旅費のことについては、波里さんにも、過日、頼んではみたものの、かれは、ずっと前から、ぼくには金を貸さないことに定めているらしく、たとえば、七銭貸してくれと言うと、これを喫《す》えよと言って、かれは、かれの朝日の煙草をすすめるのである。朝日という煙草は、ゴールデンバットをのみつけている口には、紙くさくてまずかった。あるとき、バットを喫いたいと言うと、これを喫えよと言って、かれは朝日を差し出すのであった。いつぞや、友人を訪ねて九段まで行きたいからと、電車賃をたのんでみたところ、九段なら歩いても大したことはないよとやられて、ぼくは、駒込と九段を徒歩で往復した。もっとも、居候のくせに、煙草銭も電車賃もあったものではないかも知れないのだが、それが、居候以前からのことなのである。まして、帰郷の旅費となると、一個七銭也のバットや片道七銭の電車賃とは違うので、到底、貸してくれる見込みはないものと思いながらも、ぼくは、郷里へ帰りたい一心のために、波里さんにも当って見なければならなかったのである。そこで、ぼくは、郷里へ帰りたいとおもっていること、帰って家の様子を知りたいとおもっていること、その上で、将来への自分のすべてについて、考えなおしたり、出なおしたりしたいとおもっていることなど、一々話した上で、旅費のことを頼んでみたのだが、波里さんは、東京にいろよと言った。ぼくは、片道の旅費でいいのだからと帰ったらすぐに返すからと、繰り返し頼んでみたのだが、東京にいろよ一点張りで、金のことは一向見ぬふりなのであった。しかし、その旅費の心配は、須南君のおかげで要らなくなったのである。ぼくは、上京以来、落着いた気持になったのは、まさに、この時がはじめてなのであった。ぼくは、世界が明るくなって来たおもいで、詩稿の整理をしたり、「昼は空っぽである」とか「夜は妊娠である」とかいうような、その題からして自分ながら明るい感じになって来たような詩など書いたりして、帰郷の日をたのしみに待っていた。
波里さんは、相も変らず、毎日、手首をふるわせていた。かれは、洗濯屋さんだの八百屋さんだのの声が、玄関や勝手口にする時にも、ヴァイオリンを片手にして用を足したりした。
ある日の夕方、石油コンロの石油を購《あがな》いに、ぼくは、一升壜をぶらさげて、玄関へ降りたところ、丁度、そこへ、客が来た。波里さんの従兄で、保多氏夫婦なのである。保多氏は小学校の教師であった。波里さんが、一軒の家を借りたときいたので、日曜日を利用して遊びに来たというのであった。ぼくは、一寸失礼して、そのまま石油を買いに出掛けたのである。まもなく、ぼくは帰宅して、コンロに石油を入れたり薬罐をかけたりして、お茶の支度に取りかかっていた。六畳間の方が、いやにそわそわしているとおもったが、波里さんが引きとめるのもきかずに、保多氏夫婦は、あたふたと帰ってしまったのである。ぼくには、なにがなんだかさっぱりわからなかった。ただ、あたふたと帰って行ったのである。ぼくは、呆気にとられて、台所の障子を開けっ放しにしたまま、突っ立っていた。波里さんは玄関の鍵をかけると、六畳間へ引っ返しながら、ぼくに手招きをした。黙黙としているのである。行って見て、ぼくは、びっくりした。便所の襖が、開けっ放しになっていたからなのである。それればかりではなかった。あのときの、波里さんの仕種をそこに髣髴とさせて、マッチの軸が、便所の入口にいっぱい散らかっているのである。ぼくは、おっかなびっくりで、波里さんに、そっと、
またですか。ときいた。波里さんは、かぶりを振ってみせたが、まるで、便所の方を憚《はば》かるみたいな眼くばせをしてみせて、身体のかげに、小指を示したのである。ぼくの身の毛が一斉によだった。

見たんですか。ときくと、波里さんはこっくりして、保多が見たというのであった。保多氏夫婦を六畳間に通すと、すぐに便所をきかれたので、波里さんは、押入の隣りがそうだと教えて、かれは台所へ行き、薬罐に水を入れたり、湯呑などを揃えて六畳間に戻って来たというのである。その時、丁度、保多氏も坐るところだったので、便所から出て来たのだとおもって、別に気にもしなかったのであるが、保多氏が、波里さんに、これもいっしょなのかと言って、小指を一寸示したというのである。波里さんは、それを、保多氏がふざけているのだとおもって、そんなのなんかまだまだですよと云って笑ってみせたが、では、便所にいるのは誰だということになってしまって、みんなが騒ぎ出したのだというのであった。

波里さんとぼくとは、むろん、夜明しをした。お茶を、なんども入れ替え、パンをかじり、ごはんを炊き、まだ、夜も明けないうちに掃除をした。ぼくは、波里さんに、よく、こんな家に越して来たもんですね。と言った。すると、波里さんが、ただみたいな家賃だとおもえば、お化けなんか問題でないよ、と言った。

野宿

あとになって、きいたことなのであるが、ずっと前にそこに住んでいたうちの娘さんが、毒をのんで便所のなかで死んでいたという噂のある家なのである。近所のおかみさんの話によると、この家に引っ越してくる人は、みんな、四五日も居たか居ないかのうちに、すぐにまたどこかへ引っ越して行くんだそうで、

「お宅が一番ながいんですよ」と云った。云われてみれば、この家にぼくらが来てから、もう半年も過ぎようとしていたのである。そして、住み心地も、おかみさんの話と、まったく辻褄があっているのであった。そんなわけの家なので、居候のくせにと自分でおもいながらも、ぼくはひとりで留守番をすることが出来ず、波里さんが出掛ける時には、いつもいっしょについて出掛けて、いっしょに帰ってくるのである。それでも、用足しによっては、ぼくがいっしょでは都合のわるい時もあって、そういう時には波里さんの帰りの時間をきいておいて、その間をぼくはあてもなく街をさまよい、駒込の橋の上で波里さんの帰りを待ち合わせて、いっしょに帰ってくることにしたのである。

ぼくは、一日も早く郷里へ帰りたかった。父からの仕送りを前提にして、上京はしてみたものの、上京早々から父との約束はあてが外れてしまって、早稲田の戸塚から本郷の湯島新花町、そして、台町から駒込の片町、それからこの中里の家に来て、その日その日をぼくはお化けの気配におびえながら、友人の須南君が貸して呉れる筈の旅費を待ちあぐんでいたのである。

そこへ、関東の大地震なのであった。波里さんはすっかり絶望してしまって、もう東京にいても仕方がないから郷里へ帰るんだと云い出したのである。汽車が駄目でしょうと云うと、波里さんは一応、従兄の家に引揚げていて、汽車の復旧次第郷里へ帰るのだと云ってぼくの顔を探るみたいに、「君はどうする?」と来たのである。

こう云われてみれば、これまでのように、波里さんのあとにくっついて行くわけにもいかず、とにかく、ぼくは、九段まで行ってみることにしますと答えた。九段には、同郷の某侯爵邸があって、そこには、友人の胡城君というのが書生をしていたからである。ぼくは、三脚椅子を肩に、ズックの鞄をぶら提げて、駒込中里のお化けの家を出たのである。街は、大変な騒ぎなのであった。江の島が海底に沈んでしまったとか、鎌倉が津浪にさらわれてしまったとか、社会主義者は片っ端から警察に引っ張られたとか、または荒川方面から朝鮮人の大群が東京をめざして攻めて来つつあるとか、井戸という井戸には、毒が投じられているので、井戸水を呑んではいけないとかと、そのようなことが次から次へと、途々、ぼくの耳に這入って来た。人々は、みんな右往左往の状態で、棒片のようなものを手にしていたり、日本刀など片手にしているものもあったりして、またたく間に、巷は殺気立っていたのである。

白山上にさしかかると、

「君々」と、うしろの方から声をかけられた。振り返ると、巡査なのである。生れてはじめて巡査に呼び止められたのであるが、場合が場合なだけに、ぼくはおどおどした。

「社会主義者ではないんですがね」

ぼくは、とっさにそう云って、自分のよごれ切った霜降りの身装や、擂り切れている片ちんばの下駄や、何日も洗ったことのないぼうぼうとした長髪や、何日も放ったらかしになって髯のなかに埋まっているこの自分の、キリストを悪人に仕立てたみたいな風貌などを意識させられてしまったのである。

「どこから来たんだね」

「駒込からです」

「どこまで行くんだね」

「友人を訪ねて九段まで行くんです」

巡査は、それだけのことを、ぼくにきいたのであるが、それだけのことでは割り切れないものがぼくの人相には漂っていたものか、こちらが素直に答えているにもかかわらず、警察まで同行しろということになってしまったのである。

「ちょいと主義者みたいだからね」

巡査は、取り調べの結果、主義者でないことがわかったらしく、テーブルの上に展げて見せたぼくの詩稿をまとめて返しながらそのように云った。そして、

「詩人もこのごろ頭の毛を伸ばすのか?」

と巡査は云って、いかにも主義者ばかりが頭の毛を長くしているかのような眼つきをしながら、

「主義者と間違えられては損だよ」と忠告めいた口振りまでしたのである。警察を出ると、巡査の云ったその忠告の言葉が、妙に、ぼくは気になって来た。そこで、ぼくは、また警察へ引っ返したのである。

「なんだい？」

先程の巡査がそう云った。

「すみませんが一寸《ちょつと》お願いがあるんです」

「なんだい？」

「途中、どうも心配ですから一筆証明していただけないでしょうか」

「証明？」

「そうです。つまり私が主義者でないということの」

「そんな証明は出したことがないね」

巡査は、当惑しているらしかったが、ぼくも弱ったのである。

「詩人だという証明でもいいんですが」

「そんなのも出したことがないね」

「でも、いま調べてもらったばっかしですから、御面倒でもお願いしたいんですが」

「そんなの要らんよ君」

しかし、ぼくは懸命なのであった。いま、調べられたばかりなのであるから、その巡査の云い分が、しらばっくれているもののように感じられたので、腹の底では、腹立ちまぎれに、しつこく、なんとかお願いしますと繰り返した。すると、巡査は、むっとした顔になったが、むっとしたまま、あらためて、ぼくの住所と、生年月日をきいた。

「これでいいだろう！」

巡査は、ペンをおいて、名刺よりは一まわり大きいかに見えるその日本紙の切れっ端をぼくに寄越したのである。それには、「右ノ者社会主義者ニアラザルコトヲ証明ス」とあって、駒込警察署の角印まであざやかなのであった。

九段上の侯爵邸に辿りつくまで、結局、この証明書を必要とすることが襲いかかって来たことはなかった。侯爵邸の裏口から這入って、友人の胡城君を訪ねると、袴をはいた彼が出て来た。彼は、ぼくに、髯ぐらいは剃れよと云いながら、ぼくの頼みを受入れて呉れたので、当分、侯爵邸にぼくは泊めてもらうことになったのである。

人々は被服廠をはじめ、市内の方々を見て歩いたりしているらしかったが、ぼくはそういうことには一向に興味もなく、何日振りかで、九段の坂上のところまで出て見た。神田一帯が焼野原になってしまって、あちらこちらには、焦げた金庫が残り、その上には、銃剣の兵士の立っている姿が見受けられた。

まもなく、東海道線の復旧で、ぼくも、罹災民の一人として、沿線の、おにぎりや林檎や味噌汁などの恩恵をこうむりながら、無賃乗車、無賃乗船で、郷里へ辿りついたのであるが、おもえば、上京以来、帰郷までの一年間を、よくも無銭の状態で過ごして来たものだ。

ところが、郷里の那覇に帰ってみると、ぼくの帰りを、悲劇が待っていたのである。母は泣きながら、その後の家の様子を、こまごまと話しながら、実はこの家も人手に渡さなくてはならなくなっているのだと云った。むろんそれは父の失敗なのであった。父は、三十年近くも、第百四十七銀行に勤めていたのであるが、その退職金を持って八重山に渡り、質屋を開業しながら祖父の面倒を見てやりたいとかねがね口にしていた。ところが、銀行を退職すると、それをききつけて、どうせ八重山へ行くのならついでのことではないかと、こんどは、産業銀行からその八重山支店長にと頼まれたので、父はそれを断わり切れず、承諾してしまったのである。それは、ぼくの上京前のことなので、ぼくも知っていたのであるが、さて、母の話によると、父は、支店長の椅子に腰をおろした途端に、慾を出してしまったのだと云った。というのは、毎日、銀行に札束を運んでくる業者は、どれもこれも殆どが、鰹節製造業者なので、父は質屋のことなどは忘れてしまって、ついに、一隻の漁船を買って鰹節製造に手を出したというのである。しかし、事業は興してみたものの、不漁つづきのために、家まで手放さなくてはならなくなったと母は云った。

やがて、ぼくらは、知人の家の離れを借りた。六畳ひとまに、母とぼくと弟と妹の四人の雑居は、そのまま、家の没落の実感となったのである。母は、なんどもなんども、物かげで涙を拭き拭きした。冬の休みが来て、中学二年の弟と、女学校一年の妹と、そして、ぼくと母とが、八重山へ行った。午後の四時頃、那覇の港を出ると、翌日の朝が宮古島で、その翌日の昼過ぎ頃は八重山なのである。八重山には港がなかった。船は沖に碇泊して、浜の方から石油発動機船が乗客を迎えにくるのである。浜へおりて、まっすぐの道を行くと、一丁程の左側には郵便局があって、その一寸先の突き当りには石垣に囲まれた島司の社宅がある。その右手の角が産業銀行の支店なのである。銀行とは一つ屋根で、裏手の半分が支店長の社宅にあてられていた。

ある日、素足の、ずんぐりした男が来て、なにごとか父と話していたが、父の差し出した半紙に印を押すと、拾円紙幣の束を受取ってその男は帰った。あれが、船頭さんだよと母はぼくにいった。

そして、船頭さんに限らず、船の人達はあのようにして貸してやらなければ、むくれて他の業者へ鞍替えしてしまうのだと母は云った。

「そんなに貸す金があるんですか」ときくと、母はまた涙ぐんでしまって、そのたびに父が、銀行の金を持ち出しているのだと云うのである。父は、銀行のその日の仕事が済むと、黙々として、双眼鏡を片手に浜辺へ出た。そして、暮れるまで、浜辺の白砂の上に立ちつくして、水平線の彼方に双眼鏡を向けつづけているのである。しかし、父の船は、毎日手ぶらで帰って来た。あるときのこと、珍らしく父に誘われて、ぼくはその鰹節製造工場を見に行った。半途程先の海辺の砂地の上に、藁葺の工場が、陽に照りつけられて立っていた。父の船は父の名を名づけて重珍丸なのである。いま、漁から帰ったばかりのところで、二、三十本の鰹が重珍丸から運ばれた。まもなく船頭さんのおかみさんが、大きな皿に刺身を盛って持って来た。刺身は新鮮と云っただけでは云いたりないほど新鮮すぎていて、ところどころに、まだひくひくと動いているのが見受けられて、すぐには箸を持つ気になれなかった。

ぼくが、重珍丸の漁を見たのは、後にも先にもその時だけなのである。父は、相変らず毎日、双眼鏡を片手に海辺に立ちつくしたのであるが、重珍丸は手ぶらで帰って来た。父は、余程まいって来たらしく、ついに、半紙を二枚、ぼくの鼻先に差し出して、弟と妹の退校願を書けと命じたのである。それとは知らずに、弟と妹は、トランクのなかなど整理したりして、那覇への帰り仕度をしていたのであるが、事情がわかると、かれらはふたりともその場に泣きくずれてしまったのである。そのうちに、親類のある者から、三男の三郎を寄越せといって、父と母とが迫まられているところをぼくは見たのだ。三男の三郎というのは、つまりぼくのことなのであって、ぼくのことを寄越せと云っているその親類の者は、父にとっての債鬼なのである。ぼくのことを父の借金の身替りにして取って、東京へでも留学をさせて未来の大芸術家にでもするというのなら、ぼくにもわからないことはなかろうが、山奥の炭焼小屋で、ぼくのことを使いたいからとの申し入れなのである。彼は、横目でぼくを見ながら、

「親のためだとおもえばなんでも出来ないことはないさ」と云ったりした。そのような話がなんども持ちあがって来た頃、父は、たまらなくなって来たのであろう。親類間の借金、知人友人の借金、そして、銀行の金庫からの使い込みなどに対しては、刑によらなければ処理のつかないような口振りを示しながら、だからおまえも絵かきになろうが詩人になろうが、これから先はそのつもりで自分でやれとぼくに云ったのである。ぼくは、父のことが気の毒になって、いっそのこと父を助けるつもりで炭焼男になろうかとおもわないこともなかったのであるが、炭焼男になったところで、たかが、ぼくのことを孝行者みたいに仕立てるだけのことなのではないかと、ぼくは、なまいきにもそう思ったのである。事実、父の失敗は、ぼくが炭焼男になったぐらいのことで救われそうなものなのではなかった。というのも、父の借金は、なにもその親類のものだけに止まっているのではないからなのである。

そこで、ぼくはひそかに、再度の上京を企《くわだ》てたのであるが、こんどこそはどんな目に会っても、逆戻りしてはなるまいと決心して、どうやら那覇までは出て来ることが出来たのである。しかし、那覇の家は、すでに人手に渡してしまったのであるし、那覇にある親類という親類のことごとくが、父の債鬼でないものはなかったし、いきなり、るんぺん生活へと、ぼくはその第一歩を踏みいれるより外はなかったのである。ぼくは、友人知人を訪ね廻わった。そのうちに、世間から敬遠される

ようになって来て、しまいには、波の上海岸の芝生で夜を明かしたり、港のまんなかの奥の山公園に寝泊りをするようになったり、いつのまにやら、松葉などかじったりして空腹をまぎらわしたりするようなことが出来るようになったのである。そんな時、中学時代の親しい友人であった亀重君というのが現われて、殊勝な相談をぼくに持ちかけて来た。東京まで連れてってもらえないかというのである。亀重君は、那覇の街外れの質屋の次男坊なのであった。彼も、矢張り、詩や絵などをやってる男なのであるが、ふたりとも、厭世的な気分の上で共鳴し合ったりしているうちに、彼は、家出を試みたくなったらしく、ぼくが、東京まで案内して呉れるならば、旅費を負担したいとぼくに申し出たのである。しかし、亀重君の金策は彼の思う通りにはいかなかったが、それでも、ふたりは船に乗って鹿児島までは出ることが出来たのである。ぼくらは、港近くに、旅館を見つけて、桜島を眺めながら、金の来る日を待ち佗びた。それは、亀重君の家に打電して、金を請求してあったからなのである。翌朝のこと、ふたりの膳に、一個ずつの卵が添えられていた。亀重君はその卵を、茶碗の縁にコツコツやったまではよかったが、なかみを茶碗にあけようとしてはずみに、ぐっしゃりと卵を潰してしまったのである。そして、卵は、かれの両手と膳の上を汚してしまった。その時、亀重君が、耳まで紅く染めたことを、ぼくは見逃がすことが出来ず、なんだか、頼りなく気の毒なおもいをさせられたのである。まもなく、六拾円也の電報為替が届いた。亀重君の家では、大騒ぎをしているに違いないとおもいながら、ぼくらは、早速、汽車に乗った。

東京駅に降りたのは夜なのであった。ぼくは、かねて、亀重君の兄さんが物理学校在学中であることや、富士見町に下宿しているということを亀重君にきいて知っていた。そこで、彼のことをその兄さんの下宿へ届けたいとおもって、そうするようにとすすめるのだが、家出をして来たのであるからと云って、亀重君はかぶりを強く振ったのである。ぼくは困ったのだ。

「ではどうするつもり？」

「どこでもいいからいっしょに連れてってくれまいか」

亀重君は、なさけないことを云って、ぼくを手古摺らしはじめたのである。とは云っても、断るわけにもいかず、ぼくも腹をきめて、まず、ふたりの手荷物を構内の一時預所に預けた。バスケット一個ずつなのである。ぼくは、牛込見附までの切符を買った。亀重君のうえに、万一のことがあってはと心配なので、一応、彼のことを富士見町へ案内し、彼の兄さんの下宿の所在を見せておきたかったからなのである。兄さんの下宿はすぐに発見することが出来た。ぼくは、そこで、もういちど、寄るようにすすめてみたのだが、亀重君は頑としてかぶりを振った。仕方なしに、ぼくは彼を連れてあてもなく、神楽坂の夜店をぶらつき出した。ふたりが、歩き疲れて、汽車の疲れと折り重なりながら、土手のようなところに来た頃は、人影ひとつも見えなくなっていた。

「もしもし」という声が、うえの方から落ちてくるようにきこえた。見上げると、主義者と間違えられたかつての、ぼくの思い出をそこに髣髴とさせて、巡査が手招きをしているのである。ぼくは、とっさにその場を繕って、こころにもないことを云った。

「一寸《ちょっと》おうかがいしますが、このあたりに旅館はないでしょうか」

すると、巡査はきめつけて、

「なにとぼけてるんだ」と云うのである。

「旅館のことをきいているんですが」と云うと、

「こんなところに旅館なんてあるもんか」

「この辺のこと知らないんでお尋ねしているんですが」

「まあいいからふたりともこちらへ来いよ」

ふたりは土手をのぼった。ぼくは、巡査にきかれるままにそれらしく、住所は、富士見町の亀重君の兄さんのところを答え、ふたりは散歩のつもりなのであったが、途々、芸術論に熱中しているうちに、時間の経つのも知らず、気がついた時には、すでに電車もなくなっていたので、富士見町まで歩いて帰るのも大変だし旅館を探していたところだと説明した。そして、ふたりとも絵かきだと答えると、

「なんだ絵かきか」と巡査は云ってうなずいたかとおもうと「この辺には絵かきがずいぶんいるよ、すぐそこにも安井曾太郎がいるんだ」と云って、すっかり心安くなってしまったのである。そして、「とにかくまあ早く帰って寝てくれよ、その道をどこまでも行くと江戸川へ出るから」と教えてくれた。通りすがりに見ると、ぼくらは目白駅のところを歩いているのであった。

ふたりは、重たい足を引き摺って、しばらく歩いていたのであるが、道の二股にさしかかって、そうだここで夜を明かそうとおもった。二股の右手の道路に、幾本かの土管が転がっていたからなのである。ぼくらは、土管と土管との間に、横になっている土管を宿にすることにした。寝坊しても、往来の人から姿を見られないためなのである。ふたりは、両端に別れて、それぞれの頭を先に土管のなかへもぐり込んだのである。そして、ふたりは向き合って、立てた両膝を両手で抱きしめて、おなじポーズで坐ってみた。まもなく、また、おなじように、ふたりはそれぞれの両足を、土管の口の方へ投げ出して、頭と頭を向き合わせたまま、疲れといっしょにそこにへたばったのである。九月なかばの夜は、南方の郷里ではまだまだ、久葉の扇がさかんにはためいているのであろう

が、土管のなかの東京は、すでに涼しすぎるくらいなのだ。しかし、疲れ切ったのであろう。亀重君はすぐに鼾《いびき》をかき出したのである。卵の割り方ひとつも知らないようなこの坊ちゃんのことを、しかも、彼にとっては初めての東京を、土管のなかに泊めてしまったことを、ぼくは、こころから気の毒におもいながら、自分の上衣を脱いで、そっと、その胸の上にかけて、かんべんしてもらうことにした。そして、明日こそは、亀重君がなんと頑張ろうと、なんとかだましだましして、富士見町の兄さんの下宿まで是非彼のことを送り届けねばなるまいと、ぼくは、寝ながらそのように決心した。

翌朝、土管の両端から、ふたりがのそのそと出ると、牛乳屋さんが振り向き振り向き通り過ぎて行った。ごろごろ転がっている土管の外れに気がつくと、そこには門が立っていた。こんなところに、目白の女子大学はあったのかと、ぼくはそうおもいながら、

「あれが、目白の女子大学なんだ」と云って、亀重君に指差して見せたのである。

「なんだい。暖房屋じゃないか。」

おもいがけないその声に、ぼくは、顔をあげて振り向いた。肩幅のひろい、ずんぐりとした青年がふたり、店の入口のティテーブルを前にして、先ほどから、ぼくのことを見ていたらしいのだ。ふたりの青年は、それぞれの口元に、ぼくのことを小馬鹿にしたような微笑をもらしていたが、振り返ったぼくのことを、更に、また、小馬鹿にして、かれらは云った。

「ちぇっ。暖房屋がすましていやがらあ。」

だが、ぼくは黙って、また、元の姿勢に戻った。むろん、ぼくは、ふたりの青年達の言葉通りに、暖房屋であって、すました顔つきをしているのかも知れないが、なにも、かれらに、ケンカを売るために、暖房屋であったり、すましたりしているのでもなかったのだ。むしろ、ケンカを売りたいのは、そのふたりの青年なのだが、生憎と、ぼくは、気の長い方で、すぐには、かれらの意のままに、わけのわからぬケンカを買う気にはなれなかった。ぼくは、残りの珈琲をすすり、ケンカ売りの青年達には構わずに、夕刊をひろげたのである。

「おい。暖房屋。」

「なんだね。」

ぼくは、振り返って笑った。すると、ふたりの青年は、たがいに顔を見合わせたが、丸顔の方の青年が、ぼくに云った。

「君ね、暖房屋だろう。」

「よく知ってるようだが、暖房屋がどうかしたのかね。」

「いや、こいつがね。」

丸顔は、そう云って、もひとりの青年の頭を掌で軽く叩いて云った。

「こいつがね、君のことを、頭の毛が長いから芸術家だというんだよ。そうじゃないやね。君、ほんとに暖房屋なんだろう。」

「よく知ってるじゃないか。」

「だって、君が、こうやってるところを見たことがあるんだぜ。」

丸顔の青年は、そう云いながら、暖房屋が、万力台を相手に、オスターで、パイプに捩子《ねじ》を切るときの恰好をしてみせた。それっきり、ふたりの青年と、ぼくとの間には、なんの交渉もなかったが、かれらが、単に、ケンカを売る目的でなかったことを、ぼくは、あとになってわかった。かれらは、ぼくのことをだしにして、芸術家であるか、暖房屋であるかについて、珈琲代を、賭けていたのであって、それが、ぼくとのケンカを覚悟の上で行われていたわけなのであった。むろん、珈琲代は、丸顔でない方の青年が払ったのであるが、かれはその時、

「なんだい芸術家じゃないのかおい、珈琲代、損しちゃうじゃないかおい。」と云って、立ち上った。

ところが、ぼくは、事実上、もう暖房屋ではなくなっていたのである。はじめは、上野動物園裏にあるところの、中学校舎の暖房工事に携わっていたが、ぼくを世話して呉れた職人といっしょに、現場を転々として、上野広小路角のMデパートの暖房工事、神田美土代町のS製作所の暖房工事などに携わって来た。ぼくは、もともと、暖房屋として身を立てるつもりはなかったので、いつまで経っても一人前にはなれず、職人の手許として働いている程度の暖房屋なのであった。でも、手許としては、どうにか間に合うようにはなって、¾吋（直径）ぐらいのパイプに、オスターで、捩子を切る程度のことは、ひとりで楽に出来たし、枝つけと云われているところの配管など、自分で出来るようにはなっていた。ぼくは、しかし、この仕事に、精神と肉体とを打ち込んで、四つに取組んで働らくということが出来なかった。ラジェータが横倒しになって、掌をつぶしてしまった者、あるいは、肩にかついでいたパイプをおろしそこねて、足を折ってしまった者、又は、チェントンの鎖が外れたために、力あまって足場を踏み外し、チェントンと一緒に、コンクリートのうえに落っこちて人事不省になった者など、云わば、みんな、仕事に忠実で、四つに取組んだ誤魔化しのない作業振りからくる事故なのであった。ぼくは、自分に与えられた作業が、危険をともなっている作業と見ると、なるべくずるく立ち廻わるところがあった。そのような、ぼくの作業振りには、好きこのんで暖房屋になったのではない、食えないから仕方なしに、行きあたりばったりに暖房屋になったというような、そういう気持が多分にあった。地下室のボイラー場の配管にかかって、その日は朝から、フレンチの取りつけと、五吋パイプの捩子切りをしていた。職人とぼくとは、カッターでパイプを切っては、またそのパイプに、ヴィバーで捩子を切った。夕方近くであった。その日の作業を終り、足もとに散らかっていた商売道具の色々を、道具箱のなかにしまい込み、それから、バレス台の上のスパナだの油さしだの鉄鋸やカッターだのを片づけた。相手の職人は、まだ、バレス台に向っていたが、かれは捩子を切り終ったパイプから、ヴィバーを取り外すために、そのハンドルを逆に大手を振り廻わすみたいにして、くるくるくるくると振り廻した。そこへ、ふとしたことから、ぼくのからだが、バレス台に寄りかかったのでたまらなかったのだ。職人の振り廻わしていたハンドルで、ぼくは、脳天に一撃をくらわされてしまったのである。むろん、ぼくは、そのまま倒れて、暫時、気を失っていた。

こんなことから、即刻、ぼくは暖房屋をやめてしまったのであるが、もともと、食うためには仕方なしであったとは云え、暖房屋になったばかりに、しかも、念願の詩人としては、なにひとつ詩らしい詩も書けないうちに、脳天をやられたことは、まったく飛んでもないことなのであった。それが、将来、ぼくの詩作の上に、影響するのではないかとおもうと、こんな調子でぐずぐずしていたのでは、いまにまた、ぼくも掌をつぶされ、命をとられたりして、ペンを持つことさえ出来なくなってはたまったものではないと、ぼくは、そうおもわずにはいられなくなって、それっきり、現場を棄てたのであった。

ぼくは、その頃から、毎日、この珈琲店に入りびたっていて、おきんさんとの間には、ひそかに約束まで交していた。ふたりの青年が店を出て行くと、おきんさんは、カーテンの隙間から店をのぞいて、

「ああよかった。」と云いながら、草履を、つっかけて出て来た。おきんさんの云うのには、ふたりの青年は、前にはよく、この店に出入りしていたのだが、それは、珈琲をのみに来るのではなく、いつもケンカを売りに来るのであって、ずっと前に、この店で、血を流したようなことなどもあっ

たりして、その後は、ずっと、姿を見せなかったそうであるが、最近になって、またまた姿を現わすようになり、今夜で二度も来たとのことなのであった。

おきんさんは、入口の扉のカーテンをおろすと、いそいそと奥へ引っ込んで行って、匙の音や珈琲茶碗の音を立てた。もう、看板なのである。ぼくは、いつものように、あちらこちらの灰皿を寄せ集めて、まんなかのテーブルの上に汚れたそれらの灰皿を置き、更に、ひとつの灰皿のなかに、吸殻をまとめて置くのだ。それが済むと、レコードのケースをかかえて、それを奥へ運ぶのだが、そうすることをこの店から頼まれたわけではなく、一日中を、ここで過すようになってから、いつのまにやら習慣のひとつとして身について来たのだ。奥では、おきんさんがひとり、エプロンをかけて、こちらに背を向けて、流しに向っていた。ぼくは、ケースを板の間に置くと、この日の最後の挨拶を送った。

「じゃ、おやすみ。」

「どうもお世話さまでした。」

おきんさんは振り向いて微笑をたたえたまま、右の手をうしろにやって、水道の栓を止めると、そっと、ぼくの方に寄って来た。

「今夜はどうするの？」

「さあ。」

「世木さんちへ泊めてもらいなさいよ。それともまた高円寺？」

「さあ、都合でどっちになるか。」

のんきと云えばのんきなのでもあろうが、ぼく自身、ぼくの泊るところはどこだかわからなかった。と云うのは、暖房屋をやめてからのぼくが、暇にまかせて、おきんさんに夢中になっているうちに、間代の滞納によって住居は自然消滅となり、めしは、食ったり食わなかったりになってしまったのだ。そのかわり、その間に、おきんさんとの恋愛は、うまくすすんで、ふたりは、結婚の約束もしたのだ。もっとも、この約束は、親兄弟や世間に対して、まだ公然としたものではないにしても、肝心な本人同士の約束であって、その約束を裏づけるためには、すでに、なんどもなんども、ふたりの間には接吻が交わされたのだ。だからこそ、おきんさんも、ぼくのことについては、なにかにつけて気を揉んだり、今夜はどうするかとか、世木のところに泊めてもらうようにすすめたりもするようになったのだ。

だが、折角、ぼくのために、おきんさんが気を揉み、心配をしてくれても、世間は、おもうようには響かないのだ。世木にしても高円寺の友人にしても、度重なるぼくの行為に対しては、あるったけの同情は出し尽してしまったのであろう。このごろでは、玄関先で、かれらの名を呼んでも、返事さえ出てくることがなくなったのだ。それも、世木や高円寺の友人に限ったことではなく、どこもかしこもそうなのだ。こんな状態のなかに生活をずるずると引き摺り込んで来たのではあるが、なお、寝る場所だけは、屋根の下に求めたいのだ。ぼくは、片っ端から、友人知人の顔々を想い起しては、呼べば返事のありそうな、頼めば泊めてくれそうなのを、物色しようとつとめてはみるものの、もうそのような余地のある顔など、どこにも見当る筈がなかった。いよいよ、これから先は、新たに友人をつくるか知人をつくるかして、寝床の開拓を試みるか、さもなくば一日も早く就職を急いで、正式に自分の寝床を手に入れるか、そのどちらかをとるより外には道がないのだ。しかし、どの道にしても、ぼくの都合ばかりで、出来るわけはなく、今の間に合わせたいところの寝床用の友人知人というものはつくりたいとおもえばおもうほど空想みたいなもので、たのんだ就職の話は、催促すればするほど、どれもこれも結果は駄目で、そのまま時勢を反映してみせるばかりなのだ。それでも、職にありつくまでは、あるいはまた、寝床用の友人か知人のような空想の実現を見るまでは、やむを得ないことだとおもいおもいして、じかに、地球の上で夜を明かすことが度かさなって来たのだが、根は、矢張り、一貫して、屋根の下を求めずにはいられなかった。

「今晩泊めてもらえないかね。お店のボックスのところで結構なんだがね。」

云ってしまって、無理だとはおもったが、念頭には、万が一をあてにしているむきもあったのである。おきんさんは、胸をつまらせたように、ぼくの顔を見つめていたが、

「駄目々々、そんな真似しちゃなにもかも駄目よ。」

「ボックスのところで結構なんだがね。」

「駄目よ。」

おきんさんは、そう云って、天井を指ざし、二階にお母さんがいるということを示してから、駄目々々という風にその手を左右に振って、声を小さくつづけた。

「とにかく、うちの母さんは、あんたのことをよくおもってないのよ。それだのに、泊めたなんて知れてはそれこそみんなぶちこわしよ。」

ぼくは、うなずいた。おきんさんは、ぼくとのことを大事にとって、それを胸にかかえている風にしながら、彼女のお母さんであるところのそのおばさんが、ぼくのことをよくおもっていないということについて話した。ぼくさんという人はふしぎな人で、人はよさそうでも年がら年中着ているものはおんなじで、あれじゃあね、といつも云っているのだそうである。そして、ああいう人の

ところへ嫁に行く女は、一生苦労しに行くようなものだと云い云いするというのである。そして、そればかりではなかった。このごろでは、お店で、ぼくとおきんさんが、笑ったり話したりしていると、おばさんは口重くなって不機嫌になっているとのことなのだ。

「じゃ、毎日ぼくが、入りびたっていては具合がわるいわけだ。」

「そうよ。それもそうなのよ。だからなるべくなら、たまに来るという風にすればいいとおもうのよ。」

それもそうなのであった。そこで、ぼくは、まるで夢でも追っかけるように、就職をして、まず、間借りをしたり、背広の一着も新調したりして、たまにおきんさんに会いに来るという風な、そういう自分の姿を想像しながら、なんとしても、人並の生活にまでは立ち直りたいものだと、そうおもわずにはいられなかったのだ。そして、そうおもうことは、必ずしも、彼女のお母さんであるところの、即ち、ぼくのことをぼろみたいに、あれじゃあねと云ったという、そのおばさんの信用を取り戻したいというのでもなかったが、出来ることなら、ぼくにはそれものぞましかったのだ。

「じゃ、おやすみ。」

そう云って、ぼくが帰りかけると、

「わかったわねえ。」

とおきんさんは、うしろから、ぼくのことをこずくみたいにしてそう云ったが、すぐにつづけて、あらたまった大きな声を張りあげた。

「どうもお世話さまでした。またいらっしゃいねえ。」

ぼくの首はすくんだ。しかし、わざわざ、こんな大きな声を張りあげてみせなくてはならないことも、おきんさんにしてみれば、それもぼくとの間に醸し出されたところの苦労のひとつなのだ。どうせ住所もないような暮しをしているぼくにとっては、時間の観念も失くなっていたところから、いつぞや看板になったにもかかわらず、つい、ずるずるとおきんさんに話し込んでしまったが、あとで、おきんさんは、お母さんから小言をくらい、なにをいつまでもいちゃついていたのだとか、みっともないことをされては困るとか、店を開けている間はねばっていても仕方がないとしても看板になったらさっさと帰ってもらいなさいとかと、散々な目に会ったということなのであった。その後は、ぼくのことを、さっさと帰したという風なこころもちまで含めているかのように、おきんさんは、わざわざ大きな声を張りあげて、二階のお母さんにも、帰って行くぼくの様子がはっきりとわかるような仕掛にしたわけなのであった。ぼくは、二、三歩帰りかけていたのであるが、振り返って云った。

「おっと、忘れ物だよ。」

「忘れ物！」

おきんさんは、流しの方へ戻りかけていたが、そう云いながら引っ返して上框《あがりかまち》のところまで出て来た。彼女は、ぼくの素振りで、それとわかると、近づいて来たぼくに、前こごみになって微笑をこぼしながら、その唇を寄せて来た。

ある夜のこと、例によって、接吻をすませて帰るつもりなのであったが、おばさんがいたので、こころのこりのまま、ぼくは表へ出てしまった。まるで、夢のなかから飛び出して来たように、帰るあてもない街なかをぼくはさまよい出した。なにごとかあったのか、珍らしく、歩いて行く先々で、巡査や私服の刑事から、不審訊問を受けることが度重なって来たのである。こんな夜は、なおさらのこと、なんとかして、屋根の下、畳の上がほしくてならなかった。ぼくの頭のなかには、友人知人の顔々が、うかんだり消えたりしていたが、そのなかでも、なんどもうかんだり消えたりしているのが、秋田君の顔なのであった。そのうちに、ぼくは、しまいには、かれの顔だけが、ぼくの頭にこびりついていて離れなかった。そして、しまいには、かれの顔だけが、ぼくの頭にこびりついていて離れなかった。秋田君は青山六丁目に住んでいるのである。云わば、かれも、ぼくの被害者の一人で、かれからも敬遠されていることは承知の上なのであったが、今夜を迷惑のかけじまいのつもりで、無理にも頼んで当ってみるより外にはなかった。ぼくは、またしても、万が一を期しながら、秋田君を訪ねて、図々しく足を運んだ。

青山六丁目の車庫前の左横丁は暗かった。その横丁をしばらく行くと、右に下る路地があった。路地へ這入ると、すぐ左側に、家と家との間に袋路があった。秋田君の間借りしている家は、その袋路の奥の右手の二階家で、玄関の真上の部屋にかれはいるのである。ぼくは、重い足を引き摺って、やっと、その家の玄関にまで辿りついた。読書か書き物でもしているのであろう。近所も階下も寝しずまっているのだが、彼の部屋だけ明りがついているのである。ぼくは、玄関の前に立って、二階を見あげて秋田君の名を呼んだ。だが、返事がない。

「秋田君。」

「……」

「秋田君。」

すると、返事のかわりみたいに、明りが消えてしまったのだ。それが、まるで、万が一の期待をかき消されたように、ぼくは、それ以上、秋田君の名を呼ぶことも出来ず、途方に暮れて、しばらくはそこに佇《たたず》んでいたのである。ぼくは、おもむろに袋路を出た。出たところの突き当りに、樫の木らしいのが一本立っていた。その下に立ち止まると、ぼくは、自分に、どうするつもりなのだときいたが、自分という奴も返事をしなかった。ぼくは、そういう自分といっしょに、樫の木の下に立っているのもつらかったが、そうかと云って、すぐには行く当もなかった。すると、そこへ、急に、うしろから靴音がかけおりて来た。

「君。そこでなにしてるんだ。」

振り返ると、巡査なのである。ぼくは、不意をくらって、つい、ありのまんまを、出鱈目に答えた。

「どうしようかとおもってるんですよ。」

「なにをどうしようかとおもってるんだい。」

「いや、実はそこに友達がいるんですがね。」

巡査は、しかし、それには触れずに、ぼくの近くに寄って来た。

「いったい今、何時だとおもってるんだい。」

「さあ。」とぼくは云ったが、草臥《くたび》れているせいもあったのであろう。何時ごろになってしまったのか、ぼくもそろそろそれを知りたくなっていたのである。

「もう何時ごろでしょうか。」

「とぼけるんじゃないよ。夜なかの二時もすぎてるんだぞ。」

巡査は、それから、この時間になるまでをどこでぼくがなにをしていたのか、どこから来たのか、どこへ行くのか、なんの用があって行くのか、住所は、本籍は、年は、職業はと、訊いた。ぼくは、おきんさんのことをおもい出しながら、目下、恋愛中なのであることと、住所不定なのであるという肝心なことだけは本能的に伏せてしまったが、他のことにはなるべく具体性をもたせるようにして、芝の珈琲店コンドルから来たと答え、その珈琲店でついのんびりしていたために終電車にも間に合わず、高円寺の方まで帰る筈なんだけれど、仕方なしにてくてく歩いて、ここまで来たのだと、答えた。すると、巡査が云った。

「そこにいるってのは友人なのかね。」

「そうです。」

「じゃ君、起したらいいじゃないか。」

「実はなんども呼んではみたんですが。」

「もう一度呼んでみたらいいじゃないか。」

巡査は、そう云ったが、もじもじしているぼくの様子を、なめ廻わすみたいに見ながらまた云った。

「ほんとに友人がいるのかね。」

「そうです。」

「じゃ、ついて来いよ。俺が起してやる。」

ぼくは、困ったことになったとおもいながら、巡査のあとについた。相手が巡査でなければ、そんなこと、もうよしなよと云いたいところなのであったが、巡査は、まるで、近所中をたたき起すみたいに、なんの憚《はばか》るところもなく、その握り拳を振りあげて、玄関の硝子戸を叩いた。

「こんばんは、警察のもんですが、こんばんは。」

「はあい。」

飛び起きたに違いなかった。女のこえがして、まもなく玄関に明りがついた。

「警察のもんですが。」

「は。ただいま。」

硝子戸が、がたぴし音を立てて開いた。その家の女主人なのである。

「お宅でこの人を知ってますか。」

「は。」

女主人は、ぼくの顔を見たが、腹のなかでは、むっとしているに違いない眼をして、巡査にそう答えたのであった。

「この人の友達がお宅にいるんだそうで。」

「は。二階に。」

「じゃあまあご迷惑だろうが、お宅の方でさしつかえがなかったら、この人のこと、泊めてやれないかね。これから高円寺まで帰るったって、電車はないし、歩くったって大変だろうからね。」

「は。どうぞ。」

そこで、巡査は、ぼくのことを振り返って促した。

「じゃ君、お願いするんだね。それとも、警察へ行くか。」

巡査は、そう云い棄てて、サーベルの音と靴音になって立ち去った。ぼくが、玄関に這入ると、こちらのおもいなしか、女主人はむっとしたまま、先程よりもなお一層、硝子戸の音をがたぴしさせて、そこの玄関を閉めたのである。

「どうも御迷惑かけました。」

しかし、女主人は、ぼくのことを置き去りにして、黙々と、障子を荒々しく閉めて奥に引っ込んだ。二階に上ると、ぼくはおそるおそる秋田君の名を呼んでみた。返事がないにもかかわらず、止むを得ないので、ぼくは襖を開けた。ぼくは、こころのなかで、すまんすまんと秋田君に繰り返しながら、すまんことばかりをつづけて、かれの蒲団の端っこに、両方の足先だけをそっと入れて、求めあぐんで来た畳の上に、そっと、身体を横たえたのである。

こんなことがあってから、ぼくは久し振りに、関口台町へ佐藤春夫氏を訪ねた。これまでも、時に、ぼくは氏を訪ねては、その間の詩作など見てもらったりしていたが、たまたま、話が、ぼくのこのごろのことに触れ、昼夜の区別なく、たびたび受ける不審訊問のことに及んだのである。

「では、貘くん、これから先にしてもよくあることなんだろうから、ひとつ、ぼくが証明しておこう。」

「先生に証明していただくんですか。」

「なにかの場合の役には立つかも知れない。名刺でいいだろう。」

氏は、すぐにその場で、しかし、ペンの先はゆっくりゆっくりと、すべすべした艶のある鷹揚な一枚の名刺に、次のように書いてくれたのである。

詩人山之口貘を証明ス

昭和四年十二月十二日　　佐藤春夫

またその裏には、まんなかのところに電話番号があって、そこのところには、次の通りにぼくのことが表わされていた。

山之口君ハ性温良。目下

窮乏ナルモ善良ナル市民也。

氏は、その名刺をぼくに渡しながら、更に、次のような言葉をつけ加えた。

「まかりまちがって、警察のご厄介にでもなった場合は、その時は自動車を飛ばしてぼくが談判に行こう。山之口貘は、前には人殺なんぞもしたことがあるかどうかは知らないが、ぼくと知るようになってからのかれは、そういう男ではないというつもりだ。」

そこで、ぼくは礼を述べ、頂戴したその名刺を裏にして見たり、表にしたりして見ながら、まかりまちがった場合には、警察の厄介にならないとも限らない自分のことや、佐藤春夫が自動車を飛ばして、談判に来られる時の様子など想像したりして、身に余る光栄を感じないではいられなかった。

だが、しかし、自分のことを振り返ってみると、それこそ赤面しなくてはならないようなことばかりなのであった。実のところ、善良や温良などによって、自分のことを表わされたのでは、その善良や温良に対して、はなはだ申しわけのないことだとおもうほど、ぼくは、周囲のみんなに、迷惑をかけて来たからなのである。それというのも、ぼくの如きものまでが、善良や温良なるが故に、なおさらのこと、周囲のみんなが迷惑しているのではなかろうかと、ぼくは、そんな風にも、自分のことを考えてみないではいられなかったのだ、それだからこそ、たとえば秋田君の場合にしても、返事をしなかったり明りを消したり、むくれてみせたりはするものの、いざ、乗り込んで来たぼくに対しては、泣き寝入りするより外には手もなくなって、畳の上を求めあぐねて来たぼくの仕種を、かれは黙認してしまったのではなかろうか。おもえば、単に、図々しいばかりでは、そのような迷惑のかけ方は出来ないのであって、ましてや悪人と見做された人間などの、到底出来ることなのではなかったのだ。云わば、ぼくという人間は、自分の善良や温良に乗じて、意外にも図々しく生きているところがあるのではなかろうか。

ぼくは、そんなことなどおもいながら、名刺を胸のポケットにしまった。佐藤春夫氏は、ぼくのことを送って、玄関まで出て来られたのであったが、ぼくが、ボロ靴をはいてる間に、氏は、庭先へ降りて行った。すると、庭の片隅から、黒一色の、背の低い犬が、尻尾を振り振り、氏の足もとにまつわりついて来た。ぼくは、その犬の名を知らなかったが、

「君の名とおんなじだよ。」佐藤春夫氏は、犬の名をそんな風に教えた。なるほど、ばく、ばくと呼ぶと、ぼくの膝に飛びついて来たのだが、ぼくには、特に、その様子がなつかしく、ぼくもまたその犬から、ばく、ばくと呼ばれてでもいるかのような気持になるのだった。

アルパカ・ルパシカ

どんなに、ぼくが困っているといっても、ふしぎに、まったくの裸ではないのである。靴ははいているし、ズボンははいているし、上衣も着ていて、ちゃんとネクタイも首にしめているのである。だが、それでも、見る人の眼によっては、ぼくの身につけているそれら一さいの物が、すべて余計な物を身につけているみたいに見える場合があるようである。そういう見方からすれば、ここに、ぼくが生きているということ、このこと自体が、その人達の眼から見れば、余計なものが生きているみたいに見えるかも知れないのである。しかし、当のぼくにしてみれば、生きたいという点においても、あるいは、着るものを着たいという点においても、決してそういう人達に劣っているとはおもえないのだ。だから、人がどのように見たところで、生きるためには、たとえどんなことがあっても自殺だけは遠慮して来たのであり、また、たとえ、どんな寸づまりや寸あまりの洋服なのであっても、着られるものならなるべく着るようにして来たわけなのである。

いつぞや、アルパカの上衣を着たことがあった。いまでこそ、夏は、お互に上衣なしでどこへでも行けるのであるが当時はまだ、夏でも上衣を着ていることがあたりまえなのであった。暑ければ、上衣を脱いで、それを手にかけて歩いているという風なので、だから一応は上衣のない人には出来ない恰好なのであった。それでワイシャツだけになっていると、いかにも上衣を脱いだみたいに見えないこともなかったのであるが、手に上衣がかかっていなければ、上衣のない人に違いなかったのである。ぼくもそういう風な人の一人で、上衣を脱いだように見えても、実は手にかける上衣がなかったのである。もっとも、ぼくの着ているものは、ワイシャツではなく、それも膝の下や胸のあたりのはげちょろになってしまったびろうどのルパシカなのであった。

ある日のこと、東京の町はずれのある教会に、そこの牧師夫妻が恋愛していたころ、ぼくは、かれらの恋愛の顧問をしたことがあるからで、その後の結果を一寸《ちょっと》のぞきに訪ねたわけなのであった。牧師は島根県の出身で、その細君は沖縄県出身つまりぼくと同郷の女性である。関東の大震災を機会に、ぼくは沖縄に帰ったのであったが、そのころ、かれは那覇の教会の牧師をしていた。細君は小学校の教師であったが、女子師範のころから、日曜のたんびにその教会に行っていたのである。そのうちに、牧師の前の細君が死んでしまったので、まもなくふたりが恋愛するようになったのであった。牧師は彼女に、黒革のハンドバッグだの、指環だのといろいろのものをプレゼントしたのであるが、そういうものから足がついてしまって、かれらの恋愛がそのまま明るみに引きずり出され、彼女の両親の怒りを買ったのである。両親は、ハンドバッグや指環を彼女の手からもぎとって、それを持って教会へおしかけて、牧師の面前にたたきつけて「こんなもので、うちの娘をだます気か」とおどかされたとのことである。牧師は青くなって、人力車を飛ばし、ぼくのところに相談に来たのであった。

「自分としては、なにもあの子をだますつもりでプレゼントしたのではないんですがね」

「それはそうでしょうね」というと、

「ええ、ほしいというのを買って上げたまでのことなんですが」と牧師はいった。

「まったくひどいことをする親達ですね。だがあの親達のことだから、どんな迷惑がかかってくるか知れませんよ」

「そうでしょうか。でも私に迷惑がかかるのはいいとしても、あの子がかわいそうでしてね。私としてはあの無智な親達の手から、なんとかしてあの子を救ってあげたいのです」

「ますますひどい目に合うでしょうね。なにしろ、あの親達ときたら無茶ですからね。はっきりいいますと、殺されるかも知れないんですがね」

ぼくはなにも、牧師をからかっているのではなかった。彼女は、ぼくの従姉なので、ぼくはその親達の気質を知っているだけに、そのようなことを、ついいわないではいられなかったのである。それにしても、いい年をして、ハンドバッグも指環も、買って上げただけのものであるとか、あの子を救って上げたいのだといったりして、白ばっくれているところが、ぼくの腑に落ちなかった。

牧師は、縁なし眼鏡を透かしてその眼をしょぼつかせていたが、彼女の親達が納得いくように、ぼくから一寸《ちょっと》話してもらえないかというのである。ぼくにはそれが無理だとわかっていた。なにしろ頑固であることこの上ない親達であってみれば、それこそ、ぼくまでぐるになっているのかと、どやされるにきまっているからなのである。

「それよりも、あの子を連れて沖縄から消えた方がいいんじゃないですか」

牧師は、一皮むかれたみたいにあらたまって、「そうでしょうか」といった。

彼女は、ハンドバッグの事件以来、ずっと家に監禁されていて、一歩も外に出ることが出来なかったのであるが、沖縄から逃げ出すことになった牧師の意志を、彼女に取りついだのもぼくなのであった。それから、まもなくのこと、まず先に、彼女が沖縄から姿を消して、東京のある教会に身を寄せたが、親達は何度か牧師のところに踏み込んでかれを責め立てた。牧師は、例によって、その後はなにごとも知らない一点張りで、うまく白ばっくれて通し、親達の踏み込みが途絶えてしまったころになって、ゆっくりと沖縄からその姿を消したのであったが、その方法もまた、顧問のぼくが、牧師に耳うちして、そうするようにすすめたことなのであった。

そんなわけで、牧師夫妻は、ぼくの訪問をこころからよろこんで迎えてくれたのである。夫妻はぼくの住所が不定であることを知ると、いつまでだってかまわないから、ゆっくりするようにと、住所不定のぼくにとっては、最上級の歓待の意を示したのである。ぼくは職さえ見つかったら、すぐにもどこかへ間借りでもするつもりだったのでいいわけがましく、それでは職が見つかるまでよろしくということになったのである。

ある日、牧師が、ぼくのルパシカを見ながら、「それよりは、この方がよいでしょう」と顎でいって、「古で失礼だけれども」と、着せられたのが、当時流行りのアルパカの上衣で、黒いつやつやしたものなのであった。そのうちに、ぼくは牧師について、かれの色々な仕種を知るようになった。御飯がすむと、牧師は必ず、御飯茶碗にお茶をついで、二、三滴の醤油をたらしてそれを飲みそれからもう一度お茶をついで、黄色い沢庵で茶碗を洗い、その沢庵を食べると、そのお茶を飲みほしてしまうのである。それは定まって、一日に三回繰り返された。日曜日の夜は、五、六十人の人達が教会に集って、お祈りをしたり、説教をきいたりした。隣りの部屋できいていると、いかにも涙ぐんでしているような説教ぶりで、信者達が帰ると、牧師夫妻は、直ちに、笊のなかの金を丹念に勘定した。ぼくには、牧師の揚足をとる気持ちは毛頭なかったのであるが、それらの牧師の仕種が、次第にぼくの鼻についてくるようになったのは、要するに、それだけ、ぼくの居候が永びいて来たせいで、自分ながら、いつ職が見つかるのか、いつまで牧師夫妻の世話になっているつもりなのかわからないまま、気は一向落ちつかなかった。そういうぼくの存在は、たとえそれが、牧師夫妻にとって元恋愛顧問であったにしても、いまは、一介の居候に過ぎなくなって来たらしく、なにかにつけ夫妻がたがいに、こずき合いするような気配を帯びて来たのである。そして時には、ぼくの面前で、牧師は突然、ぴしゃりと、彼女の頬に音を立てたりした。あるとき、ぼくに対する牧師夫妻の感情が具体化した。

「どうですかね。監守になる気はないですかね」

牧師は、ある刑務所にも説教に行っていたので監守になる気があるなら、すぐに世話すると来たのである。しかし、ぼくは、監守になるために上京した覚えはなかったばかりでなく、兵隊、巡査という具合に、ぼくのなりたくないものの一つなのであった。そこで、ぼくは、二、三日よく考えてみますと返事をしておいて、アルパカの上衣を着て、自分で外の職を見つけに、あてもなく街へ出たのであるが、それっきり牧師夫妻のところには帰らなかった。

ところがその日、訪ねた友人が、アルパカの上衣を批評して、「詩人らしくないじゃないか」といった。そして、その夜のこと、四、五日の間といって、かれはアルパカの上衣を風呂敷に包み、ルパシカだけになったぼくまで連れて質屋ののれんをくぐったのであるが、あれから三十年にもなろうとしている今日、アルパカの上衣はまだぼくの手に戻っていないのである。

天国ビルの斎藤さん

僕が、東海堂書店の発送部にいた頃知り合いになった平塚君という友人が、詩人にも似合わないことを言うなと云いながら、それではというので僕に一枚の名刺を呉れた。名刺には、詩人山之口貘氏を御紹介申上げますどうぞよろしく、と書き入れてあった。就職のための紹介状としては、詩人を紹介し過ぎているが、とにかくその名刺を持って僕は河むこうの天国ビルディングへ行ったのである。

ビルディングは省線の駅際にあった。四階の粗末な建物で、廊下がうす暗く汚ならしく、人の気配もなかった。僕は、板裏の草履の音を静かに、二階へ上った。上ると直ぐ左手のつきあたりが教えられた看板のある事務所である。

東方医学普及会本部、とある。ノックすると、ドアを開けて出て来たのが色の白い少年で、平塚君に貰った名刺を出すと、やがて、白衣を着た小肥りのずんぐりと背の低い人が出て来た。僕はびっくりしてしまった。道理で平塚君とはしばらくの間あの東京駅降車口構内の、従業員相手の食堂に行かなくなっていたことを思い出したからである。あの食堂のおやじがいつのまにかここに来ていたわけで、顔だけはお互に知っていたのである。彼は、どうぞこちらへと言って僕を主任に引き合わせた。

主任は、色白の額の広い、後頭部のあたりの扁平な、眉間に縦皺のある、口の重たそうな、羽織袴の人で、それが即ち、斎藤さんなのであった。斎藤さんは、僕がこれまで何をしていたのであるかをきき、詩人ですと答えると肯《うな》ずいて見せた。そうして、自分もむかしは詩なんかつくったこともあるんだが、今は資本主義の時代であるからやぱし食うことが第一で、詩なんかはもう趣味としてしか出来ない時代になりましたからね、と僕にいってきかせたりした。

斎藤さんの商売は、灸《きゅう》の艾《もぐさ》を利用した新式の家庭医療器の販売であった。それは二週間目毎に講習生を募集して、生理解剖学、消毒学、孔穴学というようなものを教えて、彼等が卒業する間際になると、医療器を一台ずつ売りつけるのである。

それはなかなかうまく出来た商売で、その医療器を買わない者には、開業の資格証明書という証書を与えないのである。実はそれを欲し呉《く》て講習を受けに来るのであるから、器械を買えない人でも講習を受けたのであるから是非開業の資格証明書を呉れと言って談判する者もある。しかしそれは、医療器と対になっているもので彼等に証明書だけを与えてしまっては、器械が売れなくなってしまうのだ。だから斎藤さんは、医療器がなくては開業の資格はありませんと説き、更に、器械を持たないで証書ばかりで開業できますかと逆に出て、彼等をそこに伏せて、ついに器械を買わせてしまうのだ。

だがしかし、この種の医療器を使用して、治療所を開業することを、療術行為と称し、従来各府県令に依って大方は開業を許可されていたのであるから、医術師のような免状などは要らないのであった。そこがまた商売の面白いところで、講習に来る者の殆どが、医療器よりはむしろ、証書が無くては開業の資格が無いと思っている。どうせ、相手がみんな素人だから、県令などは知る筈もない。その点、斎藤さんの書いた広告文案もうまいもので、「無試験で開業出来る近代的職業」というのがそれなのである。まるで試験を受けなくては出来ないことらしく見せつけて置いて、こちらの講習さえ受ければ無試験で出来るかのような感じをあたえるのだ。そうして、釣られて集った人々が、こちらの講習を受けるまでもなく、また必ずしもこちらの医療器に限らず、これが無試験で開業出来る療術行為であることを実際に知る頃は、もはや、講習も卒業し、医療器も買わされてしまってからのことなのだ。

僕の仕事は通信事務だった。この種の医療器が、世間に流行して、療術行為の開業をする者も多くなって来た。全国から種々の問い合わせが一日に何十通と来た。機械はあるが開業したいから証書が欲しいとか、機械を買うから証書を呉れとか、金が出来次第機械を買うから証書を先に欲しいとか、証書だけを何とか出来ないかとか、機械を買えばいつでも開業出来るかとか、金が無いから月賦にしてくれないかとか、高すぎるから割引して呉れとか、卸値はどんなもんかとか、小学校卒業程度の人でも機械を買えば開業出来るようにして呉れるかとか、それらの手紙達をお客にして、僕も斎藤さん流に商売するわけだ。

案外、僕には陽気なところがあって、たとえば暖房屋の頃の現場では、よいとこまいたの掛声の合間々々に出鱈目な文句など勝手にさし挟んだりしては、仲間の職人達を笑わせたり、東海堂の発送部で、藁縄でもって荷造りしたあの頃も、なにごとか声を立てながらやっていた。だから斎藤さんの事務所に来てからも、直ぐにみんなと馴れ切ったのである。

当時の斎藤さんは口数が少なかった。彼はいつも自分の腰掛に真っ直ぐ腰を下ろしたままで、客との応待をすませるのだった。

或る日のこと、講習の申込書を持って来た人が、すっかり手続きをすませた後に、これからお世話になりますからと言って夕食に斎藤さんを誘ったのである。すると斎藤さんは、眉間に縦皺を寄せてまるで怒ったみたいに黙ってかぶりを振った。客はおつきあい願いますと言って懸命に誘っているのであるが、否《い》え、自分は食べる必要がありませんと言うのである。客は引っ込みがつかなくなってまごついていた。なにか知ら、ことわっては気の毒のような客の様子であったので、僕は咳払いをひとつしたのである。その時斎藤さんが一寸《ちよつと》こちらを振り向いたので、僕は手真似をもって、行きなさいを示して見せた。すると彼は、ロボットのように立ち上りすたすたとドアの所へ行ったかと思うと、今度は坐り込んでいた客を促すように言った。それではどうもすみませんが御馳走になりましょうか、と。

僕はそのようなところから、次第に斎藤さんを知って来た。そうして彼も、次第に心安くなって来た。外の事務員達や講習の先生などに対しては、眉間に縦皺寄せたまま仕事の上での話よりしなかったが、僕の場合には積極的になって、ひとしきり近所の女の噂話などするようになっていた。

斎藤さんが一番嫌がるのは、人が彼の郷里に就いて触れてくる時で、そんな時の彼の表情には一種の民族意識的な人間のもがきが出てくるのだった。

事務員達や出入商人など、そこに斎藤さんの姿が見えないといつのまにか斎藤さんのことを話題にのぼらせ、彼の郷里のことに就いて談じ合った。彼は決して郷里を云わなかった。言うにはいうが、それは九州だと云う。誰がきいても斎藤さんは、郷里は九州だといって押し通す。それをみんなが寄ってたかってがやがや騒ぐのだ。

若《も》しも九州の人ならば下駄をケタと云う筈がないと云い斎藤も彼の本名ではないと云い、自分の郷里を彼はなぜ素直に言えないのかと、いかにもそれが不思議であるかのように話し合う。そこから彼等の意地悪が始まって、同時に斎藤さんの嫌がるひとつの悲劇も始まるのだ。

いつか、出入りの箱屋が来て、斎藤さんに言ったのである。

ほんとうに斎藤さんは九州ですか、と。斎藤さんが九州ですと答えると、箱屋は九州のどちらですかと言う。福岡県ですと斎藤さんが答えると、箱屋は何郡ですかとくる。○○郡ですと斎藤さんが答えると、箱屋は何村ですかと言う。○○村ですと答えると、箱屋はそこで居なおるようにして、実は私も○○村のものなんだが、斎藤さんは何字ですか、と来た。

それでも言わない斎藤さんなのであるが、結局彼は答えて言った、自分は小さい時分から郷里を離れたので郷里のことはなんにも知らないんだ、と。

僕はそういう姿の斎藤さんを、何度も何度も観たのである。

ところで箱屋の郷里はほんとに九州なのか。又その箱屋とぐるになって、わいわい言っていながらも斎藤さんにこき使われているその事務員達は一体どこの馬の骨なのか。彼等の姿を僕はまたかなしんだ。なんとなれば彼等はみんな、斎藤さんがどこの人であるかを知っている筈である。下駄をケタと発音し、学校をカッコウと発音したり、十個がチッコになって、だんだんだんだんは、たんたんだんだんになるのを目撃していたくせに、それ以上の何を斎藤さんに言わせて見たいのだ。

僕などは、琉球を郷里として三十年以上も生きて来ているのだが、この琉球と称する郷里をぶらさげて東京に生活するようになってからの十六年の間というものは、行く先々で箱屋みたいな心理達に出会《でくわ》した。まるで僕の顔が人間の顔とは違って見えるのか、彼等はみんな異彩ある眼つきを以て僕を見るのである。

たとえば、琉球とは沖縄県にあるんですかと、そう云う眼つきのある人があるかと思うと、あちらでは矢張り米を食べるんですかと云った眼つきの人もあり、日本の言葉を使うんですかと云った眼つきの人もあるのであった。

それはもっとも、英語だの独逸語だの仏蘭西語だのと云うような日本語でない言葉を持つ国があったり、米を常食としていない人種があったりするのだから、別に不思議なことではないけれど、琉球人の僕などには一寸《ちよつと》不思議な耳ざわりだ。

雨の日であった。

事務所の窓に寄りかかって、僕は往来の傘々をながめていた。給仕の呼声に振り向くと、給仕は一本の洋傘《こうもり》を持って来て、これを見て見なと云うのだった。

洋傘の柄にはあざやかにローマ字のサインがしてあって、そこには斎藤さんの意識の過剰がにじみ出ているように、斎藤がSaitoになっていた。

斎藤さんは、やがて、羽織袴からいつのまにか背広姿になったのである。洋傘のサインも意識の過剰を削り、Saitoになっていた。夕食などに誘われるとにこにこしながら出て行った。近所に静かなティー・ルームが出来たので、そこを応接間の代用にした。彼は、僕の傍に来て荷造りを見る時は、やぱり荷造りはバクさんに限ると云っておせじも云った。彼はまた、外の事務員が半日そこにいなくても、大して気にも止めずにいるのだが、僕の姿がそこに見えないと、バクさんはどうしたのかといって見たり、またコーヒかと独り言みたいに云うらしく、時には給仕をして僕を探させた。
ある時、僕が手洗所から出て来ると、そこで給仕とぱったり会った。給仕はあわただしげに僕の手を引っ張った。僕が事務所にいなかったので斎藤さんがぶつぶつ言っていると云う。僕は事務所に這入って、なにか御用ですかと云った。すると斎藤さんは口を開けて、何か言おうとしたのであるがそのまま口を噤《つぐ》み唾をのみ込んだ。そして、
用も用なんだがバクさんはコーヒーばかりのんでどうするんですか、と言うのである。便所にもコーヒーがあったんですか、と云うと、
便所にはないんだがあそこの喫茶店の女の子が言っていた、と言うのである。その喫茶店には毎日一度は行くのであるが、それは斎藤さんの承諾の上、ひるめしの代りの現金十五銭をその度に斎藤さんに貰って僕はコーヒーにすることになっていたのである。こうして斎藤さんは、事務所に僕がいないとぶつぶつ言うのであるが、直ぐに忘れてしまって今度はあべこべに喫茶店へ行って来た自分のことがばれてしまう。あそこに来るのはみんなあの子を張っているらしいと云ったり、バクさんもそのうちのひとりだと云って喫茶店のことを考えていたりしているが、僕と入れかわりになったまま先程から事務所にいない給仕のことには無関心でいるのである。
事務所の景気はますますよくなった。
斎藤さんは金庫を前にしては商売の発展策を練っていた。やがて、東方医術学校は出来上った。事務所と向い合った大広間は改善して、学校の教室に当てられた。入学生には薬専出の人、歯科医、私立大学出、又は、女学校の先生だった女の人、中学出というように、応募者の粒が揃って来た。年の若いのは十六、七歳位のもいるが、概して隠居学校の感じなのである。

事業が肥って来ると斎藤さんも生々として忙しくなって来たのである。先ず第一に、郷里は九州ですと云わねばならぬ機会が次から次へと増えて来るように、それほど出入りの人々が増えて来た。ビルディングの持主からは、斎藤さんならばとすっかり見込まれて、彼は管理人にもならねばならなくなった。

学校に入学して来る人々の大部分が、馘首《くび》に脅やかされ、失業に疲れながら、この東方医術学校にたどりついて来るのである。彼等は、退職手当や借金や又は貯金などを月謝に代えながら、ここでみんな現実的な夢を見るのである。それは、この学校さえ卒業してしまえば、どれほどの馘首が将来に待ち構えていようともそんなものとは縁もなくなって、どこに出ても自分まかせの職にありつけるということになるその医術師としての自分の姿なのである。

そういう彼等の夢を一々取り上げて、それを商法にまで捏《こ》ね上げて見せるのも、これはまた斎藤さんのひとつの天分なのであった。だから、月謝が高すぎるとか期間が長すぎるとかと不平顔する客には、直ぐに夢を彼等に与えて見せるのだ。

月謝が高いとか期間が長いとかおっしゃっても御自分のことを御考えになれば安いもんですよ、会社なんかに務めていてはたとえ何年つとめてもくびになればそれまでです、自分がそれをどうすることが出来ますか、だが医術師になってしまえば大威張りなもんですよ、自分まかせの仕事を誰がくびにするんです、そこですよ、そこを御考えになればまったく安直なもんですよ、と。

けれども卒業する者のみんながみんな、直ぐに医術師になれるのではなかった。療術行為の場合なら医療器ひとつ借金しても開業出来るのだが、医術師として開業するためには先《ま》ずその人に資格がなくてはならないのだ。しかし、東方医術学校では、その卒業生に対して医術師としての資格を与えることの出来ないことが商売の一つなのであった。
のものではなく、斯道の検定試験に依らねばならない。
が検定試験に合格しても落第しても、それは東方医術学校の責任ではなかったのだ。しかし、落第
する者は、結局もう一度学校を繰り返し、もう一度検定試験に落第すると、またもう一度学校を繰
り返しても学校はそれをながめているようなものであって、しまいには医療器をすすめる手もあっ
た。

学校の卒業式には酒が出た。先生達の特徴は何よりも鬚で口髭と顎髭のどちらかがあった。酒は
むろん謝恩の意味で生徒側からの振舞いである。みんな酔っ払って隠し芸やら女生徒やら髭やら歌
声などが入り乱れた。

かくて、学校は育っていった。斎藤さんの頭からは事業に対する自信が溢れ欲しも溢れていた。彼
は、一人の医学士を傭い上げて学校とは別に診療所を経営した。そうして、彼は、こんなに忙しく
なってもからだが一つだから学校の事務所にばかりも居られない、管理事務所にばかりも居られな
い、診療所の方へばかりも行っては居られない、と、そういうことを口癖のように言いながら、目
に見えて事務所を空にしてしまう日が度々重なって来た。するとまた目に見えて来たのが一つあっ
た。それは斎藤さんの奥さんが、事務所に度々顔を出すことだ。奥さんは東京近県の人で、眼が小
さくひっこんで瘠型の小柄な女で饒舌る声は金属的に響いた。奥さんに就いては誰も郷里をきいた
りする者はいなかったが、その代り斎藤さん夫婦の年の関係を面白がった。主人よりも奥さんの方
が四つか五つか年上なのであるが、奥さんは年は上で普通の女よりは小さく、斎藤さんはその反対で
実際背は高く立派な紳士である。

事務所に来た奥さんは主人が留守だと見ると、最初のうちは事務所の片隅にいて斎藤さんの帰りを待ち夫婦で帰宅した。給仕はそれを見て、斎藤さんは可愛がられているらしいねバクさん、と僕に云ったりした。しかし、奥さんが、主人はどこへ行ったんでしょうかとか、直ぐに帰ると言っていましたかとか、このごろ事務所は何時にしまいますかとか、僕にきくようになった頃は相当に骨が折れて来た。斎藤さんも最初のうちは、診療所へ行きますが直ぐ帰りますとか、管理事務所にいますからとか、又は学校の用で府庁まで行って来ますと言って出掛けたのであるが、いつの間にか、行先も言わず帰る時間も言わず、只、一寸行って来ますだけになっていたのである。

あるとき、僕は斎藤さんに言った。奥さんにきかれる度に行先を知らないんでは事務所にいる者としてどうも具合が悪いんですよ、と。すると彼は、いい加減に云って、放って置けばいいんですよ、と言った。それでも僕は色々漠然とした気を使っていい加減をつくっていたのであるが一度失敗した。奥さんはその日の夕方事務所に来た。そこで僕は斎藤さんは診療所へ行ったことにしておいた。すると、何時頃今日は出掛けましたかと奥さんは云った。三時頃お出掛けになりましたと云うと、奥さんは急に不機嫌な顔つきをして見せるのである。というのは、三時頃には奥さんは一度事務所に来たんだそうでその時給仕は斎藤さんの出掛けた時を二時頃と云っていたと言う。しかも奥さんが云うのには、バクさんはあの時どこへ行っていらしたのですか、と。そう云われて見ればなるほど喫茶店では五時近くになっていたし、実は斎藤さんが出掛けると直ぐに僕は空室に閉じこもり自分の詩稿に手をいれたりしてそれからお茶をのみに行って、奥さんが来る一寸前に事務所に帰って来たばかりなのであった。思えば、僕は二時頃から五時近くの間を職務に不忠実であったわけだが、それと云うのも、出掛けるとなかなか直ぐには帰って来ない斎藤さんのせいもあったわけなのである。ところがまた奥さんは奥さんで、夕方再び事務所に来るまでの間を、診療所の方へ廻っていたのである。しかも、診療所では、今日は未だ一度も斎藤さんはお見えになりません、とのことであったと云う。

こうして、行く先の解らない斎藤さんであったが、彼が出掛けて行った或る日のこと、その正体のようなものの噂がにおい出して来たのである。それをどこからかひとりの事務員が嗅ぎ出して来たらしく、斎藤さんにこれが出来たんだそうだと云って彼はその小指を持ち上げて見せ、隅には置けないもんだと云ったり、道理でこのごろは一寸行って来ますが頻繁でバクさんのコーヒーみたいだと云ったりして僕の頻繁までも引合いにした。もっとも僕の相手は小指ではなかったが。

斎藤さんが外から帰って来ると、僕らはそれを小指のところから帰って来たと思うようになっていた。帰って来ると、斎藤さんはぬうっとした表情をして暫時彼の席の傍に立っている。それから僕の傍に寄って来て、来ませんでしたか、と云うのである。奥さんのこととは知りつつも、たまには反射的にいたずら気が出て、誰がです、と借問する。すると斎藤さんは少しとぼけるのであるが、彼は顎を撫で撫でしながら、うちのは今日は来ませんでしたか、と丁寧に改まる。それがまるで子供っぽく見えるのであった。

しかしながら、斎藤さんと僕との間には、黙々として流れているものがあった。その流れは細々としたものではあったが、自惚《うぬぼ》れて言って見れば、人間によくある愛情の流れであった。それは僕が、ある程度までの彼を理解していたからであろう。

第一、斎藤さんの中にひそんでいる民族意識的なものに対しては、指一本も触れなかった。触れたとすれば、それはあの洋傘の柄のサインににじみ出ていた彼の濁音に対する意識の過剰を拭き取って、かえって彼の悲劇を軽くするに役立った。又彼が、客と応待する場合には手真似足真似もして見せた。そうして、一寸行って来ますと彼が云う時には、彼の幸福を祈る気にさえなって、僕はいい加減な口実をつくっては、小指の所へ行ったのではないのですというようなそういうこころもちまでこめた顔をして、奥さんから彼をかばった僕である。

誰が一体、このようなつきあいを彼としているのであろうか。斎藤さんはたしかそこに、僕の姿を見ていたに違いない。けれども彼は詩人が嫌いなのであった。詩人は、ひるめしを食べないでも毎日コーヒーをのみに行くのである。詩人は冬が来ても夏服を着ているのである。詩人は事務所に居ても、どうも詩のことばかりを考えているらしい。とそういうことを度々彼は僕に云っていた。そうして、つきあいが深くなればなるほどに、詩人は、斎藤さんの愛情から締め出しを喰らったりした。気の毒なのは、僕であるということよりもむしろそれは詩人なのであった。なにも詩人が、事務所の仕事の上にのさばって暴れまわったのでもなかったが、斎藤さんはその詩人から僕を切りはなして、僕だけを彼の愛情のあたりに案内したいような身振りをした。

或る日のこと、斎藤さんは詩人のことに就いて僕に相談を持ちかけて来た。彼は、どうしましょうと僕に云った。どうしましょうと云うのは相変らず詩人のことで、彼は僕に、詩人をやめますかそれとも職をやめますか、と、まるで子供に玩具を与えるようにそう言った。そうして、彼がそういう態度に出たことを弁解がましく言うのだった。

私のために言うんじゃあないんですよ、あなたのためバクさんその人のために言うんですよ、と。けれども、そういうことが即ち、多くの場合は斎藤さんのためになるのだが。それは僕よりも僕の詩人が知っているのだ。そこで僕は安心して、ひとまず詩人をやめるということにした。すると、斎藤さんは上衣のポケットから一枚の紙を取り出してほんとうに詩人をやめる意志があるならば、一読の上これに印して呉れと言って紙を僕に渡した。それは次のようなことが書いてあった。

誓約書

一、今後詩人タルコトヲ断然ヤメルコト
一、頭髪ヲ短カクスルコト
一、当分間喫茶店ニ出入セサルコト
一、職務上ヤムヲ得サル場合以外ハ、必ス自分ノ席ヲ離レナイコト
一、東方医術ニ専心スルコト

僕はそれに印を捺した。詩人はその檻の中に入れられて、斎藤さんのテーブルの抽斗に突っ込まれた。しかし斎藤さんは、例によって相変らず一寸行ってきますと云って出掛けるのだ。一寸行ってきますはいつも長かった。その間に僕は、檻の中から詩人を解放しては、詩やコーヒーをどっさりやった。斎藤さんの奥さんも、懲りずに事務所に現われては、主人はどこへ行ったんでしょうか、と云うのだった。

そのうちに、東方医術学校は、人手に渡り、ビルディングの二階から姿を消したのである。診療所の医師はダンス・ホールを渡り歩いてその美貌のために身を亡ぼして東京から落っこちた。そのまま診療所は立ち消えになった。医療器の商売も人の手に渡ってしまった。僕はその後、転々としていた。斎藤さんはひとり、天国ビルディングの管理事務所にいた。彼は挽回の策を練って、何物

かを物色している様子であった。

僕は隅田川のダルマ船の生活から降りて来て、水道屋の手伝いをしたり、おわい屋になったりしていた頃である。或る日、斎藤さんの本宅を訪ねた。夜の八時頃だったろうか。

奥さんはゲッソリして、指に巻煙草を挟んで坐っていた。斎藤さんは、紳士に似合わずその夜は胸をはだけていたが、久し振りに来た僕がそこに坐り込むと奥さんと僕との顔を交々《こもごも》に見たのである。僕は斎藤さん夫婦のただならぬ気配を見てとったが、直ぐには、失礼しますと言って帰るわけにもゆかず、飛んでもないところに這入り込んで来たことを後悔しながら、斎藤さんのはだけた胸と、奥さんのへこんだ眼とを一往復するように見て、久々の挨拶をした。すると、奥さんは急にうすい唇をふるわせて云った。

バクさんはよく御存じでしょう、と、そしてまた云った。

うちには妾《めかけ》が出来たんですよ、と。

さあ、といって僕がまごつき出していると、さあじゃないんですよ、あなたは永年ひとつ事務所にいたくせに知らない筈があるもんですか、白ばっくれてもバクさんが知らない筈はないんですよ、と来たのである。

白ばっくれていると云われて見れば、むろん白ばっくれてはいたのであるが、まさか、妾が出来たんですかとおうむ返しにも出来ないので、さあだけいって白ばっくれていたのである。

だが奥さんは既になにもかも知っていて、知っているだけのことを転がすように出して見せた。まるで主人の斎藤さんにはお構いなしである。妾には男の子が産れたということから饒舌り転がしたのである。

最初のうちは牛込に妾を囲ってあったのだが、奥さんにそれを嗅ぎ出されてしまったので、今度は縁を切ってその妾を完全に郷里へ帰したということになっていたんだそうである。だが奥さんは自分には子供がないし、その妾には男の子が出来たし、あり金みんな妾に注ぎ込まれてしまったし、このひとと縁を切りたいと思っても金がなくなっては生きる道もないと言うのだった。それから今度は人を頼んで妾の郷里を調べてもらったら帰ったというのは四、五日の間のことでまた東京に来ているという。それが麹町あたりにいるんだそうで、一度会わせてくれとこのひとに頼んでいるのだが、東京にはいないと云ってがんばってきかないという話なのであった。

翌日、僕はビルディングの管理事務所へ斎藤さんを訪ねた。昨夜僕の用件を果さなかったからである。管理事務所には顔見知りの客が二、三いた。

斎藤さんの鼻すじには、それと判る茶褐色の長い一すじの傷があった。無論、昨夜の結末の一端なのである。僕はその斎藤さんの顔に人差指を差し向けて云った。

それはなんですか、と。すると斎藤さんは云った。

梯子段から落っこちた、と。が、やがて、客がいなくなるとズボンのポケットから彼は両の手を出して僕に見せた。

それも梯子段から落っこちたんでしょう、と云うと、彼は赤子のように笑いながら僕に云った。

とうとうばれちゃった、と。

僕は斎藤さんとしばらく御無沙汰しているが、彼の言葉として耳朶に残っているのが右の言葉である。それは天国ビルに未だにばれない郷里がもう一つ残っているからだ。

お福さんの杞憂

暖房があるのに、それを焚かないのは怪しからぬと云うので、天国ビルディングの各事務所の人達が、管理事務所へ押しかけた。すると、翌日、管理人の松並氏が、寒いのに額に汗して、いくら焚いても蒸気がのぼって来ないんですよと云いながら、各室のラジェーターの様子を見て廻った。ぼくは、暖房装置の仕事に経験があったので、多少の故障には自信のあるところから、松並氏の後について地下室へ降りて行った。ボイラー場なのである。

「燃えてはいるんですか。」

「燃えてるほどでもないんです。」

ぼくは罐を開けて見て、呆れた顔つきをして見せた。

「ははあ」

「どうかしてるんでしょうか。」

松並氏は、そう云ってぼくのしたことを真似るみたいに、罐のなかをまたのぞいた。わかる筈がないのである。

「燃えてはいるが燃え方がちがってますよ。」

ぼくに、そう云われて、松並氏は顎に手をやった。かれは素人の考えから、蒸気ののぼらないのは燃えが足りないからだと、そうおもったにちがいない。そして、燃えの足りないのは、石炭が足りないからだとばかりに、次から次へと投げ込んでしまったのであろう。罐の天井にまですれすれになるほど、石炭ばかりが盛りあがっていて、火は、ころころに、浮いているに過ぎなかった。ぼくは、しゃべるで、なかの石炭をみんな掻き出した。そして、灰をすっかりふるい落し、風通しのよくなったところを、薪を少しばかり投げ込み、そのうえに石油をぶっかけ、古新聞に火を点けて投げ込んだ。薪は燃え出した。そのうえに石炭をばらまいた。その石炭が燃えついてくると、そのうえにまたばらまいた。こうして、焚きなおしてまもなく、罐の左肩で、ゲージの針が動き出した。

翌日、各室には、蒸気がのぼって来た。しかし、すでに、汗ばんでいる者もあるくらい、蒸気はのぼり過ぎているのであった。すると、松並氏がやって来た。

「サイレンが鳴り止まないけどどうしたもんでしょう。」

松並氏は、手の甲で額の汗を拭きながら、ぼくにそうきいたのである。ぼくは、罐のうしろに安全弁のあることを教えた。

「火は消さないでも大丈夫でしょうか。」

こっくりをしてみせると、かれもこっくりをして、また、地下室へ降りて行った。

翌年になって、天国ビルディングには、松並管理人の姿が見えなくなった。かれは、いつも、焦茶色の背広服を着て、頭を分けて油をつけていた。色は浅黒いが、ワイシャツの襟などいつ見ても白かった。そのうちに、金縁の眼鏡をかけるようになり、指環などもはめるようになったのであるが、その時はすでに、あちらこちらの家賃を着服していたものか、そのことが、ビルディングの持主にばれてしまって、即時、馘《くび》になったとのことなのである。しかし、ビルディングの持主は、松並管理人を馘にしたばかりではなかった。かれの夫婦関係にまで干渉して、これまた、即時、離縁ということにさせてしまって、その細君だけは、引き続き、管理事務所においたのである。

ある日、ビルディングの持主から呼ばれて、四階の管理事務所へ、斎藤さんが行った。かれは、ぼくの主人で、皇漢医学研究所の経営者なのである。研究所は、二階にあって、撞球場の隣りに、小さな白木の表札をかかげているところがそうなのである。研究所では、三ヶ月毎に、新らしく生徒を募集して、鍼と灸とマッサージの講習をひらいて、その月謝と、講義録や鍼灸具や温灸器と称するものの売上などを収入としているのである。ここでのぼくの仕事は、約束の上では、それらのものに関する方々からの手紙や葉書に対しての返事を書くことで、斎藤さんの言葉を借りるとその返事を読めば相手の人が買いたくなるようにうまく書くことなので、その名目も斎藤さんによれば、通信事務員ということなのであった。しかし、いつのまにやら、それらのものの荷造発送から、来客のときのお茶のこと、事務所の掃除、教室の掃除に至るまで、ぼくの仕事に繰り入れられて来たのである。とは云っても、詩のことで頭を酷使しなくてはならないぼくにとっては、まことに好都合で、それらの仕事は、手紙や葉書の返事をうまくするためにわずかばかりの頭を使うだけで、あとは、手足で間に合うような、至って気楽な仕事なのである。外に、給仕と、もうひとり事務員はいるのだが、給仕は、この事務所と、廊下を距てた教室との間を往ったり来たりしているようなもので、もうひとりの事務員は、鍼灸マッサージの先生たちの助手みたいなことをしているのである。斎藤さんは、いつも、紋附の羽織袴に白足袋と、フェールトの草履というような恰好で、金庫の側にその席を占めていた。

かれは、にこにこしながら、四階の管理事務所から帰って来た。

「わたしに管理人になってもらえないかとの話なんだが。」

斎藤さんは、そんな風にみんなに云ってから、自分が管理人になってしまえば、第一、研究所のために色々と便利で、教室の拡張とか家賃のことなどにしても、特になんとか出来ることになるだろうし、あとは、家賃の取立てさえうまくやって行けばいいのだし、内職のつもりで、管理人になることを引き受けてしまった。と報告したのである。

かれが、白足袋の和服から、エナメル靴の背広服に早変りしたのは、松並氏の後を引き受けて管理人になったからなのである。そして、天国ビルディングの管理人としての斎藤さんは、松並氏の前妻と、新らしく傭入れた小使さんとを使って、次第に、管理人ぶって来た。

ぼくは、小使のおじさんと、すぐに仲よしになった。

「この人がばくさんだから、ばくさんによく教わりなさい。」

斎藤さんはそう云って、小使さんをぼくに引き合わせると、暖房の罐焚きを手ほどきしてもらいたいと云うのであった。小使のおじさんは、よぼよぼしていた。

「もうすぐ六〇なんだよ。」

かれは、そう云ったのであるが、これでも若い時には、土方でもなんでもして来たのだから、これぐらいのことは朝飯前だと云ったりして、そのよぼよぼを弁解しながらも、石炭を罐のなかへ投げ入れるたんびに、持っているシャベルからその痩軀を振り廻わされるみたいな恰好をして見せるのであった。

ぼくらが、松並氏の前妻のことを、お福さんと呼び、小使さんのことを、おじさんと呼び、そして、ぼくが、みんなから、ぼくさんと呼ばれるようになった頃は、ぽつぽつ季節も暖かくなって来て、暖房の用もなくなっていた。斎藤さんは、流石《さすが》に、管理人になっただけのことはあって、研究所では、その隣りの空室を利用して、そこを無償で倉庫に使用することが出来たのである。ぼくは、これまで、教室の机を並べてその上に寝泊りしていたところ、ぼくもまた恩恵をこうむって、倉庫のなかに起居することが出来るようになった。それも、斎藤管理人が、一階にあるところの天国ビルディング用の倉庫のなかから、古ぼけたぐらぐらの木製の寝台を一台見つけて呉れたので、それを研究所の倉庫に持ち込んで、その分だけの場所を、ぼくの部屋として与えられたのである。この、ぼくの部屋には、時々、小使のおじさんが訪れて来た。

「ぼくさん、また、たのむ。」

かれは、いつも、そう云って、しかめっつらをして来るのだ。というのは、つまり、鍼をしてもらいたいからなのである。それが、また、おじさんのは変ったもので、よくあるところの肩のこりとか、手足の神経痛とか、疲れたとかいうのではなかった。かれは、股影のそこのところを、ちょいと手で押さえて見せながら、顔をしかめて来るのであるが、その球が痛み出すたんびに、ぼくの部屋に訪れて来るわけなのである。ぼくの技術は、勿論のこと、研究所の講習をのぞきのぞき、講師達のすることを見たりきいたりの程度に覚えた技術なのであって、その学的理論づけなどについてのことは、自信の限りではないのである。それにしても、御本人達から、痛みがとまったとか、だいぶ肩が軽くなったとか、具合がよろしいなどと云われてみれば、ぼくの方でも止むを得ず、鍼灸というものはそれほど効くものかと感心してしまうわけなのである。事実、小使のおじさんも、痛みがとまると云うので、たびたび、ぼくにせがむのである。ぼくは、かれのことを、ぼくの寝台に腰をかけてもらい、ぶらりとその両足を垂れさせるのだ。そして、鍼具を取り出すのである。

鍼には、金とプラチナと銀などの種類がある。からだに刺されるときの感じでは、金の鍼はあたりがやわらかく、プラチナの鍼は硬い感じで、銀の鍼は一応のやわらかみはあっても、どことなく見栄えがしないのである。講習でも練習用には、ほとんどこの銀鍼を使用しているのだ。鍼の太さは、毛鍼から、一番鍼、二番鍼、三番鍼という風な順に太くなるのであるが、鍼を刺すには、細いほど取り扱いにくいもので、それだけに技術を要することになるところから、普通、二番鍼か、細くて一番鍼のあたりを使用する者が多いのである。長さはと云えば、寸六とか二寸とか、五寸とかの長いのもあるにはあるが、ぼくみたいな、見たりきいたりの技術には、寸六の方がふさわしく、時に、二寸を持つことはあっても、そんな時は、いかにも、自分をひとかどの鍼灸師に見かけているみたいな気取りなど加味していることがあったりするのである。刺鍼に際しては、まず、鍼の消毒をする。むかしは、口で鍼を舐めて、唾液を以て消毒薬の代りにしていたそうで、講師のなかでは時にそういう消毒法を実演して見せたりする者もあるが、普通は、アルコール消毒によっているのである。

垂れ下がったおじさんの両足は細かった。ぼくは、左手の指を四本揃えて、その足の内踝《うちかかと》の上方に、揃えた指だけの距離をはかり、そこに、三陰交というつぼを探りあてると、つぼのうえをアルコールで拭いて、鍼管をあてた。鍼管というのは鍼を刺すのに便利なもので、形は、単に管なのであるが、それの出来た理窟は一種の漏斗みたいなものなのであろう。長さは、鍼よりちょっぴり短かい加減のもので、だから、つぼのうえにあてた鍼管の先からは、ほんのちょっぴり鍼の頭がのぞいているのである。その鍼の頭を、人差指の先で軽く叩くのだ。この叩き方がまた技術なのであって、ぴんと伸ばした中指の上に人差指を重ねては、ばね仕掛みたいに人差指を外す反動で、軽く二三度叩くのだ。叩くと、鍼の頭が引込む。そこで、鍼管を除いて、あとは、人差指と母指とで鍼を刺し込むのだ。こんな時、相手に痛いといわせたり、痛いおもいのために顔をしかめさせたりすると、矢張りそれは技術の未熟によるんだそうで、おじさんが、静かに眼をつむり、気持よさそうにしているところを見ると、ぼくも、まんざらではないのかも知れないのだ。刺戟のあたえ方にも色色あって、鍼で突っつくみたいにするのや、くるくるとひねるみたいにするのもある。じゃくたくとか捻鍼とかがそれで、ぼくが、おじさんにあたえている刺戟は、捻鍼によっているのである。こうしていると、おじさんの、球の痛みが止まるというのでふしぎなのである。

「若いときあそびすぎたんだねおじさん。」

「あそんだよ。いまだって若いものにはまけないよ。」

そう云えば、そんな話をしながらも、ひくひく動かしている小鼻のあたりが、まだまだ、脂ぎって見えるのである。

夏になって、ある日のこと、天国ビルディングの人達が騒ぎ出した。小使のおじさんの褌の紐が、赤い紐だというわけなのである。それが、屋上の物干から消えた筈の腰巻の紐だということが、みんなにわかったわけなのである。腰巻の主は、管理事務所のお福さんなのであった。ところが、当のおじさんには、馬耳東風というところなのであろう。かれは、うすものシャツの下から、鮮やかに赤い紐を透かして見せながら、廊下の拭き掃除をして廻っているのである。研究所の事務所の入口では、お福さんと斎藤さんとが立話をしながら、呆れかえった表情たっぷりで、それとなくおじさんの様子を眺めていた。

「あの紐は返してもらわんのかね。」

お福さんは、斎藤さんにからかわれると、首をすくめて、顔に両手をあてて、耳まで赤くしたのである。

そんなことがあって、小使のおじさんが、一躍、天国ビルディングの人気者になってからのことである。

「また、おじさんの奴が。」

斎藤さんは、管理事務所からの特種を持って、研究所に戻って来た。こんどは、お福さんのズロースを、また、おじさんが、無断借用しているとのことなので、それがまた、みんなの騒ぎとなったのである。みんなは、廊下の行き擦りに、あるいは、便所の帰りに、それらしく両裾のきゅっとしまったものを、おじさんの姿に見かけたのだ。斎藤さんの云うところによると、お福さんは、はじめのうちはそのことで、おじさんに恥をかかせては気の毒だとおもってそっとしていたのだが、おじさんの仕種が、次第に図々しく大胆なので、どんなことになるのかと心配した揚句、どうしたものかと斎藤さんに相談したものらしく、

「馘《くび》にするより外にはない。」等と、斎藤さんは云ったりした。

ところで、斎藤さんの身の上にも、変化は急速に現われていたのである。かれが、白足袋から、エナメルの靴に変ったのは、その振り出しなのであったのだが、これまで、一刻もと云っていいくらい、研究所の金庫の側の席を離れたことのなかったかれが、今は、まるで、一刻もいづらくなったみたいに、本職の研究所には留守をするようになって来たのである。それは、かれが、四階の管

理事務所に入り浸るようになって来たからなのであって、その入り浸り方は、必要以上にまで過ぎてしまった傾向なのである。そのために、研究所では、用のあるたびにいちいち、四階の管理事務所まで、斎藤さんのことを呼びに行ったり、連絡に行ったりしなくてはならないのだ。しかし、かれ自身、そういうことは気にしてないこともないようで、たまに、研究所に顔を出し、たまに、金庫の側にいたりする時には、みんなの機嫌でもうかがっているみたいなもので、する話は、きまって、小使のおじさんの噂話なのである。

かれは、たびたび、あのおじさんには閉口していると云い云いした。そして、おじさんには、小使部屋として、四階の一室をあたえてあるのだから、仕事が済んだり、暇の時には、よそさまの所など邪魔していないで、おじさんはおじさんの部屋に引っ込んでいればよさそうなものの、碌に仕事もしないで、暇さえあれば何時間でも管理事務所の畳の上に上り込んで、お福さんの顔ばかり眺めて暮らしていると云うのである。そんな話をしながらも、まるで、木の枝にちょいととまった鳥みたいに、斎藤さんの眼は落ちついていなかった。それは、ぼくの眼にだけ斎藤さんがそのように映るのではなかったのである。研究所の誰の眼にも映る斎藤さんの変り方なのであって、給仕までが、前にはむっつりしていておっかない人だったけれど、管理人になってからはおしゃべりになったと見ているのだし、鍼灸の講師達も、このごろの斎藤さんは、管理事務所が本職で、研究所はすっかり内職になってしまったと観ているのであるし、その上、見すぎている者の眼には、斎藤さんと小使のおじさんとが、お福さんのことを張り合っているのではあるまいかとの噂まで出てくるようになったのである。

ある日のこと、小使のおじさんが、研究所に顔を出して、居合わせたぼくに云った。

「きょうはまだ一度も来ないのかい。」

「朝のうち一度来たっきりだ。」

「それっきりかい。」

「それっきりだ。」

「えらいもんだなあ。」

小使のおじさんは皮肉に笑って見せた。いつもながら、管理事務所に入り浸っている斎藤さんのことなので、小使のおじさんが、えらいもんだなあと云ったところで、別に関心を持ったわけでもなかったが、おじさんは、それをしゃべりに来たらしく、お福さんが、昨夜から風邪で臥《ね》ているので、斎藤さんがつきっきりに、けさから看護していると云うのであった。その看護ぶりを、まるで、夫婦みたいだと云って、熱を計ってやったり、氷嚢を取り替えてやったり、額に手をあててやったりして、まったく羨やましいもんだと、おじさん自身は、羨やましくもないふりをして云うのである。すると、傍《かたわら》で、きいていた給仕が、

「おじさんも負けずに看護してやれよ。」と云った。

おじさんは、ぽんとその猫額を叩いて、舌を出して見せたが、もうひとつ、廻れ右をして見せたのである。

時に、ぼくも、四階の管理事務所には立ち寄ることがあった。従来、研究所の用で、斎藤さんのことを呼びに行ったり、連絡ごとのある場合とか、または、研究所の電話に故障のあるときは管理事務所の交換台を借りに行くとかで立ち寄ることは勿論なのであるが、このごろでは、研究所の電話に故障がなくとも、わざわざ、交換台を借りに行くこともあったり、斎藤さんのことを呼ぶよう

な用などのない時でも、立ち寄って見たりするようになって来たのである。それも、次第に、管理事務所に斎藤さんが留守している時を見はからって、立ち寄る癖がついて来たのである。ある時、しかし、その時は、別に、斎藤さんの留守を見はからって管理事務所に寄って見たのではなかったのだが、寄って見ると、丁度、ビルディングの用で斎藤さんが外出していることを知ったのである。それは、お福さんから、お茶をすすめられたからなので、斎藤さんがそこにいる時には、お茶をすすめられた例しが一度もなかったからなのである。お福さんは、窓の近くに、窓を背にして、坐っていた。そこは、交換台の横の六畳間なのである。ぼくは、すすめられるままに上り込んで、さしむかいにお茶をよばれながら、はじめて、ゆっくりと、お福さんを見ることが出来たのである。彼女は、まる顔で、がっしりとしたからだつきをしていて、その額や、耳のうしろからうなじへかけての色艶などからして、ばら色の肌を、ぼくに夢見させた。

「ぼくさんは、詩人ですってね。」

お福さんは、ぼくにそう云って、斎藤さんが、よく、ぼくの噂をすると云うのであった。

「めしの食えない詩人なんだそうで。」

「そんなことありませんわ。」

「でも、斎藤さんは云ったんでしょう。」

笑いながら、ぼくは、そう云った。お福さんは苦笑して、もじもじしてみせたが、

「でもねえ、あたしねえ、詩人ってほんとにいいとおもいますわ。」

「のんきでね。」

お福さんは、そこで、小諸なる古城のほとり、と、それだけを口ずさんだが、あとは、眼をほそ

めて遠くを眺めるみたいにした。

「あれ、いいですわね。」

「藤村のね。」

「有名な詩ですわね。」

ぼくは、彼女の先夫であった松並管理人のことなどおもい出していた。かれは、鰥になってから、一度も、この天国ビルディングにその姿を現わした様子もないのであるが、それとおなじく、夫婦生活を鰥になってから、松並氏が、お福さんに会いに来たりしたような様子も噂も、見たことや聞いたことがないのである。それは、松並氏がそうしていることなのか、あるいは、お福さんがそのように仕向けていることなのか、仲のよさそうな夫婦に見えていただけに、ぷっつりと切れてしまって、それっきりみたいなあっけないものを見せられた感じを受けるのが、ひとごとながら、ぼくには、ふしぎなのでもあった。

「あのねえ、斎藤さんって、どうしてばくさんのことよく云わないんでしょうね。」

「詩人だからね。」

「どうしてなんでしょうね。」

「つまり詩人ってのは、めしは食えなくても恋をするから危いんだね。だから、詩人に恋をしてはめしが食えなくなるんだぞと、斎藤さんは云ってるわけなんだね。」

「どうしてなんでしょうねえ。」

「女のひとに親切すぎるからなんだね。」

「おもしろいひとですわねえ。」

お福さんは、わかったみたいなわからないみたいな眼をして笑った。もっとも、斎藤さんは、詩人をけなしてばかりもいなかった。かれは、ほとんど、ぼくのことをみせびらかすみたいにして、うちのばくさんはこの事務所でこそ、走り使いみたいな仕事をしているが、めしが食えなくても詩を書くということはなかなか容易なことではありませんよ。いまでは、中央公論とか改造にもその詩が掲載されるようになって来たが、それまでになるのがなかなか容易なことではありませんよ。という風なのであるが、それを、聞いている相手は、たとえば艾屋《もぐさや》さんであったり、箱屋さんであったり、鍼具屋さんであったり、その他の男の人達の場合に限られていることなのであって、相手が女の人の場合には、一階のめし屋の女中さんをはじめ、その隣りのたばこ屋の娘さん、二階の撞球場のゲームトリさん、三階の保険屋の女事務員さん、そして、四階の管理事務所のこのお福さんに至るまで、まるで、彼女達を脅やかすみたいに、詩人のめしの食えないところだけを強調して宣伝して呉れるわけなのである。とにかく、ぼくは、斎藤さんほど、女に親切な人をかつて知らないのだ。それは、研究所の執務上のことにもまる出しであった。かれは、来客との応待の途中、ぼくか、他の職員を呼びつけてその応待をこちらに譲り渡すことがよくあるのだ。ところが、そのような時の来客は、いつも男なのである。それが、女のひとの場合だと、その応待をこちらに譲り渡すどころではなかった。仮りに、その時の都合で、こちらが女のひとと応待していると、かれが、横からのっそりと無遠慮に現われて、話をもぎとるみたいに応待の譲り渡しを強制されてしまうのだ。ぼくの偏見みたいだが、研究所の職員達が、繰り返しての経験済なのであって、だからいまでは、みんなが心得ていて、来客が、女のひとだと、すぐに、四階の管理事務所まで斎藤さんのことを呼びに行く慣わしになっているのであって、その女のひとが、たとえ、婆さんであろうと、なんであろうと、男でない限りはこちらの知ったことではないみたいな顔つきを、みんながすることにしているのである。

お福さんは、なんども、斎藤さんから誘いを受けたにもかかわらず、映画見物をお断わりしつづけていることや、デパートへの買物、日曜日の郊外散歩など、一切をお断わりしていることを話した上、このごろの斎藤さんのふるまいを、次のようにぼくに云った。かれは、管理事務所に来るたんびに、お福さんの鏡台を前にして、櫛でも化粧品でも使いたいものは勝手に使ってこまるし、頭が痛いと云っては、たびたび、押入のなかからお福さんの蒲団を引き摺り出して来て、半日も寝ころんでいるので、事務所の空気がいやでたまらないとこぼしたりした。

「お灸でも鍼でもしてもらえばいいんじゃないのねえ。」

「それよりも一度ぐらいは映画をつきあってあげなさいよ。」

「おじさんはおじさんでここで一服しているのが仕事みたいでしょう。」

お福さんは、いかにも、身のまわりにべとべとしているものでも見ているような、いやな顔をして見せた。が、そのとき、彼女は胸を反らせて上体をねじるみたいに、うしろの窓を振り返った。もう夕方に近かった。ぼつぼつ退却しようとおもっていると、お福さんが、また、胸を反らせて上体をねじるのである。ぼくは、帰るついでのつもりで、立ち上ってその窓の方へ近寄って行った。すると、お福さんは、あたふたと立ち上って、そのまま玄関の方へ出て行ったのである。しかし、すぐに、ぼくはうなずいた。お福さんは、それをぼくに気づかれてしまって、赤面のおもいを抑え切れずに、その場を逃げ出したに違いなかったのである。それは、斜向いの窓が、小使室の窓になっていて、おじさんが、一日の仕事を終えて着物に着替えたらしく、しかし、前をはだけて下を向いて立っていたのである。

そのような日があって、また、ふしぎな日が来たように、斎藤さんが、珍らしくも、一日中を研究所にねばっていた。時に、便所へ行こうとして、ぼくが席を立った時なのである。

「どこへ行くんですか。ばくさん。」

斎藤さんから声をかけられたのである。生憎と、ぼくの、虫のいどころもわるく、ぼくは、斎藤さんに、おっ被せるようにして答えて行った。

「あわてるもんじゃないですよ。」

「どこへ行くんだが、それをきいたまでなんです。」

ぼくは、むかついて来て、どこへ行こうと勝手じゃないかという風に眼を据えたのである。すると、斎藤さんは眼を外らした。実際このごろの、かれの干渉がましさは、ぼくの眼には余る程だった。かれは、ぼくが席を離れただけで、お福さんのことが気になるのだ。だから、この間も、小使のおじさんに頼まれて、例の球の痛みに鍼をするために席を離れた時もそうだったし、煙草を買いに行こうとしても、便所へ行こうとすることにまで、かれは、ぼくの行動の一々に、お福さんのことばかり気にするようになって来たのである。ぼくは、腹立ちまぎれになった。

「一寸《ちょっと》、四階まで行くんですが。」

「このごろよく四階へ行くんですね。」

「いけないんですかね。」

「いけないってわけでもないが、うるさがられているんですよ。」

「お福さんからですか。」

「みんなからですよ。みんなからうるさがられているんですよ。」

斎藤さんは、そう云って、顎を撫で撫で、ぼくに負けまいと懸命にとぼけているのである。

「でも、用があるんで止むを得ませんね。」

ぼくは、少し、気持がさっぱりして来るのを感じた。まず、ここらで切り上げるか、ぼくは、そうおもった。

「では、一寸、行ってまいります。」

「四階になんの用があるんです。」

かれは、諦め切れずにそう云って、ぼくの口返答にいきり立っているのである。ぼくは、また、やりなおしかとおもいながら、扉に手をかけたまま、斎藤さんのことを振り返った。すると、かれの口が歪んだ。

「四階に用なら、わたしに話して下さい。」

「あなたに話す用など持って四階までは行かれませんね。」

「わたしは管理人です。四階への用ならなんでもわたしが引き受けますよ。」

ぼくは、ふき出してしまった。どちらが、からかっているのか、からかわれているのかわからなくなったのである。

「生憎とあなたの管理外の用なんでお気の毒でしたね。」

「四階には管理事務所より外にはありませんよ。」

「でも、お福さんはあなたの管理外だね。管理事務所と混同しないでもらいたいもんですね。」

斎藤さんは、口を、ぽかんと開けてしまった。気に病んでいたものの正体をすっぱ抜かれて、眼の前に突きつけられたからなのであろう。ぼくは、扉を開けて室外へ出た。

廊下には、雑巾の跡が光っていた。その上を、ぼくは、四階ならぬ便所へ行った。そこには、小使のおじさんがいた。おじさんは、手洗器の拭き掃除をしているところなのであったが、ちょいと、ぼくの足音で振り返ると、その、濡れて滴《しずく》している手の母指を示した。

「大将いるのかい。」

「ああいるよ。」

「朝からずっといるのかい。」

「めずらしくずっとだよ。」

ぼくは、いま、口返答して来たばかりの、まだ冷め切らないほとぼりを感じながら、そう答えた。すると、おじさんは、その及び腰を伸ばしたのである。

「それはその筈だよ。」

かれは、得意げにそう云って、今日は、ビルディングの持主の自宅に手伝いごとがあって、そのために、四階の管理事務所には、今朝からお福さんが留守をしていること、そのために、仕方なく一日中を、研究所にこもっている斎藤さんなのであるという風に説明したかとおもうと、ぼくのことを、上眼づかいにして見ながら、

「だからその筈だよ。」と、かれは云った。

ぼくは、そこに立ちはだかって、ながながと小用を足しながら、窓越しに見える電車ホームの、右往左往など眺めていた。

残暑の頃、たまには、屋上にのぼって、とりとめもなく、空の広さに見とれては、遠く、近くの、

街の屋根々々を眺めていた。そこへ、櫛を片手に、髪を梳《す》き梳きお福さんがのぼって来た。湯上りなのである。

「髪がぬれているので。」

お福さんは、そう云いながら、側に寄って来た。

次の日、研究所の扉を開けて、お福さんがのぞいた。それは、いままでになかった新らしい、彼女の仕種なのであって、その仕種に、ぼくは、意味を見た。そして、その意味は、彼女の、小脇にかかえている物に見ることが出来るのだ。それは、まるで符号のようなもので、これから銭湯へ行くところですという風に、彼女のことを現わしていて、だから帰りはまた屋上で、きのうみたいに逢いましょうと、そういう風に、ぼくには読めたのだ。次の日も、次の日も、また次の日も、お福さんはそれを繰り返した。そして、繰り返し、ぼくは屋上にのぼったのである。

ぼくは、檻のなかにいる奴みたいに、おなじところを往ったり来たりして、いつもそこでお福さんを待つのである。

「お待たせしました。」

お福さんは、いつもそう云いながら、髪を梳き梳きのぼってくる。それから、ふたりはあとさきになって、東の方へ歩いたり、西の方へ歩いたりする。こうしているうちに、時には、接吻もしたくなる。しかし、まだ、一度も、ふたりの間にはそんなことがなかった。こんな、高いところに立ったまんまで、ふたりが抱き合って、たがいにその首を交わすには、ぐるりに眼のようにひらいている街の窓々に気がひけるのである。かと云って、コンクリートの上に抱きすくむことも、ぼくには、ぎごちなくて出来ないことなのであった。それは、時に、この屋上の媾曳《あいびき》を物足りなく終らせることもあるのであった。ところが、ある日のこと、屋上の東側の物かげに、古ぼけた簡単な椅子のあることを発見した。それは、木製の真魚板《まないた》みたいな恰好の長椅子なのである。小使のおじさんが、夕涼みのためにでも考え出したことなのか、それとも、屋内には不要なものとして、管理人の斎藤さんがおっぽり出したものなのか、あるいは、お福さんの工面によるものか知らなかったが、ぼくは、それに腰をかけて、お福さんのことを待っていた。

「おじさんか知ら。」

　お福さんは、椅子を見て、そう云いながら、ぼくの左側に並んで腰をかけた。すると、この椅子は、誰の仕掛けた椅子なのだろうかとぼくはおもった。

「おじさんかな。」

「斎藤さんか知ら。」

　ふたりは、首をかしげたが、まさか、誰かに感づかれての、この媾曳への仕掛けなのではあるまい。椅子は、黙って、ふたりのお尻を支えているだけなのだ。しかし、いまに、この場所も、誰かに嗅ぎつけられる運命にあるのだと、ぼくは、こころひそかにそうおもったのである。

　お福さんは、房々の髪をうしろに垂れたまま、そうしているより外にはないみたいに、櫛を持ち替えてはまた梳きつづけていた。ぼくは、そのとき、自分の左手を、彼女の垂れ髪のうえから肩にかけたのである。肩は、逞ましく盛り上っていた。ぼくは、抱き寄せるようにしながら、彼女の顔をのぞき込んだ。すると、がっしりした重みで、なんの抵抗もなく、彼女は、ぼくにもたれかかって来た。どちらにも、処女や童貞などの持ち合わせがないかわりなのであろう。ぼくらは、気苦労のない接吻をした。

あるときのこと、接吻がおわると、一足ちがいに、それは、接吻の場面をあるいは見つかったのではないかとおもったほどの一足ちがいで、小使のおじさんが姿を現わしたのである。おじさんは、口元に笑いをうかべながら、のそのそと近くに寄って来たが、お福さんのむこう隣りに、ちゃっかり腰をおろしたのだ。

「若いひと達はええな。」

「おじさんの若い時分のことを、真似ているところなんだよおじさん。」

ぼくは、てれかくしに、そう云った。お福さんは、大げさに、髪を前の方に垂れなおすと櫛を入れはじめた。するとそのうなじ越しに、おじさんのしょぼしょぼの眼が、ぼくのことを見て笑った。

「斎藤さんが云ってたよ。このごろのお福さんのお風呂がながすぎるんだってさ。」

「まだ四階にいらっしゃるんですか。」

「まだいるよ。」

「なにしていらっしゃるんですか。」

「なんだか知らねえが、さっきから鏡の前に坐ってるよ。」

お福さんは、だまって腰をあげると、髪を梳き梳き歩き出した。そして、おじさんは、ぼくには眼もくれずに、お福さんのあとにつづいて行った。

ふたりが、どうやら、接吻出来るようになったかとおもう間に、屋上は、見る見るその様子を変えて来た。屋上の椅子は、しばしば、小使のおじさんか、又は、斎藤さんによって、一足先に占拠されていたりした。だが、たとえ、こちらが先になっても、かれらは、後先になりながら、屋上に姿を現わすようになったのだ。ぼくらは、接吻も出来なければ、ささやくことも出来なくなったのだ。

冬になって、ぼくらは、また燃えはじめた。ある夜のこと、お福さんとの約束があって、表へ出ようとすると、ビルディングの入口で、めし屋の女中にぱったり会った。

「どちらへ。」

眼のくりくりした小柄の女中さんである。

「一寸《ちよつと》そこまで。」

「散歩ですか。」

「よく知ってるね。」

「いつだって散歩とおっしゃるからよ。」

それは、そうに違いなかった。また、この女中さんは、ぼくの外出の時に、そこらでよく出会《でく》わすのだが、そのたんびにどちらへときかれるので、ぼくは、いつでも、散歩と答える癖になっていた。それを、一寸そこまでと云ってしまったのは、念頭に、お福さんのことがあって、いつもと違った答えをしたのかも知れなかった。女中さんは、胸のところに手の甲を持ちあげて、両手を交々《こもごも》にさすって見せた。

「寒いのにおよしなさいよ。温灸でもして頂戴よ。」

女中さんはそう云って、いますぐにでも温灸をしてもらいたいみたいな顔つきをして、この間やってもらったら非常に具合がいいのでと附け加えた。それは、あか切れのした、膨れあがった手の甲なのであるが、温灸器で、艾《もぐさ》のけむりを吹きつけてやったのであった。ぼくは、それならば、明日、研究所の事務所まで来るようにと云い棄てて、先を急がずにはおれなかった。

天国ビルディングから、橋のところまでは、ものの五分もかからなかった。

「お待たせしました。」

橋のまんなかあたりまで来ると、お福さんが追いついて来た。だが、ふたりは、この場所だけを示し合わせておいたに過ぎなかった。

「さて、どこを歩こう。」

ぼくは、そう云ってはみたが、ふたりの足は、もう橋を渡りつくしていた。

「左へ曲ろう。」

そこを、一寸行ったところに小さな公園があったからなのである。ふたりは、曲って、河岸に沿うて歩いた。天国ビルディングの管理事務所から屋上と、斎藤さんやおじさんから、次々に嗅ぎつけられて、恋の置場にこまった揚句、ふたりはそれを街に求めていたのだ。ふたりは黙って歩いていた。

「あのねえ。」

お福さんは、突然、そう云った。

「あのねえ。」

「なんだろうね。」

ぼくは、お福さんを振り返った。彼女は、しかし、なかなか云わなかった。あちらを向いたり下を向いたりして、云いにくそうにためらっているのである。

「あのねえって、なんだろうね。」

「あのねえ。あたしねえ、ほんとのことお話するとびっくりするでしょうね。」

「どうだろうね。びっくりしそうに見えるかね。」

お福さんは、また、あちらを向いて、それから下を向いた。ぼくには、彼女の口から、どんなことが飛び出そうとしているのか、わかる筈もなかった。

「あのねえ。」と彼女は云った。

ぼくは、だまっていた。

「あたしねえ、出戻りなんですのよ。」

「なあんだ、松並さんとのことか。」

「じゃあないんですの。ずっと前のことなんですの。」

「松並さんの前?」

ぼくは、前管理人の松並氏のことを頭にうかべながら、二度も繰り返しての出戻りであることを知って、意外におもったのである。それにしても、松並氏との出戻りであることについては気にもかけている様子がなく、その前のことを出戻りといっているのは、ふしぎなのでもあるが、初婚に受けた痛手のせいなのだろうかと、そのようなことなど、ぼくはおもったりした。しかし、いまは、なんのかんのとそんなことをおもっている時なのではなかった。お福さんにしてみれば、じぶんという女は、出戻りでよごれているけれど、それで間に合わせてもらえるかどうかと、ぼくの意見を正しているわけなのである。それが、ぼくの眼には、出戻りの僻《ひが》みみたいに見えるのであって、洗濯すれば消えるものだとおもうと、びっくりするには価しなかった。

「ぼくも、出戻りなんだがね。」

「まあ。」

お福さんは、どのように、ぼくの言葉を受けとったのかは知らないが、なにゆえに、ぼくが、出戻りなのかをききたいと云うならば、ぼくは、初恋のうちあけ話をして、出戻りのぼくの姿を彼女に見せて、出戻りと出戻りを洗濯したいとおもったのだ。

「しかし、こんどは戻らないよ。」

「でもねえ。」

「戻るか。」

「ベビーがあるんですのよ。」

ぼくは、こころのなかではびっくりした。正直のところ、それは、ぼくには重荷なので、つらいこととはおもったのだが、

「いいね。かわいいだろうね。」

「あたしねえ、そのことさえ承知していただけるものなら結婚のこと考えてみてもいいんですけど。」

結婚はしたいし、ベビーはつらいのだが、結婚さえお福さんが承知するならば、ベビーの抱き合わせでも結構なことだと、ぼくはそうおもった。

「結婚してもいいのかね。」

「ですからねえ、ベビーのことさえ承知していただけたら。」

「だから、それは勿論じゃないか。」

ふたりは、公園の近くにまで来たのだが、引き返して、また、川に沿うて歩き出したのである。お福さんは、気が浮々して来たらしく、ベビーのことを繰り返しては、それを承知してもらえるか

どうか、そのことばかりが心配だったと云い云いした。そして、彼女は、こころのほぐれるままに任かせて、話を、その身の上話に移して行った。ぼくは、彼女が、小諸なる古城のほとりと、郷里を同じくしていることを知って、彼女が、それを口ずさんで見せたりする理由が、そこにあったのかとおもった。彼女は、農家の生れなのであるが、百姓は嫌いだと云った。彼女は、親に強いられて、農家へ嫁いで行ったのであるが、百姓はどうしても嫌いなので、一週間も経たないうちに、ついに、そこを逃げ出してしまったと云った。逃げるときは、雨の夜なのであったが、野良着のままで飛び出して、一里の山路を、実家へ辿りついたと云うのである。

「でねえ。」とお福さんは云ってつづけた。

「それからまもなくのことでしたわ。気がついたときにはねえ、もうすでに、妊娠してたんです。」

ぼくには、お福さんのその云い草が妙にお福さんらしく、いつ見ても、すぐに妊娠しそうな肉体の持つ魅力が、いかにも如実に現わされているのを感じないわけにはいかなかった。

「その男のひとは、いいひとだったんだろうね。」

「そのひとはねえ、とてもおとなしいひとなんですのよ。だけどねえ、百姓ってのがあたしにはどうしてもいやなんでした。」

お福さんは、彼女の出戻りになったこととベビーの由来みたいなことを、そのように物語ったのであるが、その後、ベビーのことは実家において、天国ビルディングの持主を頼りに、彼女は単身上京したと云った。ビルディングの持主とは、同郷の者で実家と懇意の人であるところから、一切をお世話になることになったと云った。そして、松並氏との結婚も、その離婚も、みんな、ビルディングの持主にお任かせしたことなのであったと、お福さんは、それらのことを世話になりついでのことであったみたいな口振りをして見せたのである。

「で、松並さんとはあれっきり?」

お福さんは、うなずいて見せると、

「松並はわるいひとでしたから。」と。あっさりしたことをつけ加えた。

元日の夕方、天国ビルディングには人足が絶えていた。ぼくは、二階の、自分の室を出ると、暗い階段をのぼり、四階の管理事務所の前に来て佇《たたず》んだ。お福さんとの、かねての約束なのである。この日は、斎藤さんも小使のおじさんも留守だからというので、お福さんから誘われていたのである。

ノックすると、奥の方では待っていたらしく、返事と同時に、扉の擦硝子《すりガラス》いっぱいの大きな影法師が映ったのである。影法師は、左右に揺れながら、次第に小さく縮まって遠のくものみたいに見えたかとおもうと、すぐ眼の前の扉が開いたのである。

「どうぞ。」

お福さんの首が出た。ぼくは、からだを斜めにしながら、中へ這入った。扉に錠をおろす音が、うしろにきこえた。

「早すぎたかな。」

お福さんはかぶりを振った。

「あちらのお部屋へどうぞ。」

ぼくは、電話交換台の脇にある六畳間に上り込んだ。そこには、すでに、正月を彩る御馳走が並んで待ってた。二本の銚子が、卓のまんなかに立っている。お福さんは、ぼくのことを六畳間に通しておいて、玄関の真正面にあたる八畳間の方へ行った。そこには、先ほどの影法師を映した明るすぎるほどの白い光が点いていた。お福さんは、その白い光を消すと、六畳間に帰って来た。卓を距てて、彼女はそこに、どっしりと坐り込んだ。

「だいぶ目方があるんだろうね。」

「これでも十四貫しかないんですのよ。」

お福さんは、笑いながら、卓のうえを一廻り見渡して、まんなかの銚子に手を伸ばした。

「なんにも御馳走がなくて。」

ぼくは、さされるままに盃を重ねた。じわりじわりとまわって来た。ぼくは、ほてってくるにつれて、たびたび、無遠慮に、彼女の顔をのぞいた。どうやら、形を成したみたいな富士額、ほそい眉、一枚瞼、笑うたんびに、唇の右端からのぞく犬歯、彫りのいい耳と、そのまるっこい耳たぼ、それらの造作は、ひとつずつを取りあげて見ても、まあまあというところなのであるが、鼻筋の、多少反り気味なのが、多少、ぼくの気にならないところでもない。それは、しかし、御本人にも気になるところだと見えて、鼻梁のあたりを特にくっきりと、目立つほど塗り上げてあることはいじらしくもあるのだ。だから、真正面に見合わせるときの、一寸《ちよつとみ》見の眼には、それほど気になるようなことでもないのだが、こちらの視線を、彼女が外らす途端に、斜めからの眺めでは、それと知れてしまうのである。お福さんは、それらの造作を、ばら色のやや面積のひろいまる顔のなかに、肉づきよろしく備えつけていて、全体としてのまとまった感じから云えば、豊かに、重みのある、おっとりとした出来栄えの顔なのである
小諸なる、と彼女はまたしてもはじめた。しかし、それは、いつでも、古城のほとり、までのこ

とで、あとは出て来た例しもなくそれで終りなのである。彼女は、詩人であるぼくのことを、精一杯にもてなしているつもりなのではあろうが、彼女が、それを口ずさんで見せるたびに、ぼくは、名所旧跡の絵はがきみたいなのを一枚、彼女から見せられているようなのであって、詩に無縁な彼女の反映をそこに見るおもいなのである。

「あのねえ。」

お福さんは、銚子に手を伸ばしながら、

「小使のおじさんねえ、あのおじさんもう六〇にもなるんでしょう。」

「なったね。」

「いい年をしてててへんなんですのよ。」

「そうかね、でもあのおじさんはいつだってへんなんじゃないのかね。」

「小使のくせして、図々しくて。」

お福さんは、そう云いながら、意味ありげに顔を赤らめているのである。ぼくは、このお福さんが、そのように顔赤らめて、吐き棄てるみたいに云わなくてはいられないことを、小使のおじさんからされてしまったのかと、例の赤い紐やズロースの事件を捲き起したりしたそのおじさんの素行の数々をおもいうかべたのである。

「また、下着でもやられたのかい?」

「そんなんじゃないんですのよ。」

お福さんは、あった事件のことを、なまなましく反芻しているみたいに、いくらか、いきり立って来た様子なのだ。そこで、彼女の語るところによると、涼しい季節になってからのある夜のことだと云った。床のなかにはいったお福さんがうとうとしかけていると、すうっと風の音みたいに、足もとの襖が半開きになっていて、そこには、小使のおじさんが、片手を柱に寄りかかるようにしてにっこり笑って立っていると云うのである。お福さんは、おもわず上体を跳ね起して坐ったのであるが、口が利けず、悲鳴こそあげはしなかったが、そこに立っているおじさんのことを、夢中になって追っ払っているつもりで、手は膝の上の蒲団を叩き、口は、しっしっとやって見せたというのである。

「蒲団もびっくりして音を立ててたろう。」

「でもあたしねえ、夢中だったんですもの。」

「で、おじさんはどうした。」

「それがねえ。」

お福さんは、一息いれて、真顔になった。

「まだ起きてたのかいって云うんですの。気味がわるくて気味がわるくて、こんどは蒲団を跳ねのけて飛び立ちました。」

「で、おじさんはどうした。」

「俺のこと帰さないつもりで玄関には鍵をかけたんだろうって、こうなんですのよ。」

「で、どうした。」

「あたし、あわててねえ、鏡台のうえから鍵をひったくって、それをおじさんの足もとにおっぽり出してやりましたわ。」

「で。」

「そしたらねえ。だまってその鍵を拾いあげてねえ、わざわざこうやって首をかしげてねえ、ではおやすみなさいって、おどけて見せるのよ。」

お福さんは、事のおわりをそのように結んで、まさか、おじさんが、八畳の間に、身をひそめてのこととは知らなかったと附け加えたのである。

「野良猫だね。」

ぼくは、そうおもって、小使のおじさんのことを感心した。

銚子は、二本とも空っぽになっていた。お福さんは、それを、両手に持って、立って行こうとしたのであるが、もともと、ぼくの酒は安直なので、もうこれ以上は、過ぎる分にはいるのだ。

「じゃ、あと一本だけ御馳走になろう。」

「あるんですのよ。」

お福さんが、二本持ったまんまで腰をあげたところを、もぎとるみたいにして、ぼくは、その一本を卓の隅においた。

手洗所の扉のきしる音が二度きこえた。それから、まもなく、銚子が来た。

「熱すぎたか知ら。」

お福さんは、右手の指で銚子の口を摘むようにして、左手の指で、ちょいと銚子のお尻を持ちあげたが、熱すぎたのであろう。うまく注げずに、酒は盃に盛りあがってこぼれたのである。

「ごめんなさい。」

「斎藤さんは前からよく小使のおじさんのことを鹹にするするって云ってるようじゃないかね。」

「ええそうなんですの。」

お福さんは、そう云って、一度、眼を外らし、例の鼻筋を斜めにして見せたが、おもいなおしたようにこちらを向いた。

「あのねえ、斎藤さんのことねえ、ばくさんどう思って？」

「紳士だとおもっているんだがね。」

「あたしもねえ、はじめのうちはそうだとばっかしおもってたんだけど。」

「紳士でないのかね。エナメルの靴、折り目の正しいズボン、鼻ひげ、金縁眼鏡、きちんと分けて、べたっと撫でた頭、下から上まで、すらっとしているんじゃないのかね。」

「見かけはそうなんだけど。」

お福さんは、一枚瞼の眼にまばたきをして見せたが、ぼくの紳士観に、皮肉を見たからなのではなかろう。いずれは、この話も、小使のおじさんのと、似たり寄ったりのことなのではないかとおもうと、いかにも、手廻しの早いかれらに対して、感服するより外には先立つものがなかった。

「あたしねえ、ずっと前にねてたことがあるんですのよ。」

「あったね。よく知ってるだろう。あのときは斎藤さんに看病してもらったんだってね。それを、小使のおじさんが羨やましそうに云いふらしていたっけ。」

「ところがねえ。こうなのよ。」

お福さんは、そういって、それから、眼を外らしては、こちらを向き向きして、こんどは、斎藤さんのすっぱ抜きをして見せたのである。それが、矢張り、いま、ぼくの飲んでいるこの六畳間でのことだったとお福さんは云った。この部屋で、お福さんは風邪のため、いつもの朝の時間になっても、起き出すのがおっくうで、床のなかにいたというのである。そこへ、出勤早々の斎藤さんが上り込んで来て、熱はどうか、頭が痛いのか、薬はのんでいるのかときいたりしていたのだが、お福さんの額に、そっと掌をのせたと云うのである。それから、彼は立ち上って、玄関の方まで行きかけたのであるが、そのまくるりと引き返して来て、検温器があるかどうかをきいていたのであるが、こんどは、お福さんの枕元に廻り、畳の上に両膝をついたかとおもうと、両手で毛布を引っ張り寄せたりして、丁度、その仕種が、彼女の胸や首や、肩のあたりを型どるみたいに、こまごまと、ていねいにくるんでしまったと云うのである。

「なかなかやさしいところがあるね。」

「そうでしょう。あたしもねえ、そうおもってたんですの。」

お福さんは、語りつづけた。いつも長居の斎藤さんにしては、そのときに限って、引揚方があんまり早すぎたので、病人に遠慮してのことなのだろうと、階下の研究所の事務所に帰っているものとばかりおもっていたところ、まもなく、ひょっくりと、また、姿を現わして来たと云うのである。斎藤さんは、そのとき、紙包を小脇にかかえていたのであるが、上り込んでくると、お福さんの枕元の畳の上にその紙包をおいて、なかをひらいて見せたと云うのである。

「あたしねえ、それを見てねえ、なんて行届いた親切なひとだろうって、こころのなかで感謝してたんです」

と、お福さんは、云ったのであるが、その紙包のなかからは、いくつかの林檎とネーブルの外に、風邪薬と検温器と氷嚢までが、出て来たからなのだと云うのである。それも、よそのを借りて来たのでは、お福さんの気をわるくするからと、斎藤さん自身が、わざわざ薬局まで出掛けてのことだったと云うのである。

「ただの紳士ではないんだね。やさし過ぎて、親切すぎるんで。」

「だからあたしもねえ、とてもやさしいひと、とても親切なひとだとばかりおもってたんですのよ。」

お福さんの眼と、ぼくの眼とは、まるで、たがいちがいの角度から、斎藤さんのすることを観ているようなものなので、だから、彼女の眼には、ぼくの云って見せる斎藤さんの姿は、てんで、見えないのかも知れないのである。ぼくは、彼女の語るところをききながら、斎藤さんが、刻一刻と、その持って生れた触手のようなものを振り廻わして、紳士めいた怪しげなからだを、なるべくやさしく、なるべく親切にと少しずつ動かしては、次第に、餌に迫るありさまを、手に取るみたいにぼくの眼にうかべたのである。

「ところが、とてもやさしく、とても親切というのでもなかったのかい？」

「ところがねえ、とてもへんなの。」

お福さんは、そう云って、へんな話を語りつづけたのである。彼女の風邪の熱は、三十八度五分程度の、いつもなら、冷やすほどのものでもなかったというのであるが、なんとなく、押しつけがましさを感じながらも、それが、斎藤さんの親切のせいだとおもえば、彼女のこころは、すっかりほだされてしまって、氷嚢の取り替えから、時間々々の検温、服薬などのことに至るまでの一切を、彼のするがままに任かせていたというのである。斎藤さんは、しかし、看護の合間々々にあっても、小用のとき以外はこの部屋を離れることもなく、夕方になって一度だけ、研究所の事務所に一寸顔を出したとかで、あとはずっと、彼女の部屋にいたっきりで、八時になっても、九時になっても、帰って行こうとはしなかったと云うのである。そこで、お福さんは気を揉んで、もう遅いからお帰りになってはと促がしてはみたと云うのだが、斎藤さんは、ちゃっかりしたもので、今夜はここに泊るんだとそう云って、ひとり定《ぎ》めにしてうそぶいていたと云うのである。

「なにしろ管理人なんだからね。」

「でもねえ、奥さんにわるいでしょう。」

「奥さんにね。」

ぼくの眼には、お福さんの眼の空しさが映っていた。その眼は、斎藤さんのやさしさやら、色々の親切さやら、奥さんなどのことには気をとられているのだが、今夜はここに泊るんだと云って、ひとり定めにうそぶいていたという斎藤さんそのひとのことには、一向、気のつくあてもないみたいな眼なのである。

「で、斎藤さんにはどうなんだ？」

お福さんは、その眼を、ほんの少しばかり、ちらりとまごついて見せたのであるが、足のしびれをなおしたのであろう。がっしりしたその体格を、左から右へと鷹揚に揺すった。

「でもねえ、口では泊るんだと云ってても、いまに帰って行くにちがいないと、あたしはそうおもってたんですのよ。」

しかし、十時になり、十一時を過ぎても、斎藤さんは、腰をあげる様子もなかったと云うのである。その間、彼は、新聞をひろげ、管理事務所の帳簿などひろげていたのだが、お福さんから、また、帰って行くようにと促がされて、どうやら、しぶしぶと立ち上ったかとおもうと、彼は、両手を天井高く伸ばして、思い切り大きな欠伸《あくび》をひとつ、ばんざいするみたいにして見せたと云うのである。お福さんは、やれやれとおもって、床のなかから、その恰好を微笑しながら見上げていたのであるが、彼は、その足もとに散らかっていた新聞や帳簿を跨いで、お福さんの枕元に廻って来たと云うのである。彼女は、それを、探し物をしているのかとおもっていたと云うのだが、今晩は泊るんだと云いながら、いきなり、背広のまんまの斎藤さんが、お福さんの毛布をまくってもぐり込んで来たと云うのである。

「へんなひとなんでしょう。」お福さんは、そこで、斎藤さんの紳士を、はじめて、裏返すみたいにそう云ったが、

「でねえ、あたしねえ。」とせき込んだ。

彼女は、もぐり込んで来た斎藤さんと、殆ど入れ替りに、毛布を跳ねのけて横に飛び出してしまったと云うのである。そして、その足で、お福さんは駆け出して、襖を開けっぴろげにしてしまい、その足で、また、玄関の扉を開けっ放しにして、そのまま、玄関のところに、立ちすくんでしまったと云うのである。しかし、彼女は、身慄いを抑えるようにしては、奥の方に向って、出て行って下さい、出て行って下さいと、繰り返し叫んだというのである。

「野良犬なんだね。」

ぼくの眼には、斎藤さんが、やさしさだの、親切だのと見せびらかしていた紳士を、すっかり裏返しに着せられてしまって、しぶしぶと、夜の街へ出て行った姿がうかんでいた。

「すると、こんどは、ぼくの番かね。」

お福さんは、その、おっとりの、豊かなまる顔を、みるみる、咲き出すみたいに赤く染めた。

「そうかも知れませんわ。」

「まさか、ぼくなら泊ってもいいんだろうね。」

「でもねえ、蒲団がないんだけど。」「蒲団なんか要らないよ。こうやっているうちには夜が明けるんだ。」

ぼくは、火鉢のうえに、大げさに両手をかざして、背なかをこごめて見せたのである。まもなく、部屋は、片づいた。

お福さんは、押入を開けると、蒲団を運び出して来た。ふんわりとしていて、手入れの行届いた温かそうな一組の蒲団なのである。ぼくは、火鉢を隅の方に引き摺り寄せて、その上に両手をかざしたまま、お福さんのすることを眺めていた。むろん、お福さんにしても、いつもの床のとり方とは、その趣きを異にしているものがあるに相違はなかった。二枚の掛蒲団を横にして見て、ちょいと首をかしげたかとおもうと、上の一枚を、こんどは、尺ほど、足もとの方へとずらして見たりしているあたりの仕種には、それとなく、お福さんのこころづかいが漂っているのを、ぼくは見たのである。

ところが、ぼくは、その夜を通して、なんとも云いようのない、まったくのひどい時間を過ごさなくてはならなかったのだ。無論、その一組の蒲団のなかに、ふたりが、枕を並べたのは当然なのであって、微塵も、斎藤さんや小使のおじさんみたいな、あのような扱いなどを受けたのではなかった。

斎藤さんにしても、小使のおじさんにしても、生殖器のことにかけては、かれらは、まるで、天才なのだ。かれらは、殆ど、その持ち前の感覚だけを頼りにして、その偶像化を試みているものみたいに、それを盲信し、それに憧れて生きているのだ。だからこそ、かれらは、恋愛するのでもなければ、結婚すると云うのでもなく、それでいて、忍び寄ることが出来るのだ。そして、お福さんから機先を制されて、かれらは、野良犬か野良猫並に、追っ払われたり追い出されたりはしたのであるが、それは、天才の感覚のせいなのであって、身軽なかれらの仕合わせは、まるで、それを忘れてしまったような顔つきをして、また来て見ることも出来るということなのだ。かれらのすることは、一見、いかにももろいものみたいに見えるのではあるが、それは、機先に際してのかれらの用心の現われに外ならないのであって、その一指は、相手の隙に乗じた場合、たちまちのうちに一変して、かれら独特の暴力につながるものなのだ。

しかし、生殖の器械は、斎藤さんとか小使のおじさんとかの特権みたいに、その道の天才にばかりに偏在しているものなのではなかった。まるで、恋愛や結婚などをする資格のないみたいに見える、めしの食えない詩人の股影にさえも、神は、それを、ひそかに備えつけてあるのである。だが、詩人は、神のあたえたこの器械を、人間から切り離して考えることは出来なかった。従って、斎藤さんや小使のおじさんなどがするみたいに、この生殖の器械さえあれば、恋愛も結婚も要らないという風な、行きあたりばったりの顔つきをして、これを偏愛し偶像化することは、人間としてのバランスを破ることとなのであり、神の意志を踏みにじることとなのだ。

なるほど、ぼくは、斎藤さんの眼に映る通りに、めしの食えない詩人なのではある。珈琲一杯のんでも、すぐに発熱し兼ねないほどの薄給によって、皇漢医学研究所に傭われていて、斎藤さんの走り使いをして、どうやら生きているのではあるのだ。しかしながら、神は、ぼくに対して、斎藤さんが云うみたいなことは絶対に云わないのである。云わないどころか、恋愛しろとすすめるのだ。結婚もしろとすすめるのだ。なるべく、永生きしろとまですすめるのだ。事実、ぼくは、そういう神の言葉を、股影に仕掛けられて静かに息をしている、ぼくの器械の音に聞くことが出来るのである。

そこで、ぼくは、お福さんとの恋愛を企てたのだ。恋愛は、刻々に発展した。それは、まるで、うろうろしている小使のおじさんや、斎藤さんなどの間をすりぬけて発展した。ぼくらは、天国ビルディングの屋上で、なんどかの接吻を重ねることも出来たのだ。ふたりは、寒い夜の川辺りを歩きながら、彼女のベビーとやらの抱き合わせを条件に、結婚の約束までずることが出来たのである。こうして、ぼくのすることが、次第に、人間らしくなって来たのだ。むろん、その間も、股影にある器械のことをおもい出したりしないのではなかったのであるが、しかし、それを活用するまでには、まだ、なかなか、時期が早すぎるのだと、ぼくは、おもったりしたのだ。そして、昨夜のことなのである。ふたりは、合意の上で、枕なんぞ並べて、恋愛を蒲団のなかまで運び入れることが出来たのだ。おもえば、恋愛を企てて以来、ぼくのして来たことについて、人間らしい自信を持ったのは、実に、その時のことなのである。ふたりは、これまでになかったような、ながいながい接吻をすることが出来たのだ。そして、ぼくは、ひそかに、神の意志に応えることの出来る機会なのではあるまいかと、器械の準備に取りかかったのだ。すると、彼女が、あわて出したのである。

「どうして?」ぼくは、そのように云わざるを得なかったのである。彼女は、だまって、ぼくの手首を押さえたまんま、そのからだを硬わばらせているのだ。

「どうして?」

「でもねえ、まだあたし達結婚してないんですもの。」

ぼくは、だまって、その手を振り離した。すると、彼女は、またあわてたのであるが、すぐに、またぼくの手首を押さえてしまったのである。

「案外、わからず屋さんだね。」

「でもねえ、そんなこと結婚してからのことなんですのよ。」

お福さんは、そう云いながら、押さえていたぼくの手首を押さえなおして、そのままじっと動かなかった。しかし、ぼくは、またその手を振り離した。

「駄目なんですってば。」「どうして？」

「どうしてって、まだ結婚はしてないんですもの。」

ぼくは、また、手首のところを押さえつけられたのである。するとその手を伝わって、彼女の、硬わばらせているからだの盛りあがりが、次第に憎らしく感じられて来たのだ。そのとき、ぼくは、不図、出戻りの彼女に思い当ったのである。彼女は、かつて、それをぼくに告白したのだが、百姓ぎらいの彼女が、親から強いられるままに、農家へ嫁いで行って、一週間も経たないうちに出戻りになってしまった彼女のことを思い出したのである。そして、気がついたときには、もうすでに妊娠していたと云った彼女の言葉を、ぼくは、思い出さずにはいられなくなったのだ。

「結婚してる、してないよりは、妊娠することが恐いんじゃないのかね。」お福さんは、だまって、ぼくの手首を押さえつけたまんま、そして、そのからだを硬わばらせたまんま、身動きひとつもしないのである。

「それが恐いんじゃないのかね。」

お福さんは、なんにも、もう云わなくなってしまったのだ。すると、その黙々のなかには、出戻りや妊娠などの姿に化けて、彼女の杞憂がひそんでいるのだとおもうと、急に、なさけないものでも見せられたように、ぼくには、それが、かなしくなって来たのである。と云うのは、第一、ぼくはもちろんのこと、お福さんにしてもきっとそうなのだが、ぼくらは出戻りの彼女のことを、更にまた出戻りなんぞにするつもりでこの恋愛を企てたのでもなければ、そんなつもりなんぞで、結婚の約束をしたのでもなかったからなのだ。しかも、そればかりではないのである。お福さんにしてもぼくにしても、妊娠なんぞを恐れるために、わざわざこうして蒲団のなかにまで、もぐり込んで来ているのでもないからなのであって、出戻りや妊娠などを杞憂にするような、そのような恋愛なのではない筈なのだ。

ぼくは、またしても、彼女の手を振り離した。そして、彼女の考えていることを、考えなおしてもらおうとするのだが、すぐに、ぼくの手首は押さえられたのである。それでもぼくはまた振り離して、なんとか考えなおしてもらおうとするのだが、手首がまた押さえられてしまうのだ。

ところが、なんということになってしまったのだ。振り離しては、押さえられして、ふたりが押し問答しているうちに、神の意志には応える暇などなくなって、蒲団のぐるり、恋愛のぐるり、器械のぐるりに、夜が明けて来たのだ。

穴木先生と詩人

お灸の学校では、申し合わせたように、先生達が一斉にひげを生やしていた。こめかみのところから顎へかけて長々と垂れ下ったのもあれば、顎ひげだけのや鼻ひげだけのや、または、それらのひげを全部顔一面に備えた先生もあるのだ。そして、穴木先生を除く外、かれらの殆どが背広の服を着て教壇に立つのである。そのスタイルには、また、一種の趣きがあって、いつも上衣の釦《ボタン》をかけたことのない先生などは、一見、その先生の癖でもって釦を外してあるみたいだが、実は釦がからないのでそうしているのであったり、ある先生は、ずれさがった靴下と、短かすぎるそのズボンの裾との間から、黒々とした脛の毛をのぞかせていたり、あるいはまた、膝小僧やふくらはぎそのままの恰好のズボン下みたいなズボンをはいていたりで、背広を着ていながら、背広とは、およそ縁の遠い、異様な風景をそこにつくっているのである。ただ、この学校を卒業したばかりで、穴木先生の助手をしながら教壇に立つようになったふたりの若い先生だけが、どうやら寸法に近い背広を着ているのであるが、その背広は、ふたりを神田の柳原まで案内して、ぼくが見立ててやったのであった。

穴木先生のひげは鼻ひげで、紋付の羽織、袴に黒足袋をはいているのである。たまに、白足袋で来ることもあるが、そんなとき、今日は先生白足袋ですねと云うと、黒い方を洗濯したんで、と云ったりした。本来、お灸の学校の先生方には年寄りが多く、みんな、人生のことを一通りは済んだみたいな顔をしていた。従って、それぞれの前歴も、電車の車掌さんであったとか、役人であったとか巡査であったとか、重役であったとか教員であったとかいう風に様々なのであるが、ひとり、穴木先生だけが、少壮有為というところなのである。

ぼくと、穴木先生とが親しくするようになったのは、そもそも、酒のうえでのことからなのであった。かれが、ぼくよりも年上のつもりでいたところを、あべこべに、ぼくより三つばかり若いのではないかと云って、ぼくが、かれの年齢を云い当てたのである。かれは、人から、老けて見られることに多少の自慢をたのしんでいるらしく、これまで、かれの年を云い当てたものは滅多にないと云ったりした。先生はたしかに老けて見えますよと云うと、なにしろ人一倍苦労して来たんですからねと満足そうに笑ってみせた。かれは、その時の話のついでに、ぼくが、詩を書いているということを知ると、かれはあわてて実は自分も哲学をやっているのだと云って、私立大学の哲学科出身であることなど話すのであった。そして、お灸学校の先生を勤めていることについては、食わんがための手段にしか過ぎないんですよと云って、その言外には、大いに、かれの哲学を見てもらいたいみたいな素振りが見えたのである。

その後は加速度的に、穴木先生とぼくとは友達づきあいをするようになった。かれは、たびたび、ぼくのことを酒に誘い、または珈琲に誘い、時には、亀戸の方面、玉の井の方面などにも誘ったりして、詩人には世話がやけると云ったりした。

ある夜のこと、お灸の学校の仕事が終ってから、ぼくは、自分の室に閉じこもっていた。自分の室とは云っても、ほんとうは、空室なのであるが、学校の事務職員であるところの斎藤さんが、このビルディングの管理人を兼ねているので、こっそりと学校の物置きに使っている室なのであって、そこには温灸器とかその器械のカタログとか、お灸の学校の入学案内書とか、艾《もぐさ》の俵とか、其の他色々のがらくたがいっぱい詰っているのである。ぼくは、木製の古びた寝台の枕もとを椅子がわりにして腰を掛け、テーブルを前にしていた。テーブルの上には、前からの書きかけの詩稿を展《ひろ》げて、ぼくはそれに手を加えていた。その詩は、「無機物」と題したいものなのであるが、なかなかおもうようにはまとめることが出来ないのである。

そこへ、例によって、ノックなしに扉を押し開けて、お豊さんが這入って来た。お豊さんは、このビルディングの一階のさくら珈琲店の女給で、ビルディング内の人々の噂によると、ぼくに惚れているという女性なのである。穴木先生も、ぼくのことをさくら珈琲店に誘っては、お豊さんのことを持ち出して、ぼくさんは仕合わせだと云い云いするのである。しかし、ぼくは、どうしても、お豊さんのことを好きになれないのだ。それは、これから先もどんなに、たびたび、この室にぼくを襲って来ても、無駄なことだとぼくにはわかっていた。お豊さんは黙って、独り芝居をしているみたいに、わざとらしく忍び足でテーブルの側に寄りかかって来た。彼女は、その細い腰をこごめるようにして、テーブルのうえの詩稿に眼をやった。黒い長い艶々の睫《まつげ》が一斉に飛び出して反っている。彼女は、多分、急いで階段をのぼって来たのであろう。喘いでいる息を抑えるようにしては、またその鼻翼をふくらましながら、原稿に指を触れてみたりした。

「これなんなの?」

「詩。」

「シ！」

だが、そんなものは、お豊さんの知ったことではないのであろう。彼女は、おもい出したように、穴木先生の使いで来たことを告げ、先生が待っているから、よろしかったらさくら珈琲店にお茶をのみに来いとのことなのであった。お豊さんが出て行ってから、まもなくのことである。さくら珈琲店へ行くつもりで、階段を降りかけると、下の方から、またあたふたとお豊さんがのぼって来た。彼女は、ぼくに気がつくと、そのまま階段の途中に立ち止まり、手招きといっしょに、早く早くとおろおろ声で云った。

「なんだね。」

「ケンカよ。先生がやられそうなのよ。」

相手はときくと、運ちゃん達と云うのである。運ちゃん達と云えばぼくも顔見知りの、彼等のことに違いなかった。彼等はいつも、さくら珈琲店の一隅にとぐろを巻いていて、お豊さんのことを張っているのだと噂されている連中なのであった。お豊さんとぼくとがもつれるみたいにあとさきになりながら、さくら珈琲店の裏口から這入ってみたのであるが、もう穴木先生の姿は見えなかった。ただ、四五人の客が、こちらに背を向けてドアのところに立ち塞がり往来の方を見送っていた。ぼくは、往来へ出た。そして、ビルディングの裏の暗がりまで駈けつけて来たのである。しかし、ケンカは、すでに終ってしまって、人だかりのなかの地べたには、正に、穴木先生が伸びているのであった。かれは、まるで、ふだんの勝気な性格や鼻ひげなど、いまはそこに投げ出してしまって、苦しそうにうめいているのである。ぼくは、その耳もとに口をあてた。そして、先生々々と呼びながら、かれの両脇のところに手を入れて抱き起した。それから、かれの右手を持ちあげてぼくの首にかけ、そのまま首で持ちあげるようにしてかれを立ち上らせると、一足ずつ支え支え歩き出したのである。すると、その時である。ぼくの胸壁をノックするものがあった。それはぼくの首にかけた先生の手の仕種なのである。ぼくは、また、先生と呼んでみた。するとまた、ノックするのである。ぼくは狐につままれたようなのであったが、それでもノックの意味がわかって来たような気がして、人だかりを避けるために、こんどは小急ぎに歩き出したのである。すると、先生の足が軽くついて来た。ぼくは、もういちど、ノックの意味を確かめようとして、大丈夫ですか先生と云うと、その手はぼくの胸壁をつまんでみせるのであった。そこで、ぼくは、すべてのことを納得出来たような気がしたのである。案の定、ビルディングの階段をのぼりかけた時、先生はその手をひょいとぼくの首から外して、さっさと一足先に階段をのぼって行った。つづいて、ぼくも職員室に這入った。

「いったいどうしたというんです。」

「ひどい目にあったがまあ助かった。」

穴木先生は、そう云って笑ったが、ここのところがひりひりすると云いながら、その右の耳を、電燈の明りに向けて見せた。耳には摺り傷があって、血がにじみ、砂埃がくっついていた。

話の様子によると、ケンカのはじまったのは、先程、ぼくのところからお豊さんが戻ってすぐのことだったという。ぼくの来るのを待って、穴木先生とお豊さんとが話し合っているところへ、例の運転手の仲間のひとりが、いきなりお豊さんの傍《わき》に腰を掛け、なにごとかしゃべったかとおもうと、いやがるお豊さんの手を引っ張り、ボックスのなかから引き摺り出そうとしたというのである。

そこで、穴木先生が腹を立ててしまい、おまけに一杯ひっかけていた勢にまかせて、運転手やからがなんだいと呶鳴ってやったというのである。ところが、運転手やからとはなんだいという騒ぎになってしまって、そこらに居合わせていた運転手仲間が総立ちになり、表へ出ろと云って穴木先生に迫って来たのだそうで、

「こまったことになったわいとはおもいながらも、どうにも引っ込みがつかないんでね。」

先生はそう云った。ところで、前後左右を彼らに取り囲まれたまま、やむを得ず表へ出たのだが、あの暗い路地に来たところ、いきなり耳に一撃をくらったというのである。先生はその瞬間、抵抗しては不利だとおもったので、とっさに亀さんがするみたいに頭を引っ込め、手足を引っ込め、背なかをまるめてそこにすくんでしまったというのである。そのように、一通りのことをぼくに話しているうちに、穴木先生は得意の頂上にのぼっていた。かれは、亀さんにならって身を護ることの出来たことを、自然の護身術と称して、人間でも動物でもみんなわが身の危険を感じる際には生れながらにしてこうして、(かれはまたそこで頭や手足を引っ込めて見せた)その内側を守る本能のあること、それというのも、ツボのなかのツボらしいツボ、つまり致命的な急所の殆どが人体の内側にあるからなのだと説くのであった。

「だからなんのことはないこれっぽちですんじまったわけさ。」

そうは云うものの、多分、ひりひりしているのであろう。かれは、もういちど、耳のところに掌をあてた。それからその掌を明りにさし出すようにして見ながら、片方の手で袂のなかを探っていたが、紙片を取り出して掌を拭いた。

「まあしかし、ばくさんは仕合わせだよ。」

穴木先生はそう云って、意味ありげに笑った。そろそろ、また哲学がはじまるのかとおもっていると、かれはつづけて云った。

「俺みたいなのはいつでも馬鹿を見るばかりだ。これも世話好きなんだから自業自得なんだがね。寄りたくもないさくらなんてところに寄ってだ、たとえ耳だけの被害に過ぎなかったにしてもだね、こんな目に逢うなんてことは、そもそも誰のためなんだろうかね。」

恩の、押し売りなのである。ちょいと待ったと云いたいところなのだが、ぼくはだまった。第一、お豊さんのことを好きだとでもぼくが云ったのならともかく、勝手にさくらに寄って、勝手にお豊さんとぼくとの間をとりもつ気になりながら、まるで、ぼくのためにやっているみたいに云うところが、ぼくのがまんの出来ないところなのであって、折角、これまでの間、御馳走にあずかったところの、酒も珈琲も玉の井も亀戸も、みんなそこに吐き出してしまいたくなるのであった。従って、ぼくはこれから先、損得を考えずには、穴木先生とのおつきあいに自信など持てそうもなくなったのである。

その夜、おそくから、お豊さんがまた、ぼくの部屋にやって来た。

「今夜は疲れているんでもう寝るよ。」

寝台に横たわったままお豊さんのことをぼくは見ぬふりした。

「あのね。」

「もうおそいじゃないか。」

「あたしが泊ってはいけないかしら?」

「泊る?」

ふしぎなことを云い出したものだとぼくはおもった。だが、しかしここには寝台がひとつあるだけなのである。それは、地球がひとつしかないということと共通するものがあるのだ。ひとつの地球の上に、二種類以上のものが同時しようとするところに、世の中の色々のことがあるわけなのだ。ひとつの寝台の上だって、二種類のものが同時しようとするならば、なにごとか起きないとも限らないのである。

「泊るったって寝かす場所がないじゃないか。」

とは云ったが、すぐに、ぼくは気が咎めたのだ。若《も》しも、寝かす場所があったら、お豊さんのことを泊めるのかと、ぼく自身に借問したからなのである。ぼくはあわてた。

「帰って寝なさい。」

しかし、お豊さんはだまって、寝台の丁度ぼくの足もとのあたりに腰を掛けた。

「あたしここでいいの。夜が明けるまでこうしてるの。」

「駄目だよ。お帰んなさいよ。」

だが、ころがり出した石っころが、やがてその任意の位置に落ちついてしまったかのように、彼女はそこを動こうとはしなかった。ぼくには、その様子が、まるで穴木先生の恩の押し売りみたいに、愛だか恋だかの押し売りに来られている感じなのだ。ぼくは、横たえていたからだを起して、寝台の上に胡坐《あぐら》をかいてしまった。追い返すことも出来なければ、その愛みたいな恋みたいなものを買ってやる気にもなれないからなのである。

「あたしどうしようかしら。」

「帰った方がいいとおもうね。」

「そうじゃないの。」

「帰った方がいいね。」

お豊さんは、ぼくの顔から眼を外らして、その眼を天井に向けた。彼女は、しばらくの間、足をぶらぶらさせていたのだが、

「あたしのことどう思って？」

だしぬけにそう云って、お豊さんは両手で顔をかくしてしまった。ぼくは、自分の思っている通りに、好きじゃないということを、口に出してみせることは出来なかった。

ふたりは、その夜の成り行きで、案外すらすらと、ひとつの寝台の上に横たわった。ところが、急に、お豊さんが背を向けて叫んだ。

「こわい！」

だが、もういちど、ぼくは彼女のからだを抱き寄せて、逃げる彼女の唇を追っかけるみたいにするのだが、彼女は細い首を斜に向けて伸びるところまで伸ばしているらしく、こわいこわいとつづけているのである。ぼくは、まるで、気がぬけたみたいになった。なにも彼女をこわがらせるために、接吻というものをしたくなったのではなかったが、同時に、自分の姿にユーモラスなものを感じたりしてしまって、ふるえている彼女のからだから、そっと手をひいてしまったのである。ぼくは、彼女が、いまにも寝台のうえから飛び降りて、逃げ出すみたいに帰るのではなかろうかとおもったりしていたのであるが、翌朝、背中合わせになったまんまで、ふたりは無事に眼が覚めたのである。

お灸学校では、校長が死んでしまって、急に、その内部がざわめいて来た。その原因は、事務主

任の斎藤さんの存在にあるものだとされていた。斎藤さんは、次第に風あたりが強くなって来た。ある先生は斎藤さんに使われているという立場を嘆くみたいな口調で、君にしても俺達にしても日本人の恥じゃないかと云い、ストライキを起そうではないかと云ってさかんにぼくのことを煽動したりするのである。また、ある若い先生は、俺達は結局、穴木先生と行動を共にするより外はないなどと云ったりした。穴木先生は、学校の入学案内書を一冊持って来て、これを見てごらんどうですと云いながら、その表紙を指ざしてみせた。表紙には、ローマ字で、Shingyu とあるのである。それは、勿論、鍼灸のことなのであるが、この案内書の作者は斎藤さんで、かれがその発音通りに綴ったものなのだ。そのことについては、ぼくも前に気がついたので、それとなく斎藤さんに注意をうながして次の印刷の時には訂正する筈になっていたのではあるが、穴木先生は学校の恥だと云って罵《ののし》った。時には、また、生徒の月謝、あるいは艾《もぐさ》、鍼灸具、温灸器、講義録というようなものなどの、その日の売り上げについて、それとなくぼくにきいてみたり、かとおもうと、斎藤さんの留守に、事務所の会計簿に眼を通している穴木先生の姿を見ることなどもあるのだ。

ある日、執務中のことなのである。事務所の扉を蹴飛ばすようにして這入って来た音に、ぼくも、ぼくの隣りにいた斎藤さんも同時に顔をあげた。一杯機嫌の穴木先生なのである。執務時間中なのではあるが、一杯機嫌の先生を見るのは別に珍らしいことなのではなかった。隠居の感じのする方が生徒の大部分を占めている学校だけに、先生達はもとよりぼくや給仕に至るまで、昼間でも夜間でも、食事や一杯のおつきあいに誘われることがあるからなのである。

穴木先生は、まず、扉の前に突っ立って、顔をあげた連中のことを笑顔のまんまで見降した。かれは、充分に意識のこもった咳払いをひとつしてから、持っていた桜のステッキを引き摺って、斎藤さんの斜向《はす》いに廻り、そこの椅子に腰を掛けたかとおもうと、股の間にステッキを突っ立てるようにしてこつんと音を立てたが、そのステッキのうえに両手の指を組み合わせてその上に顎をのっけて、かれは、斎藤さんの顔をながめ廻したのだ。

「どう見ても好男子ですなあ。」

色の白い、鼻ひげの黒い、頭を分けた、金縁眼鏡の斎藤さんが、すっかり顔の置き場に困ってしまい、ぼくや給仕と顔を見合わせたのだが、またその顔を穴木先生の方に向けて仕方なしみたいに笑った。

「いいごきげんですね。」

「先生だものいいごきげんにちがいないや。時にこれはどうです？」

ステッキをさすりさすり、穴木先生はそれをみせる風にして持ちあげたかとおもうと、いきなり、おめえんとやってしまったのだ。ステッキは折れてその尖端がコンクリートの壁にぶつかり、床の上にころがり落ちたのである。斎藤さんはやられた頭を両の手でかかえて、テーブルの上に俯してしまった。ぼくは残念ながら、この出来事に反映している日本風な暴力の典型を観た。なんと、地球のうえが寒々としていることか。給仕は、艾の袋を手にしたまま、隅っこの方にいておどおどしていた。さすがに、天下の穴木先生も、内心はやりすぎてしまったとおもったのであろう。いささか、かれはまごつき出した。

「そんな気でやったのではないが、ついどうもとんだことになっちゃった。」

穴木先生はそう云ったのだが、それほど強くやったのではないみたいな口振りで、もともと折れそうになっていたステッキだったと云いながら、かれは椅子から立ち上り、斎藤さんの頭の手を無理に剝がすようにして、その傷を確かめたりしてその場を繕った。

「傷は、神底を外れているから大したことはないや。」

先生は、そのようなことを云い棄てて事務所を出て行った。

「だまってぶんなぐるんですからね。」

穴木先生の姿が見えなくなると、斎藤さんはぶつぶつ云いながら、やられた頭を撫で撫で、ぼくの方に向きを変えた。なるほど、神底を外れているのである。神底というのは、例の専門語で、鼻筋からまっすぐに、額をのぼり後頭部の方へかけての頭部正中線の線上にある一点なのであって、額の毛の生え際にある孔穴《つぼ》のことなのだ。その孔穴をちょいと左に外れて、大きな瘤が出来ているのである。かれは、このごろの穴木先生が、なにかにつけてひどく当り散らすようになって来たとや、三ヶ月も先の俸給など強引に前借してしまっていることなどをぼくに語り、あるいはまた、ストライキ云々の噂も穴木先生の煽動によるものだと云い、そんなことをして穴木先生が、斎藤さんのことをこの学校から追ん出そうとしているのだと云ったりしたかとおもうと、かれは、ひとりごとみたいに、この学校を誰の学校だかも知らないで、そんなことが出来るかどうかやってみるとよいなどと云った。そこで、ぼくが、その学校のことを誰のだかときくと、書類を見れば誰のだかわかると云い、その書類は、ちゃんと金庫のなかにあると云って、言外には明らかに斎藤さんの学校なのだと仄めかしたのである。

「じゃその書類というのを、穴木先生に見せてはどうです？」

即座に、斎藤さんはかぶりを振った。

「でないと、また痛いおもいをしては損じゃないですか。」

また、かぶりを振ったが、かれは唾をのみこんでから云った。

「痛いのはいくらでもがまんしますよ。だが、見せた途端に、書類を破かれてはたまりませんよ。」

云われてみればそういうことも、穴木先生を知っているものには、斎藤さんの被害妄想として片づけてしまえないものがあるのであった。

ぼくが、退職を申し出ることになったのは、それからまもなくのことである。これまでは、穴木先生と斎藤さんのすることを、一定の距離をへだてて、あたらずさわらずに見たりながめたりして来たのだが、次第に、それが出来なくなって来たのである。かれらは、たがいに別々に、まるで裏から廻って来たような顔つきをして、しかも双方がおんなじことをぼくにすすめるのである。それは、いかにも干渉がましく、この際一日も早く、鍼灸師の資格をとるようにとすすめるのだ。ぼくにしてみれば、かれらからすすめられるまでもなく、艾《もぐさ》のにおい線香のにおいなどにもすっかり馴染んでしまい、肩がこるとか頭が痛いとか、足がだるいんだの便秘をしているんだのと云って頼まれれば、どうやら人のからだにも、お灸を据えたり鍼を刺したりが出来るようになって来て、食うだけのことはぼく自身鍼灸師になりたいものだとおもっていた矢先なのである。ところが、それをふたりからすすめられてみると、ぼくのこころは鈍って来た。かれらにはそれぞれの用途があって、一日も早く、ぼくのことを鍼灸師にして置きたいのだ。その用途を、穴木先生によれば、いよいよこの学校から斎藤さんのことを追ん出して、ぼくのことをかれの代りにすると云うのである。斎藤さんは斎藤さんで、いまに穴木先生のことを首にして、ぼくさんのことを主任先生にするということにあるのだ。どちらも、ぼくに対する愛情や信頼のようなものがあってのことなのではあろうが、穴木先生とぐるになって、斎藤さんのことを追ん出したり、あるいは斎藤さんとぐるになって、穴木先生のことを首にしたり、そのどちらかをするために、一日も早く、鍼灸師になるということは、ぼくの柄でないばかりか、到底、詩人には出来ないことなのだ。そうかと云って、天下の穴木先生に、その抱いている野心を放棄させることの出来るようなてだてがぼくにある筈もなく、また、日本人ではないと見られているところの斎藤さんを、日本人にしてみせるてだてもなければ、かれに私腹を肥やすことを断念させるようなてだても、ほくにはないのである。そんなわけで、かれらふたりの間に挟まりながら、そして、云わば、かれらの愛情や信頼のようなものを受けている身でありながら、ぼくは、かれらのどちらに対しても、酬いるところがないばかりか、逆らうことさえ出来ない存在になってしまったのだ。従って、鍼灸師になることを、一日も早くとすすめられるたんびに、ぼくは、逃げ腰になって来たのである。

「実は、結婚することになったんです。」

「結婚！」と斎藤さん。

「そうです。」

斎藤さんは、ふき出して、腹をかかえて見せたのである。かれは、ハンカチを取り出して、縞ズボンの膝のところに二、三度はたいてそれをひろげてから、笑いでよごしたばかりのその口を左右に拭いた。

「冗談じゃないや。」

かれは、吐き棄てるみたいに云ったが、それだけ、ぼくの結婚ということを本気にしすぎているからなのであろう。手にしていたハンカチをズボンのポケットに押し込みながら、かれはつづけた。

「結婚すると、口がいくつになるとおもうんですかね。」

「ふたつになるんですがね。」

「こどもが出来ると?」

「三つになるんですがね。」

あきれて、ものが云えないと云うみたいに、斎藤さんは、ぼくの顔をうちながめていたのだが、

「まったく冗談じゃないや。自分ひとりの口もやっとのぼくさんが、口がふたつになり三つになったら、いったいどうするつもりなんですかね。」

「それをぼくも心配してるんですよ。口がふたつになっても三つになっても、食っていけるだけのことを、この学校がしてくれると云うのなら問題はないんですがね。」

そこで、かれは、頓挫した形になってしまったのだが、それだけの待遇をするかしないか、問題が、斎藤さん自身の上にのしかかったからなのである。

かれは、翌日、ぼくの室にやって来て、ほんとに退職する気なのかと念を押したが、

「どうですかね。鍼灸師の資格をとる気はないんですかね。」と云い、

「一躍して主任先生になるんですがね。」

と云って、ぼくの退職をおもい止まらせようとする風なのであった。

日が暮れてから、お豊さんがやって来た。

「あたしもるんぺんになっちゃった。」

彼女はそう云って、胸にかかえて来た小さな風呂敷包と、しなびたハンドバッグとを寝台の上にのせた。様子が変なので、いったいどうしたのかときくと、

「あら、穴木先生のお宅へ連れてって下さるんじゃないの?」

「そんなこと知らないね。」

「だって、先生がそうおっしゃったわよ。」

またしても、要らぬお世話の押し売りなのかとおもうと、ぼくは、うんざりしてしまった。おまけに、お豊さんのことまで誘い出しての念の入ったそのお世話振りには、もう、なんにも云うことがないではないか。そこへ、穴木先生が這入って来た。かれは、お豊さんに眼をやって笑ったが、その眼を、ぼくの方へ移してまた笑った。

「どうだね、ふたりでうちに来んかね。」

「お宅へですか！」

「四五日でも一週間でも一休みするつもりでどうだね。お豊さんもそうしたいと云ってるんだがね。」

ぼくは返事に困った。

「さしあたり行くあてがなくては、ふたりで困るだろうが。」

いよいよ、ぼくは困って来た。そしてそのまま、返事をしかねてぐずついていると、すかさず、穴木先生がつづけて云った。

「だからまあ、そういうことにするんだね。この際、色々ゆっくりとばくさんに相談したいこともあることとなんだからね。」

かれは、そのように、要らぬお世話を勝手にまとめたかとおもうと、そこで、一度、笑ってみせたが、夜間部の鍼の実習を済ませ次第、ここに、ふたりのことを誘いに来るからと云い残して、職員室の方へ引揚げて行った。

ぼくは、気が重くなって来た。もうどうにでもなれとおもった。例によって、穴木先生のすることを、たびたびこうしてかれの云いなりになってしまうからなのだ。だが、それにしても、自分のおもっている通りに、真正面からそれを、要らぬお世話だなどと云って、きっぱりお断わりするということは、ぼくにとってはそれこそ、大変な大事業と云わねばならないことなのであって、自分のこれまでの態度を、すっかり改めてかからなくては、到底、出来る筈のことではないのだ。ところで、自分の態度を改めるということそのことが、そもそも、ぼくにとっての難事なのであって、それゆえに、これまでのぼくは、要らぬお世話とはおもいながらも、結構、恐縮顔までしてみせてお世話になりなりして来たのだ。もっとも、はじめのうちはたとえばぱい一に誘われたり、珈琲に誘われたり、亀戸や玉の井に誘われたりしても、ぼくはそれを要らぬお世話とはおもわなかった。むしろ、ぼくは、そういうおつきあいのなかに、詩人に対する哲学者としての穴木先生の愛情が、にじみ出ているものとばかりおもい込んでいて、それに対しては率直にお世話になることが、詩人としてのぼくのエチケットなのではあるまいかとさえおもったりしていたのだ。そのうちに、詩人には世話がやけると云ったり、あるいはいつぞやみたいに、運転手達とのケンカを買ったりした揚句は、誰のためにこんな目に逢わされたのかと云って、いかにも、詩人のぼくのためにひどい目に逢ったみたいなことを云ったりする言動のなかに、世話の押し売りや恩の押し売りなどをする先生の姿を、ぼくは、見逃がすことが出来なかった。ぼくが、穴木先生とのおつきあいに、ひそかに用心をするようになったのは、そのためなのだ。従って、ぱい一にしても珈琲にしても、亀戸や玉の井などへのことにしても、ぼくは、前みたいに、率直にお世話になるということが出来ず、と云ってもすぐに態度を改めてお断わりしてみせるという風なことも出来ず、こころのなかでは、要らぬお世話なのだとおもいおもい、つい、お世話になりなりして来たわけなのだ。しかしながら、要らぬお世話は度重なり、また、新らしく現われて来たりした。穴木先生がどんなに猛烈に、この学校を自分のに欲しがろうと、それは食慾みたいなものなので、およしなさいとも云えないのであるが、そのために斎藤さんのことを追ん出して、その替りをぼくにさせたいために、一日も早く鍼灸師になれと云って、ぼくにすすめるのは要らぬお世話なのである。斎藤さんは斎藤さんで、穴木先生とはまるで逆に、かれは穴木先生のことを首にして、替りにぼくのことを主任先生にするからと云い、一日も早く鍼灸師になってもらいたいと、ぼくにすすめて来るのであったが、似たり寄ったりの要らぬお世話なのだ。しかし、これらの要らぬお世話は、ぱい一や珈琲や、あるいは亀戸や玉の井の場合とは、そのおもむきを異にしていたのだ。若《も》しも、ぼくが、穴木先生の替りに、主任先生を勤めるとなると、斎藤さんとぐるにならなくては出来ないことなのであり、斎藤さんの替りに事務の主任を勤めるとなれば、穴木先生とぐるにならなくてはまた出来ないことなのであって、ぼくまでが、かれらの利害関係に巻き込まれなくては出来ないことなのであり、かれらのどちらかと、いがみ合わなくては出来ないことなのだ。かれらは、云わば、そのために、鍼灸師になれなどとすすめてくるのだから、ぼくみたいなものには、まったくの要らぬお世話なのだ。それはまるで、召集だの徴用だのとおんなじに、ぼくのことを尻込みさせてしまって、ついに、退職ということになったわけなのである。おかげで、穴木先生とぐるになるようなおそれがなくなって、ぼくは、斎藤さんのことを知らずに済むばかりでなく、斎藤さんとぐるになるおそれもないのだし、穴木先生のステッキでもって、おめえんなどとやられずに済むというような、そういう結論にぼくの身を置いたところなのだ。もっとも、退職に際しては、その理由をありのまんまに申し述べたのではなかった。

ほんのその場だけを繕ってみせるために、口からの出まかせを云って、結婚することになったなんてぬかしたのだ。そのことを穴木先生と斎藤さんとのふたりが、どこまで本気にしているかどうかについては、別にぼくの知りたいところなのでもないのであるが、ただ、斎藤さんの場合には、即座に吐き出してしまって、口がふたつになり三つになったら、どうするつもりなのかと、ぼくの結婚ということをかれはかれらしくこっけい化してみせたにすぎなかった。しかし、穴木先生の場合には、相も変らず要らぬお世話のつづきなのだ。かれは、いよいよ詩人の結婚だとおもい込んでいるみたいであり、その結婚の対象として、お豊さんのことを勝手に捏《こ》ねあげているみたいなのだ。ところがぼくは、お豊さんのことを念頭において結婚を口実にしたのでもなければ、お豊さんと結婚するなんていうような意志など、ぼくには絶対にないのであって、お豊さんを連れ出して来てまでのお世話は、それこそ、要らぬお世話なのではあるまいか。それにしても、持って生れたぼくの性格のまるさは、ぼくにもどうにもならなかった。このまるさは、俗に云うところの、卑怯のようなものずるさのようなものを含んでいるにしても、この面相のどこにも角など立ててみせる余地がないのだ。もしも、そういう自分に逆らって、無理にも角を立てるとなると、ぼくはたちまちいびつになってしまうより外には態度の改めようもなく、どこに角が立つのであるか、まるいぼくにはそんなことなど、わかったものではないのだ。かように考えてくると、またしても要らぬお世話とはおもいながら、出来るだけのがまんの出来るその間は、穴木先生のするがままに任かせて、ころころころがっている外はないのだと、ぼくはひそかに覚悟を決めたのだ。

　四ッ木の駅へ降りて、穴木先生のお宅にころがり込むと、奥さんが酒を運んで来た。

「うちではいつでも、ばくさんとお豊さんの噂で、似合いの夫婦だなんて云い云いしてたんですよ。」

さすがは穴木先生の奥さんだけあって、そちらもお似合いの御夫婦ですよと感想を述べたかったのであるが、ぼくは、また、まるくなった。穴木先生はしきりに、斎藤さんのことを追ん出す話をして、学校のためには止むを得ないことだと結んだりした。そして、かれは、ぼくに鍼灸師になることをすすめるのは、第一、詩ではめしの食えない詩人であるところの、ばくさんのためにすすめるのだと云って、斎藤さんのことを追ん出した次第は、是非ともばくさんに復職してもらいたいのだと云い、そのときはむろんお豊さんとばくさんとがいっしょに生活していけるだけの、俸給ぐらいのことは出してやるのだと云った。ぼくはそれらの話を一々、要らぬお世話とはおもいながら、それでは穴木先生自身のためには、いったいどうなのかと云ってみたくもないのではなかったが、別にいびつになるほどのこともないので、また、まるくなりなりした。気がつくと、穴木先生はその話の合い間合い間に、ねえお豊さんと附け加えるのであった。お豊さんはぼくの右手に馬鹿みたいな顔を懸命にまとめようとして、穴木先生からそのように、ねえお豊さんと声をかけられるたんびに、うなずいたり笑ったりまばたきをしたりして、彼女は浮々しているのだ。そのうちに穴木先生は酔っ払って来た。かれは、酔いのなかにいても、時々、斎藤さんの存在にぶつかるものと見え、その顔をあげては、なんだいそれはShingyuじゃないか、Shingyuと云って繰り返すのであるが、そうかとおもうとまたひょいと、お豊さんのことを見あげるみたいにして、わらってるわらってると呟いては、ぼくの顔と見くらべるみたいに、

「まったくばくさんにはもったいないや。」

と云ったりして、そこに、酔いつぶれてしまったのである。

その夜、お豊さんとぼくとが、指定を受けた部屋というのは、玄関のところの三畳間なのであった。ふたりは暗闇の底に沈んだみたいになって、並んだまんまひそひそと仰向けになっていた。やがて、襖をへだてて、六畳の間からは、鼾《いびき》の高鳴りががむしゃらにひびいて来た。ぼくは、ねむれなかった。しかし、ねむれないのは、必ずしもその鼾のせいばかりでもなかった。ぼくは寝返り打って、お豊さんの方に向きを変えた。眼をひらいてみると、真暗闇なのである。ねむれぬままにまた眼を閉じていると、ぼくのとは違った肉体のあちらこちらが、交々《こもごも》に眼にうかんでくるのだ。ぼくは仰向けになり横になりして、それらの夢を追い廻わしていたのであるが、つい、寝返り打ったふりをしてしまって、ぶらりと振った自分の右の手を、それとおもうあたりへと投げ出したのだ。果して、そこには、彼女の胸が盛りあがっていた。不意をくらってはねあがるものみたいに、ぼくのその手には彼女の両腕がとりすがった。云うまでもなく、ぼくは彼女のからだを抱き寄せたのであるが、同時に、彼女の背なかが反り返った。

「こわい。」

「こわい!」

ぼくは、反射的にそう云ったが、お隣りの御夫婦を憚《はばか》った。そして、声のかわりに息を利用して、そっと、彼女に、セップンとささやいた。

「こわい。」

ぼくは、ためらった。だが、もういちどおもいなおして、ぼくは彼女のことを抱き寄せようとした。

「こわい。」

「こわいことなんかないじゃないか。」

しかし、彼女の背なかは反り返っていて、そのふるえがかすかに、ぼくの手に伝わって来るのだ。ぼくは、おもむろに手をゆるめた。なんと、不便な肉体なのであろう。そうおもうといっそのこと、ふるえる背なかをこちらにねじ向けて、その手を押しのけて、その足を押しひろげてはと、人並みたいなことを考えてみないのでもなかったが、あるいは、処女なのかも知れないとおもったり、仮りに、それほどの処女ではないにしても、猿轡《さるぐつわ》のひとつも欲しくなるみたいな、こわいこわいが気になったりして、しまいには、彼女のことを、そのままそこにそっとして置いた。

ぼくは、このように、接吻からはすっぽかされ、訪れて来る筈のねむりからも、すっぽかされてしまったのではあったが、それでも姿勢は元の姿勢を取り戻して、静かに仰向けになっていた。すると、急に、お豊さんのすすり泣きなのである。

「あたしのこと棄てないで。」

ぼくは、面喰った。生れてはじめての場面なのだ。ぼくは、いささかあわてた。

「すてるなんて誰も云いやしないじゃないか。」

「でも、おこってるんでしょう。そうでしょう。」

「もういいよ。ねなさいよ。」

「きっと、そうでしょう。おこってるんでしょう。」

「ねなさいったらもうねなさいよ。」

「きっと、そうよ。おこってるのよ。」

「いつまでも起きてるとまたこれだよ。」

ぼくは、そう云って、彼女のことを抱き寄せる真似をしてみせた。すると、彼女は反り返った。

「こわい。」

「それごらんなさい。だから、もうねなさいと云うんですよ。」

それっきり、ふたりは押し黙った。気がつくと、いつのまにやら、すすり泣きは消え、お隣りの鼾もやんでしまって、暗闇のなかは静まりかえっていた。

翌る朝、水を汲むポンプの音や、バケツや食器の音にぼくの眼が覚めた。まんざら、ねむれなかったのでもなかったわけだが、

「どうだね、ゆっくりねむれたのかね。」

朝茶をのみながらの穴木先生なのだ。ぼくはてれてしまった。

「ぐっすりですよ。」

「どうだか、あぶないもんだね。」

ゆうべのすべてを知ってるみたいに、穴木先生はひとり満足そうに云いながら、お豊さんとぼくのことをそれとなく見い見いした。

さて、それから幾日も経たないうちに、芝の神谷町に、三畳の間を見つけた。ぼくは、要りもしないものを、穴木先生から押しつけられて、それを運ぶみたいに、お豊さんのことを連れて来たのだ。しかしお豊さんは、うきうきしていた。

「あたしの全財産はこれっきりよ。」

彼女は、声を弾ませながら、小さな風呂敷包と、しなびた黒革のハンドバッグとを、おっぽり出すようにしてぼくの机の脇に置いたのである。

もう、すぐ夏なのだ。お豊さんは、ぼくよりも先に、ながながと畳の上にじかにねそべって蒲団などなくたって平気だなどと云ったりした。しかし、ぼくは上衣を脱いで、それを彼女の胸のところに掛けたのである。

お豊さんは、朝になっても、鼾をかいていた。おまけに、彼女はよだれを垂れているのである。よだれは、唇の隙間から漏れて、鈍い光沢をおびながら、畳の上に流れ落ちているのだ。胃でもわるくしているのではないのかと、ぼくは、そのよだれを好意的に見てはやりたいのだが、足りないみたいな感じを受けるのは、どうすることも出来なかった。彼女は、眼が覚めると、よだれに気がついたのであるが、更に、そのよだれをなすりつけるみたいにして、口のあたりを手の甲でこすり、折り返しこんどはその掌でもって、畳の上をこすってしまったのだ。

「あたしねぼうしちゃったのね。」

「まだ早いよ。」

「もう幾時?」

「さあ。」

お豊さんは、ハンドバッグをその膝に引寄せると、なかから歯ブラッシを取り出して、手拭を片手に出て行った。ぼくは、襖の、明けっ放しを気にしたが、すぐに彼女が戻って来た。

「ばかに早いね。洗ったのかね。」

「洗ったわよ。」

「洗面器がないだろう。」

彼女は、にっこり笑ってみせたが、持っていた手拭を肩にかけると、水道の蛇口をひねる手真似をしてみせて、両の掌で水をうける真似から、顔を洗う真似までしてみせたのだ。それが、まるで、洗面器のないことなどについては、一向、おかまいなしのような様子であることがぼくにはふしぎで、蒲団のないことに対してもそうなのであり、接吻、その他の肉体的関係のないということ、そのことに対しても一向平気みたいなのだ。

ふたりは、その日、外食したが、次の日の朝は、お豊さんがよだれを垂れて寝ているうちに、ぼくは、そっと部屋を出て行った。そしてあるだけの金をみんな投げ出して、それをジャム付のパンに替えて来た。

「パンだ。」

「パン屋さん行って来たの？」

パンは、たちまち、ふたりの口のなかへと消え失せたのである。もう、これで、お金もなくなって、食うものもなくなったのだとおもうと、ふしぎに、ぼくは落ちついて来たのだ。ぼくは、例の詩稿「無機物」を、鞄のなかから取り出して、それを机の上にひろげたのである。

ぼくは考える、というのが、この詩の書き出しなのであるが、お灸の学校に就職するずっと前からの書きかけのものなのであって、従って、対象になっている女性は、むろん、お豊さんのことではないのである。詩は、ぼくが、その女と接吻したことについて考えるというわけなのであるが、つまり、接吻したからには結婚の出来る可能性があるものと考えて、縁談を申し込みたくなったと告白するのである。すると、接吻したその女が、浮浪人のくせにと云って、ぼくのことを鼻であしらってしまうのである。

ところが、ぼくは考えているというのである。まず、縁談を先にまとめて、すぐにその足で、人並ぐらいの生活を都合して来て、浮浪人であることをやめたいものだと考えていると云うのである。するとその女が、世間のものわらいだと云ってなかなか問題にしないのである。

ところが、ぼくは考えたのか、縁談は、話だけでもまとめておきたいと懸命なのであるが、その女が、さよならをしてしまったので、ぼくの恋愛が終ったと云うのである。

詩は、そのような生き方をして来たぼくのことを、まるで、無機物だと観察して、からだを動かさずに表情ばかりに生きていることを指摘し、恋愛している間中、浮浪人のまんま、現実ごとに仰天しているぼくのことを、皮肉るつもりでかかっているのだが、それが、なかなかまとまらなかった。

おなかの具合によると、そろそろ、昼も過ぎた頃なのではなかろうか。ぼくは、余程、出かけようともおもわぬでもなかったが、矢張りおもいなおしてやめたのだ。よしんば出かけて、穴木先生にめし代を借りて来たにしても、食えば、すぐにまた、借りに出かけなくてはならない状態なのだ。しかし、食うつもりなのであれば、そうすることも止むを得ないことには違いないばかりか、まず、ぼくの就職ということによっても、食うだけの仕掛が出来ないことはない筈なのだ。ところが、ぼくには、この際、食うということそのことよりも、もっと切実な現実の問題があって、どんな風にしてお豊さんと別れるか、それなのである。まったくお豊さんには気の毒なのだが、事実、ぼくは彼女と別れてしまわない限り、もう、めしなど食いたくもなくなったのだ。だが、どれほどお豊さんの存在が、ぼくにとっては好きにもなれないような、要らぬ存在なのであるとは云え、今更、要らぬからと彼女を持ち返して行って、穴木先生宅に置いてくるというわけにもいかず、あたしのこと棄てないでと泣きつかれては、その首を摑んで棄ててみせることも出来ないのだ。ぼくは、そうおもうと、ますます、めしを食うまいと決心した。すると、おなかが空くにしたがって、お豊さんの存在に対する抵抗が、次第に強まるのを身内に感じて来た。

お豊さんは、ぼくのうしろの方にいて、ごろごろ寝ころんでいるようでもあり、時には、窓に寄りかかったりするようなのでもあるのだ。そして、窓いっぱいに眼の前を塞いでいる筈の土手の斜面を眺めているような気配なのでもあるのだ。土手の上には洋風の建物があった。その屋根は青錆びた色して空のなかに尖っているのであるが、お豊さんはそれに見とれているのかも知れなかった。そのうちに、陽はすっかり斜になり、青錆びた屋根のある屋敷に遮ぎられて、三畳の部屋はすっぽりと蔭のなかに這入ったのである。

ぼくの詩は一向すすまなかった。それでも机にかじりついていた。すると、不意に、お豊さんが、机の横に来て、ぼくと斜《はす》向いにぺたんと坐り込んだのだ。しかし、彼女はものも云わずに、ぼくのことを睨み据えたままで、すぐに立ち上って、そこに棒立ちになってしまったのだ。ぼくは彼女のただならぬその気配に、書く手をやめてペンを置いた。そして、「無機物」の上に、両の手の指を組み合わせると、ちょいと、彼女のことを見あげたのだ。彼女は、むずかしく押し黙り、いまにも降りそうな眼をしているのだが、いかにもそれはこらえ切れないみたいに、ぼくのことを睨みおろしているのだ。いよいよ、こんな風にして、彼女のおなかも空いて来たのかとおもうと、つい、かなしくなってしまって、自分の仕打ちにたまらなくなって来たのだ。だが、しかし、ぼくの空腹は、彼女のそれとはまたそのおもむきを異にしていて、食えばそれで済むというような生理だけのものなのではなかった。その目的は、凡《およ》そ、食慾などとは似てもつかないような、口にも云えないようなものなのであって、つまるところは、なんとしても、ぼくというこの人間が、めしの食えない詩人なのであることを、彼女にかんべんしてもらいたいのだ。そうおもうと、ぼくには、彼女の批判を待つよりほか、おせじのひとつも云うべき言葉がなくなったのだ。ぼくは、くるりと、からだの向きを替えて、背なかを机にもたせかけると、腕組みをして、ながながと両足を投げ出してしまったのである。すると、彼女が動き出した。動いて部屋の入口まで行くと、そこで彼女は立ち止まった。そして、腰をかがめたかとおもうと、その足もとのハンドバッグと、風呂敷包とを手に持ったのだ。云うまでもなく、それらの物は処女ぐるみ、彼女の全財産なのであったのだ。

しかし、ぼくは呼び止めなかった。それが、たとえただの一食のためにも、呼び止めなかったぼくではあるにしても、もうこれ以上、お豊さんとの営みをながびかせることを考えては、彼女にとってのただの一食であろうと、ぼくにとってはそれが、要らぬお世話になりすぎることになるのだ。ぼくはそうおもうと、もう一息の空腹なのだとがんばったのだ。

親日家

西東さんは、ぼくのことを事務所に呼んで、

「あの男を、近所の蒲団屋さんまで案内して下さい。」と、云った。

「ふとんや？」

「そうです。あれが入学したんですよ。だが、蒲団を持ってないんです。宿屋に泊めてはもったいないから、四階の空室に泊めてやって、こっちで部屋代をもらい受けますよ。」

四階の空室に泊めてやって、こっちで部屋代をもらい受けますよは、いかにも、西東さんらしく、
西東さんは、金銭に対して、そういう眼を持っているのである。

「蒲団屋に、案内するにしても、あれは、日本語しゃべれるんですかね。」

「日本語は駄目だ。」

「ぼくは、満洲語は駄目なんですがね。」

「字は読めますよ。ですからメモ持っていて筆談でやって下さい。」

ぼくは、メモと鉛筆とを持って、その満洲人を手招きした。そしてメモに、姓名と書いて人差指

を彼の鼻先に向けた。彼は、首をかしげたが、顎に手をやって、メモと、ぼくの顔とを見比べたが、その名を云わないのである。ぼくは、こんどは、鉛筆で、自分の鼻を叩いてみせて、メモに、貘と書いてみせた。すると、彼は、むさぼるようにして、ぼくの手からメモをとって、それを、じっと見ていたが、面積のひろいその顔を上下に動かしたかとおもうと、

「バク」と、云った。

ぼくは、鉛筆を、彼に渡して、また、彼の鼻先を指してから、メモを指で叩いてみせた。すると、彼は、竜景陽と書いた。そこで、ぼくはもう一度彼の鼻先を指ざして竜さんと呼んでみせ、それから、ぼくの鼻に指を移して貘さんと呼んでみせた。彼は、急にうれしそうにぼくのしたことを真似て、その人差指を、ぼくに向けて、貘さんと呼び、自分の方へ指を移すと竜さんと云ってみせたのである。ふたりは、こうして、自己紹介を済ませたが、申し合わせたみたいに、竜と貘なのである。

ビルディングを出ると、雪が降りつづいていた。電車通りに出て、南へ、二、三丁行くと、右に警察署があって、その先のところに蒲団屋があった。竜さんは、綿入れの青っぽいぶかぶかしているものを着ていた。蒲団屋の小僧も、伜もおやじも、おかみさんも、火鉢を囲んだまま、ふたりの客を振り向いたが、小僧さんが店先に立って来た。竜さんは、あれこれと、いじくり廻わしていたが、やがて、気に入ったものが見つかったらしく、一枚の正札を指ざして、ぼくの方を振り返った。

「十一円五拾銭」と、ぼくは云ったが、竜さんには、もちろん通じないのである。竜さんの指は、正札の11円50銭を、なんどもなんども、こすってみせた。どうも、むずかしい様子をしていて、十一円五拾銭という発音も通じなければ、正札の数字も、彼の眼には通じないようなので、ぼくはポケットのメモを取り出して考えた揚句、正札の11円50銭を翻訳して十一円五拾銭と、書いてみせた

のである。これは、正に名訳だったと見えて、竜さんは、にっこり笑いながら、頭を上下にうなずいた。

竜さんの室は、四階の管理事務所の手前である。彼は云わば留学生で、このビルディングにあるところの、皇漢医学校の生徒であるが、教室に出ても、先生方の講義はさっぱりわからないので、彼はいつも室に閉じこもっていた。退くつすると、ぶかぶかの青いのを着て、教室から事務所、あるいは、ぼくのいる室をのぞいたり、あるいは、ビルディングの入口に立って、往来を眺めて、また、四階の室に帰って閉じこもった。

ぼくは、前に、西東さんの皇漢医学校の事務所に勤めていたことがあって、そんな関係から、西東さんに頼んで、事務所隣りの空室に寝泊りさせてもらい、たまに、事務所の荷造りなどをしてやって、そのたびにわずかばかりの金をもらって、失業中の生活を糊していたのである。

ある日、しばらくの間、姿を見せなかった中田が、また、ひょっこり訪ねて来た。中田も、ぼくと同じく失業中の男で、友人知人の間を転々としていたのであるが、もう、どこも行きづらくなったと見えて、当分、ぼくといっしょに、この空室においてもらいたいと申し出たのである。

「就職口がきまりそうなんで、その間だけたのむ。」

中田が、ぼくにそう云って、ほっとしているところへ、竜さんが這入って来た。竜さんは、籐椅子に腰をかけると、中田のことをしげしげと見ていたが、中田のどこを勘違いしたものか、手にしていたメモに、竜景陽親日と書いて、それをぼくに見せ、それから、中田に差し出してみせた。中田は、メモを見て苦笑しながら云った。

「なんだい。このおじさん俺のことを、刑事かなんかと間違えてるよ。」

「折角、鍼と灸の勉強に来ても、日本がこわいんだよ。反日と誤解されて、君に殴り殺されては大変だろうからね。」

　ぼくは、そんなことを云ったが、竜さんを安心させるために、メモを取りあげて、親友中田と書き、それを竜さんに見せながら、なかださんと云って紹介した。竜さんは、ぼくの口真似をするみたいに、なかださんと云ってみて、首を上下に動かしてうなずいた。しかし、竜さんの不安は、すぐには消えそうもなかった。中田とぼくとが、雑談を交わしている間にも、彼は、メモを取りあげて、またあらためて親日と書き、それをふたりに示したが、こんどは、その親日に、傍線までひいてなんどもなんどもその傍線を、鉛筆の先でこすってみせた。中田とぼくとは、竜さんが、そのように親日を表現するたんびに、大げさなこっくりをしてみせた。

「まったく、おもしろいおじさんだね。」

　中田は、竜さんのことに気をとられて、そんなことを云ったりしていたのだが、ふと本筋にかえって云った。

「ところでぼくさんは、ごはんはすんだのかい。」

「まだなんだよ。」

「ひるは？」

「朝から食ってないよ。」

「俺もそうなんだが、今日はまた一文もないんだ。」

　中田はそう云って、困ったような顔をした。いつもの中田ならこんな時にはぼくを誘って近所のめし屋へ行くのだが、一文なしではそれも出来ない上に、彼自身朝から食っていないというわけなのだ。中田は、傍の竜さんをちらりと見て、ぼくに云った。

「この親日家はなんとかならんのかね。」

交渉次第では、一食ぐらいのこと、なんとかならないこともなかろうとはおもったが、ぼくには気がひけた。

「一日ぐらいがまんしてみろよ。」

「ばくさんは馴れてるから、一日食わなくたって平気だろうが。」

中田は、そう云って、空腹のなかから立ち上るみたいに、猛然と、ぼくのことを反駁したかとおもうと、ぼくの手からメモをひったくった。そしてさっさと鉛筆を走らせた。

竜さんは、中田が差し出したメモを受取って大きくうなずいたが、やがて、ふたりを、近所のめし屋へ案内した。あとで、中田の書いたメモを見ると――両人朝来不食飯――とあった。

竜さんは、その後、時々、自発的に、中田とぼくを誘って、近所のめし屋へ行った。

ある日のこと、街中が騒然とした。外から帰って来た中田が、黒いソフトの帽子にかかった雪を払い払い、ぼくと向き合って腰をおろした。中田はいかにも深刻な面持ちで、すぐそこの街角にも、兵隊が機関銃を据えていることや、現に、続々と、千葉方面からの兵隊が、両国駅に降りつつあるということなど話しているうちに、

「これで世の中が一変すると、ばくさんなどもさしあたり銃殺組だ。」と云って、ぼくのことをおどかした。そこへ、竜さんが飛び込んで来た。竜さんは、おろおろしながら、ぼくに、窓の方を指ざしてみせてから、その窓の方へ行って、表の様子を見ていたが、中田とぼくのいる方に戻ってくると、立ったまんまで自分のポケットのなかを探り、メモを取り出した。竜さんは一字ごとに鉛筆

をなめるようにして書いていたが、示されたそのメモを見ると、またしても竜景陽親日とあって、それが、いつもの字より大きく、黒々と書かれているのが、ぼくの眼にかなしく映っていた。この日の出来事を、歴史は、二・二六事件というようになった。

ぼくらは、毎晩、ぼくの室に落ち合って火鉢を囲むようになって来た。中田は、ひるまは街へ出かけたが、それは、たのんである就職口の催促に行くとのことが多かった。彼は、どこかで、食事にはありつく様子で、度々、いくらかの金も、持って帰ってくることがある。そういう時、彼はよく、ぼくをめし屋に誘った。あるとき、ぼくは辞退して、いま、食ったばかりのところだからと云った。すると、中田が云った。

「もう一度、食わんかね。」

「ほんとに、いま食ったばかりなんだ。」

「でも、ぼくさんなんか食い溜めの必要があるよ。」

中田は、そう云って、ぼくの、胃袋までも、銃殺組に仕立ててたのしんだかとおもうと、仕方なしに、ひとりで腰をあげた。

竜さんは竜さんで、中田とぼくとの顔を見い見い、そして欠伸《あくび》などしながらも、夜おそくまでそこに腰をかけていた。彼はある夜、中田とぼくの膝を叩いた。ふたりが、竜さんのすることを見ていると、彼は左足を持ちあげて、右足の膝の上にのせその蹠《あしうら》を示し、そこを手でかいて見せた。

「そこが、かゆいというわけなんだろう。」

ぼくは、中田にそう云った。

「南京虫にでもやられたんじゃないかね。」

中田は、そう云いながら、メモに、南京虫と書いて、それを見せた。

竜さんは、首を振った。そして、こんどは顔までしかめてみせて、なお一層かゆそうにかいてみせるのである。

「なんだろうね。」

「なんだろうね。」と、中田も云った。竜さんは、ふたりの顔を見くらべながら、更に、こんどは、その足首のところを左の手で押えて、きゅっと眼をつむり、一層、そのかゆさを強調するように、右手に力までいれるみたいにして、蹠をかいてみせるのであるが、どうも、ふたりには、その意味がわかりかねるので、ぼくは、竜さんにメモを差し出した。竜さんが、メモのうえに鉛筆の音を走らせると、中田は、それをのぞき見して云った。

「なんだ、阿片？」

そこで、竜さんは、メモに書いてみせたその阿片を、鉛筆で叩いてみせ、哀願の表情をこめて、それをふたりでなんとか都合してくれというような手真似をしたのである。どうやら、竜さんは、阿片中毒者らしく、蹠をかいてみせるのは、阿片を切らしたための中毒症状なのではないかと、中田とぼくとは推察した。だが、これは、竜さんの折角のたのみではあるが、ふたりにとっては、どうすることも出来ないことなので、竜さんには、気の毒だとおもいながらも、ふたりは、かぶりを横に振って、諦らめてもらうより外、仕方のないことなのであった。

夏になって、竜さんは、ポーラの灰色の背広を、一着新調した。それまでの間に、彼は、ぼくのことをぼくさんと呼ぶようになり、どうもありがとうとか、ごはんとか、おやすみなさいとか、片言の日本語を覚えてしまっていた。その頃になって、西東さんは、竜さんのことを、「あの野郎は、山師だ」というようになって来た。そのわけを、西東さんの語るところによると、日本婦人を嫁さんに世話してやるからという手紙を書いて、満洲の方の人々から、すでになんども、その世話料としての金を送ってもらっているとのことなのである。そう云えば、ぼくに心あたりがあるのであった。竜さんのテーブルの上に、結城圭子嬢などという名を落書した便箋を見たことがあり、これが、竜さんのつくった架空の日本婦人だったのである。それればかりではなかった。ぼくは、度々、竜さんから頼まれて、彼の手紙の代筆をした。代筆と云っても、彼の書いた、むずかしい漢字ばかりの、多分満洲語に違いないそれを写すだけのことなのであったが、それでも、結城圭子嬢とか婚姻とか、いう文字がちらりちらりと眼に映るのであった。竜さんは代筆をぼくに頼んだあとに、いくらかの金銭をぼくのポケットに入れたが、中田流に云えば、食い溜めをする必要のあるようなぼくにとっては、そういう竜さんの存在も、大いに助かることなのであった。

だが、ある日のことなのである。

「竜さんを、東京駅まで送ってもらいたいんだが。」

西東さんが、突然、ぼくにそう云って来た。

「どういうわけなんです。」ときくと、

「警察からの命令だから止むを得ない。」

と西東さんは云った。その日から、ぼくは、竜さんの帰国の手伝いに、彼の四階の室に行った。竜さんの室には大きな茶箱が四個、口を開けて待っていた。西東さんは、とっくに、竜さんから、絞られるだけの金は絞ったらしく、半年や一年では、消費し切れないほどの艾《もぐさ》の袋が、いくつもいくつも積み重ねられていて温灸器もまた、いく台も並んでいた。それらの物を、片っ端から茶箱に詰め終ると、驚いたことに、いびつになったマッチの空箱やら、そこらに落ちていた紙片やら、短い紐の切れっ端やら、そういう、塵埃のような物まで拾い集めて、室がきれいさっぱりになるほど、なにからなにまで、竜さんは茶箱のなかに詰めこんでしまった。

翌日、西東さんは、警察へ電話をかけた。竜さんの行先を、安東だと云い、それから、汽車の時間を報告して

「見送りには、ばくさんという人がついて行きます。」と云った。

ふたりを乗せた自動車が動き出すと黙々としていた竜さんが、ぼくの名を呼んだ。竜さんは、涙を拭いてから、例のメモに、警察と書いて、鉛筆の頭で、その警察を、いかにもにくらしげにこすってみせて、

「わからん　わからん。」と、かぶりを振り、こんどは、西東と書き、またそれを、鉛筆の頭でつっ突いてみせて、

「わからん　わからん。」と、かぶりを振った。そして、彼は、メモをあらためると、まんなかに大きく竜景陽親日と書いた。ぼくは竜さんにうなずいてみせながら、しばらく姿を見せない中田のことなど眼にうかべていた。中田は、就職がきまり次第すぐに知らせると云って、ぼくのところを出たっきり、なんの音沙汰もなかったが、いつぞや、中田の書いたメモの、両人朝来不食飯のことを、ぼくは、車にゆられながら思い出していた。

汲取屋になった詩人

結婚の話がまとまったとき、ぼくはそのことを、斎藤さんにも話した。するとかれは、おめでとうどころか、たまげたような眼をしていった。

「結婚！」

「そうです。話がきまりました」

斎藤さんは、腹をかかえて笑いくずれてしまったが、「ばくさんが、結婚してどうするんです」といった。

「こどもでもつくりますかね」というと、「冗談じゃないや」と吐き出した。「でも、斎藤さんにだって奥さんがあるじゃありませんか」というと、かれは、むきになって「私のことはどうでもいいです。あなた自身のことを、よく考えてごらんなさい」といった。いかにも、ぼくのことを馬鹿にしたみたいなもののいい方なのであるが、ぼくにとってはそういう斎藤さんが好きで、何年もの永い間をかれにへばりついて、ぼくなりの生活を支えていたともいえるのである。

斎藤さんと知る前のぼくには、一定の住所というものがなかった。そのころ、ぼくはしばしば、東京駅の三等待合室で、時間を見送った。しかし、時間を見送るためにばかり、その目的で三等待合室に行くのではなかったのである。一定の住所がなかったのはもちろんであり、食うものもなければ金もない、着替え一枚もないという状態なのであったが、この衣食住のうちでも食のことはどうにもがまんが出来なかったと見え、正直のところこの食を求めて三等待合室に姿をあらわしたのである。三等待合室と向い合ったところに、手荷物を扱っているところがあって、そこにぼくの友人が働いていたからなのである。Nを訪ねると、そのたんびに、Nはぼくのうしろの方を指さして、「むこうでちょっと待ってて」というわけで、即ちぼくは三等待合室にはいって、かれを待ったのである。Nは、すぐに出てくることもあるが、時には、一時間も二時間も、あるいは半日でも待たせることがあった。その日の一食にありつくために、半日も待合室で口をあいて待っているという姿を、世間の眼では暇人と見るかも知れないが、一食にありつくために、半日も待たねばならないつらさは、またたとえようもないもので、金のある人には到底味わえないことであり、身軽に見え、のんきに見えても、そして一口に、るんぺん生活者とかいって、世間が簡単に口にするほど、るんぺん生活は簡単にできるわけのものではなかったのである。Nは、駅員専門のめし屋にぼくを連れて行ったり、あるいは地下の庄司、または丸ビルの精養軒に案内することもあった。そして、時には無理に引き止めて、勤めの帰りには巣鴨や大塚、あるいは新宿、大久保あたりの飲屋とか喫茶店などに行くこともあるのであった。

待合室のベンチに腰をかけていると、時々、私服の刑事から誰何《すいか》された。当時の佐藤春夫氏の言葉を借りると、いかがわしい風体が、待合室に腰をかけているのだから、誰何を受けることは当然のことだとは自覚していたことで、待合室だけのことではなく、街を歩いていても夜昼を問わず交番のあるところではきっと巡査から誰何され、刑事の誰何を受けることもたびたびなのであった。いまの言葉でいうと、いわゆる職務質問である。この職務質問は、受けるたんびに、ぼくの答えはいつも落第なのであった。留置場にはいるとめしが食えるとの話を耳にしたこともあるのであったが、なにしろぼくには、すりとか、強盗とか、殺人だのというようなことには経験もない上に意志もないので、留置場入りの資格のないことがすぐにばれてしまうからなのである。ぼくの経験によると、誰何の仕方は殆ど似たようなもので、先《ま》ず、何処《どこ》から来たのかを問われる。それに答えると、そこで何をしていたかを問われ、それに答えると、何処へ行くのかを問われ、その目的を問われ、次に、職業や本籍や現住所、生年月日など問われるわけである。ところが、そういう問のなかで、いつも答えるときにぎこちないおもいをするのは、現住所なのであった。だが、これは一応、ある友人の諒解を得てその所番地を使わせてもらったりしていたのである。ジイドの「プロメテ」のなかに「何処から何処を通って何が故に」という言葉があった。夜中の誰何を受けた後に、「いつまでもうろついていないで、早く帰って寝たまえ」などと巡査からいわれたりして、帰るところもない行くところもないぼくは、何処から何処を通って何が故にと、更に、自問を受けながら街のなかを歩いていることもあるのであった。

三等待合室に、どこからともなく通っているうちに、ぼくの眼が、妙なことを覚えて来た。待合室に出入りする人々を見ていて、あの人は刑事だな、ということがわかるようになってしまったのである。待合室の入口に、左斜になって立っている人が、鼻先に指をやっていて、時々視線をぼくに向けているからなのであった。しかし、例によって、刑事の眼から逃げなくてはならない理由は、ぼくのどこにもないので、いずれはその刑事にも誰何されることに違いないと、そうおもったりしたのである。そのうちに刑事のことなど忘れてしまって、夢でも見ていたのであろうか、ふと、おもい出して入口に眼をやると、鼻先をいじっていた人の姿が見えなかった。

「もしもし」

隣りから声をかけられて、振り向いたとたんであった。はっとおもったが、既に遅く、「そうだろうとおもいました」と口を突いて出たのである。鼻先をいじっていた人だからであったが、交番まで同行しろとのことなので、いっしょに行くより外にはなかった。乗車口と丸ビルの間にあった交番である。はいると、突き当たりのドアを開けて、刑事はぼくをそこに押し込んだのである。どういうことになるかとおもいながら、留置場の空想などしていると、しばらく経ってからドアが開いたのである。はいって来たのは巡査の制服を着た友人伊波南哲なので、またびっくりしてしまった。

「おっ、ばくさんじゃないか。どうしてこんなところにいるんだ」

「どうしてなんだか、ぼくも知らないよ」

そこへ先程の刑事が顔を出して来たのである。刑事が、二人の顔を見くらべていると、南哲巡査がいった。「この人は私の友人でして、有名な詩人ですがね。どうかしましたかね」

刑事は一言もなにもいわずにすごすごそこを出て行った。

伊波南哲は、詩人巡査という見出しで、ある新聞の記事にも出たことがある。少年時代からの友人なのである。かれが、別の交番にいたころは一度、その時は夜なか、かれを訪ねてみたことはあったが、東京駅前の交番で会ったのはこのときが初めてなのであった。かれは、八重洲口の交番にもいたことがあって、そのころはよく交番に彼を訪ねた。

ある夜なかのこと、どうにもしようがないので、交番に一晩だけ泊めてもらいたいと頼みこみ、詩人巡査を手こずらせたのである。ぼくは、歩き疲れてくたくたになっていた。しかし、かれは交番に泊めるわけにはいかないといって、強硬にぼくの頼みを断わるのである。断わられてしまえば、ぼくはまたどこかの地べたに寝るより外にはなかった。ぼくも弱り切っているし、詩人巡査も弱り切ったらしく、「それでは外に方法を考えるからちょっと待ってくれ」といった。そして、ぼくに背を向けたとおもうと、壁の受話器をとった。

「もしもし、日比谷ですか。八重洲口の伊波です。お願いがあるんですがね。私の友人のやまのくちばくという有名な詩人ですがね、実は今夜、泊るにも泊るところがなくて困っているんですが、公園のなかで一晩休ませてくれませんか、そうです。私の友人です。じゃそちらへ向けますから、よろしくお願いします」

詩人巡査は、受話器をかけると、向き直った。「じゃ、ばくさん、日比谷の交番に頼んでおいたから、公園まで行ってくれ」

ぼくはうなずいたが、欲をいえば、畳を求めて、交番にいる詩人巡査を訪ねて来たのであった。畳というものは、なにも交番にだけあるものではないのであるが、ぼくには、旅館はもちろんのこと、木賃宿に泊る金さえなかったのだ。といってまた、他の友人のところに泊めてもらうためには、どこもかしこも既に余りに泊り過ぎたところばかりなのであり、もう義理にも泊めてくれとはいえない状態にまで煎じつめられていたからなので、交番の畳より外に当てになるところがなかったからなのであった。ところがそれも当てが外れたわけなのだ。交番を出ると、「おおい、ばくさん、ちょっと」という。

振り返ると、詩人巡査がいった。「公園までの途中、もしもとがめられるようなことがあったら、伊波南哲の友人だといって、電話をかけてもらうんだね」

「ありがとう」

ぼくは、日比谷公園を目指して、詩人巡査の交番に背を向けたのである。

どうにかこうにか、とがめられることもなく、帝国ホテル前に出ることが出来た。ホテルと向い合った公園の入口を見ると、巡査の姿がある。そのまま道路を横切って行って、「どうもすみません。伊波の友人です」と、ぼくはいった。

「いや、どうぞこちらへ」

巡査はそういって、公園のなかへと歩き出した。その後について、幾たびかうねったかとおもうと、巡査はそこに立ち止った。

「ここなら、外側から見えませんからね。どうぞごゆっくりお休み下さい」

「どうも、とんでもないご迷惑をかけました」

ごろりと、そこのベンチにねころがると、砂利を踏む巡査の足音が遠のいて行くのが聞えた。眼を醒ましては眼をつむり、眼を醒ましては眼をつむりしているうちに、翌朝になったのである。あたりを見回わすと、そこには誰もいなかったが、銀杏の木がぽつりぽつりと、黄ばんだ葉をつけていて、それが眼にしみてくるのであった。

東京駅でも、詩人巡査とはたびたび逢う機会があって、立番中のかれと立ち話などしたり、あるいは、かれの方から、三等待合室に、ぼくを訪ねて来たりすることもあるのであった。

ある日のこと、三等待合室で、ぼくの就職の件について、Nから話が持ち出された。

「本所の東両国の天国ビルの二階にあるんだがね」とNはいって、「医療器械の販売だよ」という。

そして、「住み込みの人がほしいとのことなんだが、行ってみたらどうか」とのことであった。そろそろ、黄ばんでくる銀杏の葉が示すような季節であり、ベンチの上や地べたの上で暮すには、はなはだ不便な季節なので、なんとかして畳の上で生活したいとおもっていたころなのである。そこでぼくは早速、Nの紹介状を持って、東両国の天国ビルに浪花という人を訪ねていった。会ってみると、浪花というその人は顔見知りの人で、東京駅構内のあのめし屋の主人なのである。

「めし屋は他の人に譲りましてね」とかれはいってから、「住み込みで一〇円ですがね。がまん出来ますか」といって、元めし屋の主人は、ぼくから受取ったNの紹介状を、隣の人に差し出して、ぼくのことを更にその人に紹介した。色の白い金縁眼鏡のその紳士はうなずいたのである。「それじゃこちらへどうぞ」とかれは腰をあげて、衝立の向う側にぼくを連れて行った。紳士は、あらたまった調子で、「ぼく斎藤です」といった。そして、Nの紹介状をぼくに示しながら、「山之口さんですね、その下はなんと読むんです」

「ばくです」

「むずかしい字だな」とかれはつぶやいてから、「給料は安いのでお気の毒ですが、今日からでも明日からでもどうぞ」といった。

ここで販売している医療器械には治療士用と家庭用の二種があった。どちらも艾《もぐさ》を使用して患者に治療を施す器械なのである。前者のは、電気を併用する仕組みになっていることが家庭用と違っていた。どちらにもスプレーというのがついていて艾の火熱を調節する仕掛がある。この器械を発明した人の話によると、いまではもはや誰もが、灸は効くものだということを知ってはいるが、熱いのを嫌ったり、その跡ののこることを嫌っている、とのことであり、そこにヒントを得て、この器械を発明したのだそうで、きれいな肌に、跡がのこらない点が、御婦人に特によろこばれる、とのことなのであった。これは、いわゆる温灸療法で、器械は全国各地方からの注文があるのであった。神経痛や胃腸病の人から、この器械について色々問い合わせの手紙が、毎日来るのである。その返事を書くのが、ぼくの仕事なのであり、器械の注文があるたびに、器械の荷造りをするのがまたぼくの仕事なのである。

「手紙を寄越す人達は、みんな迷っている人ですよ。ですから、この人達が器械を買うか買わないかは、あなたの返事一つによるんですからね。商売ということをよく念頭において返事を書いてもらいたいです」

斎藤さんはそういって、「これは私が書いたんですが、参考までに読んで下さい」とつけ加えて、うす汚れた複写紙の便箋を差し出したのである。どの返事を読んでも、この器械の特徴として、スプレーによって熱の調節が出来、やけどしないように気持よく治療ができる上に、肌には跡ものこらず、みなさんから愛用されているという風なことが返事の大半を占めていて、最後のところは必ず「一日も早く、当所の器械をおもとめになって治療なさることが、あなたのためです」と書いてあるのが眼について、この返事を書いた斎藤さんの念頭にある商売がまる見えになっているのであった。

そこで、ぼくも斎藤さんにならって商売を念頭におき、「あなたのためです」という風なこころ持ちで、毎日手紙の返事を書いたのである。するとそれが、「こちらのためになる」と見え、器械の注文が来るからふしぎなのであった。その器械の荷造りをしていると、「うまいもんですね、素人じゃない」といいながら、斎藤さんはそこに突っ立って、荷造りの見学をしていることもある。

そんなとき、かつて印絆纏にナッパズボンに板草履で、藁縄の帯を締め、小さな荷造り用の鎌を操りながら、古新聞と藁縄で、書籍や雑誌の荷造りをしていたころの自分の姿をおもい出したりした。銀座の東海堂書店にいたからなのである。毎日、夕方まで何十個から何百個の荷造りをして、翌朝はそれらの荷物をトラックに詰め込み、トラックといっしょに東京駅まで行って、駅員の立ち合いの上で、託送と荷物の引き合わせをした。Nと知ったのもそのころなのであった。手紙の返事を書き、器械の荷造りをしているうちに、冬を迎えたのであるが、天国ビルでは暖房を焚こうとはしなかった。いつもそうなのかと斎藤さんにきくと、汽罐士がいないからだとのことなのである。暖房の装置があるのにもったいないじゃないですかというと、斎藤さんが早速、管理事務所に交渉して焚くことになった。ところが、しばらく経って斎藤さんのところに管理人があらわれて、どんなに石炭をくべても駄目だと報告に来た。そこで、ぼくは地下室のボイラー場に行って見た。罐のなかをのぞくと、灰がいっぱいたまっていて、くべた石炭が罐の天井とすれすれになっているのである。ぼくは上衣をぬいで、灰を掻き出して、それから火をつけた。罐には別に故障はないらしく、ゲージの針がのぼり出した。まもなく地下室に降りて来る跫音がして、斎藤さんがあらわれたのである。

「ばくさんは汽罐士もやるんですか」

「蒸気はのぼってますかね」

「とても暖かいや」

事務所に戻ると、斎藤さんはみんなに見せびらかすように、「ばくさんは何んでも出来るんですね」とおせじをいった。これも、かつて、暖房屋とよばれた経験を持っていたからのことである。

こうしてぼくには仕事が一つふえたのである。

ぼくは、その日の仕事が終ると、事務所の隣りの倉庫に、引っこもって、詩を書いた。元めし屋の主人は、斎藤さんとの折り合いがうまくいかずにここを退いてしまったが、ぼくの方は案外、かれの気に入ったらしく、太平町の古着屋までかれはわざわざぼくを案内して、三つ揃いの服を着せてくれた。鏡を見ると、どう見ても、住み込み一〇円には見えなくなったのである。その上、倉庫に寝泊りしていては、隣り近所の手前がみっともないとのことで、天国ビルから五分とかからないところに、部屋を見つけてくれたのである。その部屋は二階なのであった。

夏のある日、仕事から帰って来て、原稿紙を前にしていると、頭にぶつかった紙屑が原稿紙の上にころがったのである。顔をあげると、向い合った家の雨戸が開いていて、若い女性がこちらを見て笑っているのであった。彼女は目札をして、そのまま階下へ降りて姿を消したのである。紙屑は、藁半紙をまるくまるめてあった。ひろげて、皺をのばしのばし見ると、鉛筆で、「アナタガスキ」とあるのである。みるみるうちに、夏秋冬がすっ飛んでしまったように、ぼくの頭のなかが春めいた。天国ビルとの往復の際に、彼女の家の前を通るのであるが、開けっ放しの玄関から見えるところにいつも彼女は座っていて、針仕事をしている様子なのであった。こちらの靴音がすると、彼女はきまって顔をあげるのであるが、家のなかがうす暗くて、こちらからは、彼女の顔の様子などはっきりしなかった。だがそこに、若い女性がいるということは、二階に引越して来てからのぼくにも、気にかかることなのではあった。その日はそれでおしまいになって、翌日のことである。夜の九時頃帰宅して、また原稿紙に向っていると、人の気配がした。明りの消えたそこの窓際に、彼女が寄りかかっていたのである。彼女は手で、「くれ」という格好をしてみせた。紙屑の返事のことだとぼくはおもったので、原稿紙の書きくずしの空いているところに、「アリガトウボクコワクナイカ」と書いて、それをまるめてそっちの窓にほうり込んだ。すると彼女は奥に姿を消して、まもなくまたあらわれて、また藁半紙のまるめたのを寄越したのである。「コワイカオガスキ」とあるのであった。ある日のこと、とうとう彼女から誘いの手紙が来た。例によって、まるめたのである。亀戸の天神さまのお祭りにいっしょに行きたいとのことなのである。むろん、お祭りは二の次で、ぼくといっしょに行きたいというわけなのである。ぼくは、お祭り騒ぎをすることは嫌いなのではないのだが、見ることにはもともと興味のない方で、ちょっと考えたのであるが、この機会に、はっきりと、彼女の顔の様子を確かめたいとおもったのである。

亀戸天神のお祭りの当日、用のあるふりをして昼すぎから斎藤さんに暇をもらい、二階の窓から、彼女の出かけるところを見とどけて、裏の通りから緑町の方へ向ったのである。交差点のところで彼女に追いついた。左へ曲って、被服廠のところを右に曲った。

「お祭りを見たいのかね」

「どっちでも」と彼女は答えた。

「じゃお祭りをよして、どこかでお茶でも」ということになった。うまや橋のところまで来ると、壺という珈琲店があった。十人並の顔立ちをしているが、額のせまいのが気になる顔である。肉づきのよい体格を、彼女はぼくの隣りに据えた。家庭的な女性には、まだ和服の多かった時代なので、彼女も着物なのである。うすものを着ているが、色の好みの原色や、柄などから受けるものは、田舎の風景の点景人物をおもわせて、藁半紙にくるんでくれたカタカナの手紙とその書体に似たような話しぶりなのである。彼女は、折角ラブレターを寄越したのにもかかわらず、いざ意中の男と並んで腰をおろしてみると、何を話していいのかわからなくなったのか、こちらが黙っていると、黙っているだけなのだ。「お母さんとふたりっきりですか」ときくと、「あれはお母さんじゃないんです」「誰ですか」ときくと、「小母さんです」「それじゃ御両親は？」ときくと、「ないんです」「兄弟はあるんですか」ときくと、「ないんです」

これだけが、ふたりの話の全部であった。ぼくは、彼女のどこにも魅力を感じなかった。しばらくは黙って、珈琲店のあちらこちらに眼をやっていたのであるが次第に気が重くなって来たのである。ふと、残りの珈琲を口に持って来たとき、チリ紙を顔いっぱいあてた彼女が、洟《はな》をかむ音を立てた。どっさりと出たその音に、嫌悪を感じないではいられなくなってしまって、それを終止符に腰をあげるより外にはなかった。

翌日、医療器の荷造りをしていると、彼女の小母さんがぼくを訪ねて来た。すぐに昨日のことで来たのだとおもわずにはいられなかった。ぼくはその小母さんを隣りの倉庫に案内した。椅子をすすめても、ありがとうをいうのでもなくそこに立ったまま、こちらの顔を睨みつけて、その小母さんがいった。

「昨日はどこへ行ったんですか」

「うまや橋まで行きましたがね。なんでしょうか」

「誰と行ったんですか」

「お宅の娘さんと行きましたよ」

小母さんは、唇をふるわせた。娘とは比較にならないほど美しい顔立である。

「あの子には、ちゃんとした許婚者《いいなずけ》があるんですからね」

「それで、御用件はなんでしょうかね」

ぼくは、そういってまた椅子をすすめたのである。しかし、その小母さんは腰をかけようともしないで、時々唇をひきつらせて睨んだ。やっと、こちらの態度の静かなことに気がついたのか、「今後とにかく、そういうことのないように、お願いします」というのである。

「そうですか。よくわかりました」というと、「とにかくあの子には許婚者があるものですから、万一あなたさまに迷惑でもかかるようなことがあっては申しわけございませんので」といっておだやかになったのである。だが、そこからが、ぼくのいうべき番なのであった。

「迷惑はとっくにかかっているじゃありませんか。こうしていきなり、怒鳴り込まれたりして。まったく迷惑な話なんですがね」

小母さんは黙っていうことがなかった。そこで、ぼくは、絶対に今後あのようなことが、あの子とぼくとの間にはもう起きっこないことを、一応その小母さんに話しておきたいとおもい、どこか場所を変えてもらいたいと話を持ちかけたのである。すると小母さんは同意した。

夜の九時頃、浜町公園に近いすずらん通りの喫茶店に行くと、先に小母さんが待っていた。めずらしく外には客がいなかった。

「先程、娘さんには許婚者があるとかで」

「ええ、安全カミソリの刃の商売をしている方なんでして」

「最近きまったんですか」

「いいえ、もうずっと前に結納もすませました」

ぼくは、上衣のポケットから、三枚の藁半紙を取り出しながら、いった。「結婚式をあげるまでには、色々ご都合もあるんでしょうが、なるべく間をおかない方が、よろしいじゃないでしょうか」

余計なこととおもったかも知れないが小母さんはうなずいた。ぼくは、三枚の藁半紙をポケットから取り出して、小母さんに読んでもらったのである。

「まぁ、あの子が」

「字も娘さんの字には間違いないとおもうんですが」

「はぁ」

「そういうわけなんですがね」

「はぁ、なんとも申しわけございません」

藁半紙を持っている小母さんの手が、かすかにふるえを見せたのである。これで、どちらがどちらをそそのかしたかは、小母さんにはっきりしたわけで、藁半紙を受取ると、ぼくはそれを破いて灰皿のなかに棄てた。そして、柄にもないことだとはおもいながら、どうせこちらに気のないことなので、ぼくは大きく出た。

「それで、もしも今後また、娘さんから誘われるようなことがありましても、ぼくの方ではかたくお断わりするつもりなんです」

「はぁ、どうかそのように」

小母さんは頭を下げた。頭をあげるとその美人の小母さんは安心したかのようで、「ほんとに困った子でございます」といった。そして、すぐにつづけて、「実は前にも一度ございまして」といった。「それは御心配ですね」というと、「はぁ、やはりあの二階にいらした方なんでした」とのことなのだ。その話によれば、藁半紙の手は二階の男が考案したようで、あの子が出かけた後で、あの子の座っていた座蒲団の下からその藁半紙を、小母さんが発見したとのことなのである。

「あの子は鼻がわるくて医者通いしてるもんですから、その日も医者のところとばかりおもってたんでございます」

「とにかく式を早く挙げることとですね」というと、「はぁ、いずれ鼻の手術をすませてからとおもって」と小母さんはいうのであった。

その後、そこの二階の雨戸は釘づけにでもされてしまったのか、開いたところを見たことがなかった。

まもなく、斎藤さんの都合によって、ぼくもそこの二階を引揚げて、また天国ビルの倉庫に戻ったのである。斎藤さんは、天国ビルの持主から信用があって、ビルの管理人を兼ねることになった。ぼくはビルの小使いさんに手伝ってもらって、管理事務所にあった古ぼけた木製の寝台を倉庫に運んで来て、それを使った。ある夜、この倉庫にSが訪ねて来た。かれには、既に両親がなく、男の兄弟三人暮しで、長男であるかれと、次男とがそれぞれ勤めていて、末の三男を中学に通わせていた。ぼくに一定の住所がなかったころ、ぼくは時に、かれのところを襲って世話になったことがあるのであった。かれらはその米屋の二階に間借りしているので、めしのおかわりをすすめるときには、「米はまだ下にふんだんにあるから遠慮することはないよ」といったりした。Sは当時ある役所に勤めていて、思想運動に参加しているとのことであったが、街頭連絡という言葉が、よくかれの口にのぼり、時には、ひょんな奴に後をつけられたといって、息をふうふういわせながら、尾行をまいた話などをすることもあるのであった。そういう思想上のことが、ついに役所にばれたとかで、「とうとう首になっちゃった」とSはいった。かれは失業の悩みを、ぼくのところに持ち込んで来たのである。次男坊一人では、兄弟三人の生活を支えることの出来るはずがなく、赤とわかれば、どこにだってSの就職は困難なわけなのである。だがなにも、赤だとわかるように就職をたのむ必要はどこにもなかった。ぼくは翌日早速、Sのことを斎藤さんに話した。すると斎藤さんがいった。

「ぼくさんの紹介だから、Sの人物は信用出来るにしても、給料二〇円は出せないね」

「でも、そこのところをなんとか考えてやって下さいよ」

「むりだな、ひとのことはどうでも、第一ぼくさんの給料はいくらなんですかね」

「ぼくは一〇円ですよ」

斎藤さんは、ふき出してしまった。笑いが止ると、かれはまたいった。

「ひとのことで一生懸命になるのはそれはいいんだが、自分のことを先ず考えてごらんなさいよ、自分のことを……」

「それじゃついでにぼくの給料も二〇円にして下さいよ」というと

「とんでもない」と来たのである。

「じゃ、ぼくのはがまんしますから、Sのことお願いしますよ」

斎藤さんはすぐには答えなかったのであるが、結局、二〇円でSに来てもらうことになったのである。

さて、しかし、ぼくの給料は、いつまで経っても一〇円なのであった。だが、ぼくは、給料のことについて、かつて斎藤さんに不服をいったことがなかった。そのかわり、前借り前借りで、いつでも二、三カ月先の給料まで食い込んでいたのである。いわば、そうすることによって不服を述べているのとおんなじなのであった。だが、斎藤さんはこれを、珈琲のせいにして、「そんなに珈琲ばかりのんでどうなるんですかね」といって、少なすぎるぼくの給料については一言もふれなかった。ぼくはそのかわりに、出来るだけ斎藤さんに甘える外にはなく、かれを無理に誘って珈琲をのみ、会計をかれに押しつけることもたびたびなのであった。珈琲をのむことについては、また斎藤さんの独特な見方があって、「ばくさんは詩人だから珈琲ばかりをのんでいる」といったりするのである。斎藤さんは、ぼくの珈琲と給料の前借に手こずってしまって、しまいにはぼくに、「詩人をやめなさい」といい出したのである。詩人をやめようがやめまいが、それはこちらの勝手なのであって、斎藤さんからとやかくいわれる筋合いのものではなかったのである。

ところが、ある日のことである。またしても、斎藤さんがいった。

「わたしは、ばくさんのためにいうんですがね、詩人をやめる気はないのかね」

「じゃ、珈琲もやめるんですか」というと、かれはポケットから一枚の便箋を取り出して、それをひろげてぼくに示していった。

「どうします。詩人をやめますか、それとも職をやめますか」

ぼくは黙って便箋を受取った。それには、誓約書と書いてあって、一、今後詩人タル事ヲ断然ヤメル事。一、頭髪ヲ短カクスル事。一、当分間喫茶店ニ出入セサル事。と、あるのである。斎藤さんはぼくのことを促して、その意志があるなら誓約書に印を捺してもらいたいというのだ。しかし、ぼくには、詩人をやめる意志もなければ、職をやめる意志もなかったのであるが、その場を逃がれるためには、印を捺すより外に手がなかったのである。

こんなことがあって、斎藤さんから見れば、ぼくは詩人をやめ、珈琲をやめたことになったわけであるが、ぼくのためになりそうなことは何一つとしてその気配を見せないばかりか、一〇円の給料のなかにぼくを閉じ込めたままなのであった。もっとも、ぼくはぼくで、誓約書に印を捺したとはいえ、それはもともと意志のない印を捺したまでのことで、斎藤さんの眼を避けては詩人になり、こっそりではあるが相も変わらず珈琲をのみに出かけたのである。

やがて、職場の空気が乱れ出して、二派の争いが起きてしまったのである。どっちつかずのぼくは、そこから身を退くより外にはなかった。珈琲屋で知り合った六さんが、「船に乗らんか、ばくさん」と来た。そこで、ぼくはその気になって隅田川のかれのダルマ船に乗ったのである。ぼくは早速、小さな革のトランクと小さな机とをダルマ船に持ち込んだ。このダルマ船は、竪川や亀戸の鉄会社から屑鉄を積んでそれを鶴見、川崎あたりの会社へ運んだ。

半年ばかりして、ぼくはまた元の天国ビルに舞い戻った。だが、この時は就職ではなかった。ダルマ船から降りることになったのであるが、行くところがなかったからなのである。なにも船頭さんになるつもりで六さんの厄介になったのではなかったのである。六さんにしても、実物の詩人を見たのは初めてのことだといっていたのだが、詩人をめずらしがり、つい自分のダルマ船に乗せて、詩人を眺めてみたいとの軽い気持から、ちょっとの間のつもりで世話したに違いないのである。それで、初めのうちは、こわれ物でも扱うみたいに丁重で、こちらが何かにつけ少しでもからだを動かすと、「ばくさんは何もしなくていいんだよ。詩を書いていればいいんだよ」といったり、陸に上がっては街の珈琲店に誘ったりして、しばらくは詩人のことをたのしんでいる様子なのであった。それが、このごろでは、航海中には梶を握らされ、停船中の船の掃除から、七輪の火起こしから炊事に至るまで、まるで船頭さんの見習い扱いに変わってきたのであった。

天国ビルに舞い戻ったぼくは、就職口が見つかるまでと、そう斎藤さんに頼んで、二階の空室においてもらった。雇用関係にあった時は、詩人であることを遠慮し、珈琲をのむことまで遠慮しなければならなかったのであるが、こんどは空室に引っこもって、公然と詩を書くことが出来、珈琲をのみに行くことが出来たのである。斎藤さんもまた、医療器械の注文があると、その荷造りを遠慮勝ちに頼み、そのたびにいくらかの金を寄越したのである。ぼくはその金で空室での生活を支えた。斎藤さんがビルの管理人であってみれば、追ん出される気づかいはなかったのであるが、かれは一日に一度はこの空室に顔を出して、それとなくぼくの様子を見ているふうなのであった。そして、原稿紙を前にしているぼくを見つけると、かれは眉間に皺を寄せていった。

「めしも食えないのに、詩なんぞ書いてどうするつもりなんだか」

「詩人になろうかとおもうんですが、かんべんして下さいよ」というと、「冗談じゃないや」と吐き出してから、「ぼくさんは詩人をやめない限り、いつまでたってもるんぺんですよ」と来たのである。こんな調子ではいまに、また誓約書を差し出されて、空室から出て行くか詩人をやめるかと、そう来るのではないかとはらはらしないではいられなかった。そこへ、ある夜、例によって、ぼくのことをのぞきに、斎藤さんが空室にはいって来た。原稿紙を前にしていたところなので、またかとおもっていると、ふしぎなこともあるもので、かれはいった。

「どうです。詩は出来ますかね」

「どうもなかなか」

ぼくは、その通りのことを口にして、ぺんをおいたのである。斎藤さんは、寝台に腰をおろして、一冊のノートと、まるく巻いた紙をそこに置いた。

「詩はどうです。金になりますか」

ぼくは頭をかいてみせながら、やっぱり来たかとおもわずにはいられなかった。すると、「金になるなら、詩人も結構なんだが」と来たのである。そして、かれはつづけて、「共産主義社会になればどうか知らないが、今はなんといったって、資本主義社会ですからね。金にならなければ詩人も糞もないや」と来たのである。かれは、詩人のことを頭ごなしにしておいて、それから、こんどはなだめすかすみたいにいった。

「先ず金ですよ。ばくさんも食えるようになれば、それは詩を書こうとどうしようと大威張りですよ」

「じゃ、先ず金ですね」というと

「それにはやっぱり詩人をやめなくては」

と来たのだ。

「それじゃ詩人をやめましょうか」というと、斎藤さんはもじもじしながら、「わたしはばくさんのためにいうんですよ」といった。斎藤さんはこうして、めしの食えないぼくのことを心配して、考えてくれた揚句のはてに、金になる素晴しい仕事をぼくにすすめたのである。浄化槽の汲取りの仕事がそれなのであった。天国ビルの空室の入口には、斎藤衛生工務所という表札がかけられて、ぼくは営業主任であると同時に、現場監督を兼ね、その上、汲取り人夫を兼ねたのである。もっとも、汲取り人夫はぼくの外に、二人あったが、かれ達はその専門家なのであった。最初、現場に行ったとき、マンホールの蓋を開けたとたんに、息づまって、肝のつぶれるおもいをしたのであるが、この鼻も邪魔になるほどの素晴しいにおいと共に、何よりも先ず金になる仕事なのであった。収入の⅔が純利益で、そして、その半分がぼくの手にはいるはずの約束なのであったが、ぼくはついに、ただの一度も、約束通りの金を手にした覚えがなかったのだ。斎藤さんはとぼけて、「ばくさんにはそれ以上の貸しがある」といって、それっきりになってしまったのである。
　ぼくはその後も、詩人であることに生甲斐を感じていると見え、引きつづいて詩を書き、珈琲ものみ、こんどはいよいよ結婚までしなくてはならないところまで来たのであるが、斎藤さんから「冗談じゃないや」といわれてみると、いかにもまだ借りがあるみたいで、つい、頭を掻いてしまったのであるが、すぐに詩人に立ち戻ったのか、ぼくは汲取屋のころの詩をおもい出しながら、かれの暴言に耐えないではいられなかったのである。

文明のどこにも人間はばたついてゐて
くさいと言ふには既に遅かつた
鼻はもつともらしい物腰をして
生理の伝統をかむり
再び顔のまんなかに立ち上つてゐた

詩人便所を洗う

おわい屋と云っても、タゴを担いで、公然と民家の裏口を出入りするところの、土の伝統のこもったあの風情あるおわい屋さんとは、その趣きを異にしていたのである。つまり仕事の範囲とか方法の点など、明かに現代文化の息吹がかかっていたのである。だが、どちらにしても、つまるところはおわい屋なので、その仕事はひたすらに糞尿を汲み取ることなのであった。

勿論、僕は好んでおわい屋になったのではなかったのである。まるで、米を食おうとしたはずみにおわい屋になってしまった感じなのであって、現代文化の底に棲息しているところの所謂、米の食えない人間の一種なのであった。此の種の人間は、歴史の生んだ新しい人間で、人間社会の至る所に群れているのである。たとえば芸術家の場合には、米が食えないのその食えないをくっつけられているところの、食えない詩人とか食えない小説家だとかの類がそれなのである。

僕なども結局は、食えない詩人に該当する人間なのであった。しかしながら、人間のおもしろさは、たとえ、どこまで食えない詩人であろうと、なお、かつ、食わねば生きている実感をたのしむことが出来ないものと見え、だから僕にしても、とりあえずおわい屋にもなる次第なのであった。

その頃、或るビルディングの二階の空室に、食えない詩人となって僕は起居していたのである。そのビルディングの管理をしている佐藤さんという人と僕とが十年来の知己なので、お蔭で僕は空室に住むことが出来たのである。もっとも、空室に借り手がつくと、その度に、僕は、二階から三階の空室へ、三階から四階の空室へ、四階からは地下室のボイラー場へと、空室から空室を、寄生虫みたいに転々として生活を営んでいたのである。

こういう僕の生活振りや、ダルマ船に乗ってみたり、暖房屋であったり、路傍に寝ころんだりしたことの総てを佐藤さんの言い分に依れば、それは僕が詩人だからとのこと、あっさりと詩人のせいにしていたのである。だから常々、僕の顔さえ見れば、一度はきっと詩人なんかやめなさいよと佐藤さんは言うのだった。就中《なかんずく》、衣食住の、食の件まで彼の恩恵を蒙《こうむ》る段になると、もう今日限り詩人をやめなさいとくるのだった。しまいには、空室をのぞきに来ては、どうです詩人をやめる気はないんですかと言って、次第に加速度的な態勢を示すようになって来たのである。流石《さすが》に僕も根負けして、或る日、彼に蒙った恩恵を見ぬ振りしながら、こころもち怒気をほのめかして見せるように、詩人をやめると僕は死にますよと言ってしまった。すると、佐藤さんは呆れたもんだと思ったのか、めしが食えないで何が詩人です詩人をやめてめしを食った方がいいんですよ、とはねかえした。そんな時には僕もまた僕で、詩人をやめると食いたくもなくなるんですよ、と言うのが常だった。これは嘘みたいにきこえるかも知れないが、なんでこれが嘘だろう。佐藤さんに限らず、世間のあるところ至る所でかような目にあって、恥を浴びるにはすっかり馴れてしまったこの僕が、嘘でこんなに詩人顔して生きているもんか、とにかく僕には、詩人をやめてまで食わねばならない理由がないのであった。

ところで、その実、佐藤さんには、悧巧なところがあったのである。僕には、詩人をやめろやめろと言いながら、御自分はまるで蠅とり蜘蛛のような身構えをして、詩人の上にくっついている例の食えないということそれを狙っていたのである。即ち、僕が詩人であろうがなんだろうが、食えないに憑かれているからには何でもするより外にはないではないか。

そこで、佐藤さんがすすめた仕事、それがおわい屋の仕事なのである。

そもそも佐藤さんが、なぜまたこういう仕事を僕にすすめる気になったかは、必ずしも、食えない詩人の身の上を考えたからではなかったろう。少くとも佐藤さんの目的にとっては、食えなければなんでもするという肉体に近い人間を必要としたのであって、それは、エスという男と佐藤さんとの関係から推して見ても、僕におわい屋をすすめた佐藤さんの目的が明白なのである。

この仕事は、もともとエスが佐藤さんに持ちかけて来たものであった。彼等がおわい屋になるということと、食えない詩人がおわい屋になるということとは、その趣旨に於いて既に違った性質のものであった。エスの上を見ても、佐藤さんの上を見ても、食えないという奴はくっついていなかったが、銭を儲けたいのその儲けたいという奴がくっついていることは確かなのであった。もっとも、エスがこの話を佐藤さんに持ちかけて来たことは別にまたエス自身の目的もあったのであるが、それは措いて、佐藤さんとしてはこの仕事にかなりの自信を持っていたのである。第一、仕事そのものが汚いものでいっぱいであるということは、食うに追われている僕をさえ一応悩ましたくらいであり、事実、或る二、三の友人なども日々食えない食えないばかり言っていたにもかかわらず、僕といっしょにおわい屋にならないかと懸命に誘って見ても彼等には一向僕の誠意が届かなかったのである。結論として言えば、金にはなってもなかなか人の出来る仕事ではないのである。だからそこを見込んで佐藤さんは儲けたくなったのであり、佐藤さんの身がわりになって糞尿を浴びる当事者の役として見込まれたのが僕なのであった。

　これが、口のための仕事なのであろうかと思われるほど、僕は文化の底に落ちて来て、よくもまあ、尻どもの近くに就職したもんだ。

　やがて、ビルディングの管理事務所には、表札が一枚増えた。「佐藤衛生工務所」というのがそれなのである。

　この仕事の芸名を、僕は山口英三と名乗り、営業主任の肩書を刷り込んだ名刺など出来上った。ここまで来れば、食えない詩人でも詩人をやめるほどのこともないどころか、詩人のまんまで、はじめから営業主任の椅子が待っていたのである。開業の案内状には、営業の課目として、給水、下水、給湯、水道衛生工事、浄化槽新設、浄化槽掃除、消毒薬槽見廻、水洗放流切替工事、設計並監督、と印刷して置いた。但し、佐藤衛生工務所の本質的な仕事はおわい屋なのであるから、右のうちの浄化槽掃除の一課目なのである。しかし、その一課目だけを案内状に出すとなると、如何にもおわい屋でございという感じを与えるので、こちらにしてもおわい屋ながらではあるが一寸《ちょっと》ていさいが悪いし、その上、相手に馬鹿にされては商売がしにくくなるのではないかとの見解から、佐藤さんとエスとが頭を捻って左様に羅列したのである。これならば、本職は工事屋で、ほんのつけたりがおわい屋であると見せかけているわけだ。万一、浄化槽掃除以外の仕事を依頼されたら、その時は適当な工事屋を見つけて来てそれをやらせるということになったのである。

　エスはこの仕事に、浄化槽所有者名簿を出資した。これに依って仕事の得意を嗅ぎ出すのである。佐藤さんの出資は、利益をあげるまでの経常費の負担である。無論、僕の出資は、この肉体に依る労力である。そうして、利益の配当は、エスと佐藤さんが等分に。営業主任の僕は日傭人夫と同じで仕事の都度二円をおしいただくのである。

さて、いよいよ、浄化槽所有者名簿を繰って、五、六百通程の案内状を発送した。営業主任の僕は詩人を兼ねているばかりでなく、現場監督を兼ね人夫を兼ね更に佐藤さんがエスに食われてはならないようにとエスを監視するといったようなスパイ風の役をも兼ねていて、全く多事多端の身になったが、何しろ、このおわい屋界には素人のこととて、当分の間はエスが僕の手引きをすることになったのである。猶、速達郵便を以て何時《いつ》でも召集出来るように、エスの取り計らいで熟練人夫を二人用意した。倉庫の中には、手押ポンプやバケツや亀の子ダワシや、ブリキ製のゴミトリ、柄杓と麻縄、サクション・ホース、赤色のゴム・ホース、塩酸、カルキなどが揃っている。これで万事が整い、ビルディングの管理事務所の一隅に古びた一脚の椅子を与えられて、そこに僕は待機の姿勢を据えた。

エスは、毎日一度は事務所に顔を出すのであるが、来ると先ず、未だ申込みは来ませんかと言う。案内状発送後、一週間は経ったろうか。一葉のハガキが舞い込んで来たのである。それは○○区○○町○外科医院からの申込みなのであった。僕は早くも自己分裂をしてしまったのか、たったハガキ一枚のこの現実を取り捲いて、人間になり詩人になり、営業主任になり人夫になり、はてはスパイというように、いくつもの僕になった姿の合間々々には、もうあの、むずかしいにおいどもが這い廻って来ているような感じなのであった。

仕事の当日は、朝の九時過ぎに現場に着いた。のんきに見える出勤振りだが、朝めし前だとそこの家人に気の毒だからというエスの紳士的教えに倣ったからである。エスは一足先に来たらしく、彼はもっともらしい物腰をして浄化槽のスラブの上を往ったり来たりしているところであった。そこへ人夫が二人自転車で来た。ひとりは井ノ江君で他のひとりは堀下君である。

エスは、僕を物蔭に呼び寄せて言った。あなたは手にとって仕事をする必要はないが、一寸ていさいが悪いから、その上衣とネクタイをはずして一寸ズボンをまくりあげて靴も脱いで、あっちこっち往ったり来たりしていて下さい、と。なるほど、彼は頬かむりをしている。おわい屋としての先輩だけあって、その汚れきった霜降りの詰襟も袖は千切れていて肘が露わにぶらぶらしている。ズボンも膝から下は毛脛《けずね》である。こういう姿のエスが、なんであるかは知らないが高等教育まで受けたというインテリ人物なので、お互に哀れと云えば哀れでもあるが、顔を見合わせるとそこに先立ってくるおかしさが顔の大半に崩れてしまう。僕は、用意してあったメリヤスのシャツに着換え、ナッパズボンを膝の上までまくりあげると、エスの鞭に暗示を受け受け、まるで動物園の肉体みたいにあっちこっちと動き出したのである。

この浄化槽の中には、人間どもの糞尿がいっぱい詰まっているわけだ。彼等の糞尿量は、一人一日一・三九キログラムという。その糞尿は、一人一日の洗水量二五リットルの水で押し流されて、便所から浄化槽内に来て重なり合っているのである。

浄化槽の構造は、断面図に見るようなもので、大きさは、建物の総坪数に比例し、十五人槽だの五十人槽だのと言い、それはつまり便所常用者の人数を意味しているものであり、人数は、廊下を別にして一坪一人の割である。

浄化槽の役割は、腐敗と酸化の両作用に依ると言われている。便所から来た糞尿どもは、先ず、流入管から腐敗槽に現れ、そこで嫌気性菌（空気を嫌いな菌、たとえば酪酸菌のような）の作用に依り、腐敗、醗酵して、浮渣、液層、沈渣という三種のものに分化する。浮渣とは腐敗槽の上部に浮き上る滓《かす》の一群で、下から上へと溜まる奴だから上になるほど硬くなっている。その下の液体が液層。その下即ち腐敗槽の底に黝《くろず》んで沈んでいるのが沈渣、俗におりという奴なのである。そのうちの液層が、点線の矢の示す方向へと移行して予備濾過槽へ這入る。これだけの作用を時間に換算すれば四十八時間を必要とするとのことである。

予備濾過槽には棚があって、棚の上には砕石（花崗石）を積んである。そこで液層は下から上へとこの砕石に依って濾過される。

酸化槽には幾条かの鉛樋があって、その下にもまた砕石がある。液層は鉛樋に伝わりその両脇から雫《しずく》となって落ち、下へ下へと砕石の間を抜けて底に出る。その間に、好気性菌（空気を好む菌、たとえば尿素菌とか硝化菌など）の作用に依って空気中の酸素が液層中に溶解し酸化作用が行われるのである。そのために、酸化槽には排気管があり、消毒槽の送気孔から空気を呼び寄せるのである。

こうして、液層は所謂浄化された汚水となって、消毒槽へ移り、そこで、薬液入から落ちてくる一滴ずつの消毒薬液（カルキ溶液）に依って消毒を受け、さっぱりとした汚水になって下水道から河や海の方へ立ち去ってしまうのである。

なお、汚水中に含有されているという炭酸瓦斯《ガス》とかメタン瓦斯というような瓦斯には気軽なところがあると見え、酸化槽中に訪れて来る空気に伴われて、率直に排気管から空中へ立ち去ってしまうとのことだが、アンモニアと称する瓦斯はどこまでアンモニアなのか、のうのうと汚水について下水道の方へと出て行くそうである。

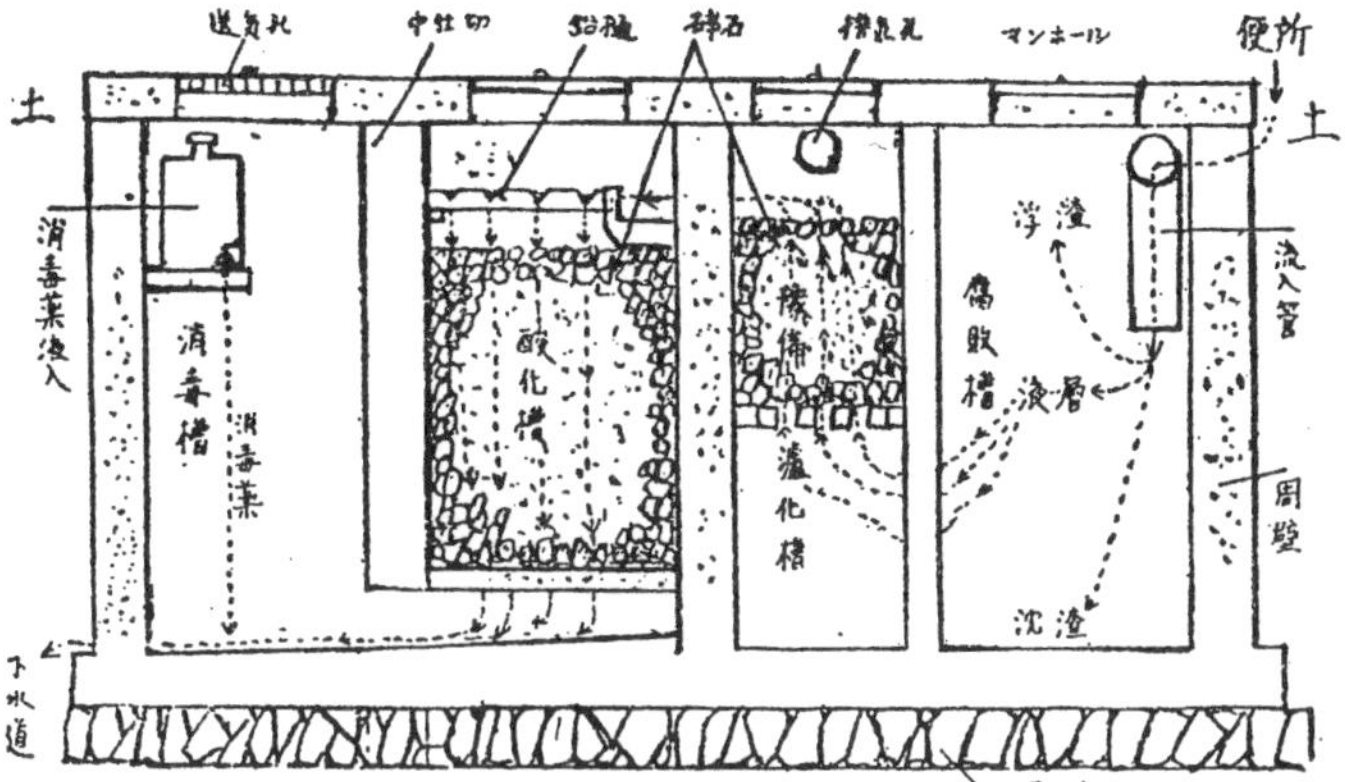

浄化槽断面圖

以上は、浄化槽の存在理由として、化学的見地からの論理づけであるが、結論としての浄化汚水そのものは、人畜に対して有害なものではないとのことなのである。だから詩人も安心して、糞尿の中に棲息出来るかと思えばそこまでは流石《さすが》に現代文化といえども進んでいない。というのは、細菌学的には未だその浄化汚水を割り切ることが出来ず、多少は衛生上危害を生ずるような虞《おそ》れがあるとの話を耳にしているのである。なんでも糞尿中に存在する細菌が五十余種もあるとか、大腸菌、チフス菌、コレラ菌などという菌の大家連が混入されていることは、否定することの出来ない事実なのであるという。詩人なんかもこうしておわい屋にならねばならないほど、生きるにはこの上もなく忙しい時代ではないか。僕らみたいな新式の人間のためには、一日も早く、細菌学の意見を反駁する文化的浄化槽が必要なのではあるまいか。そう思いながら、僕があっちこっちしているうちに、エスはどこからか、ひとりの伝統のこったおわい屋さんを伴って来た。おわい屋がおわい屋さんを傭って来るというところなども近代的な風味がある。エスとおわい屋さんはスラブの上に来て、まずお互の顔を見合わせた。それからエスが、一本の竹を持って、それをマンホールから静かに垂直に糞尿の中へさし込んだ。竹のぐるりがぶくぶくと黄色く泡立ち、竹の尖端が底についたかと思うと、エスは何事か手加減をして見せるように神妙な面持ちをするのである、やがて、徐《おもむ》ろに竹を抜き出した。竹には、浮渣の厚さだけの滓《かす》がくっついていて、液層や沈渣に触れた部分には淡く黝《くろず》んだ色がぬれていた。これに依って、おわい屋さんに汲み取ってもらう汲み取り荷数を推定するのである。エスは竹を見ながら、十五荷ぐらいはあるかも知れないと言った。おわい屋さんの汲み取り料金は、一荷（タゴふたつ）に付二十五銭を普通としているのであるが、たまには、浄化槽の糞尿なんか肥料にはならないとの理由のもとに三十銭を要求するおわい屋さんもあった。だがその理由は、肥料にならないというのがほんとうのことなのか、三十銭をせしめるための理由なのか、いずれにしても浄化槽の糞尿が肥料にならないということを知りたかったので、それの教示をエスに仰いで見た。するとエスは足もとに眼をやって、そして言うのには、奴らはみんなそういうんですがどういうわけでしょう？　と。

人夫の井ノ江君と堀下君とが、おわい屋さんの長い柄杓を借りて、腐敗槽の中を汲み取りはじめた。おわい屋さんが、空タゴをマンホールの際《きわ》に持って来ては、汲み取った奴を表へ運び出す。エスはまた、僕を物蔭に呼び寄せて耳うちした。表に運んで行ったタゴをそれとなく調べて呉れと言うのである。ずるいおわい屋さんになると、空っぽのタゴを混ぜて置いて、汲み取り荷数をゴマカス者もあるという。僕は表に立っていて、おわい屋さんが出て来るとあっちを向き、引っ込んで行くと腰をかがめ、手の甲でタゴを叩いて見た。詰っているものはココと鳴って、空っぽのタゴはカカと鳴るように感じるのだった。

浮渣を汲み取り、液層を汲み取ると沈渣の汲み取りである。堀下君が、バケツと麻縄でつるべをつくった。井ノ江君は、腐敗槽の中へ降りるためにボロボロの合羽に着換え、縄帯を締めて、鉢巻を頬被りにした。堀下君と僕とは、井ノ江君の手首をそれぞれ持って、かきみだされたばかりのむんむんしているその中へ彼を降したのである。どろどろに砂や石っころなどを黒く染めた沈渣を、井ノ江君が、バケツに汲み取ると、それを引き揚げる役は堀下君と、ついに僕なのである。ふたりはかわるがわるバケツを引き揚げては、沈渣をタゴの中へあけた。何度も何度も繰り返しているうちに、腰は痛んで伸びなくなり、腕の弾力はあべこべに伸びてしまって、バケツの昇降が鈍って来る。スラブの上には泥色の汚物がこぼれて来て、踏張り立っている足を型どった。汚物にぬれてすべり勝ちな麻縄。すべり落ちようとするバケツを、はっとして引き揚げる途端に、マンホールの縁にそれがぶつかる。はずみをくらった汚物の飛沫どもが飛びつく頬。額。おとがいなのである。

　大腸菌も堀下君も、詩人もチフス菌もコレラ菌も井ノ江君も、みんな蛆《うじ》を真似ているようだ。それでも、飛び出す声をきけば人間らしく、こぼすなようと呶鳴って来た。穴の中を見ると、井ノ江君の後頭部、襟首のあたりから、合羽の背中一面べっとりだ。

　沈渣が残り少くなって柄杓で汲みにくくなると、今度はゴミトリで掬《すく》いはじめる。掬った汚物は、直ぐにはバケツの中に移さない。一応、井ノ江君は、ゴミ取りの上の汚物を指でひっかき廻し、丹念に改め、それからバケツに移すのである。便所の落し物がみんなここに流れ込んでくるからである。十銭白銅が一枚、焦色になって出て来た。金入の口金も黒くなって出て来た。それを見ながら堀下君は、紙幣《さつ》もはいっていたんだろうが腐っちゃったんだろうなあと嘆息した。万年筆も出て来た。其の他、疲れたような表情をして、あのゴム製品が、幾つか出て来たのである。その度に堀下君は、女みたいな奇声を発して、あらま、と言いながら、バケツの中からそれをつまみあげてまじまじと見るのであった。

沈渣をすっかり汲み取ると、井ノ江君は、亀の子ダワシを以て槽内の壁をコスリはじめる。僕は、ホースの水をほそめにして、井ノ江君のタワシを追っかけるように水を流す。壁にくっついていた瘡蓋のような汚物が剝げ落ちると、ようやくセメントの壁らしくなる。洗い汁が溜ると、それをまたポンプで汲み出すのである。その時、出し抜けに、駄目ですようと井ノ江君が叫んだ。中をのぞいて見ると、なるほど、たったいま出て来たばかりであろう、彼のふくらはぎのあたりには生々としているまでに新しい糞が付いていたのである。洗い汁を汲み出してしまえば腐敗槽の掃除は終りである。だが、井ノ江君は、いま暫くの間は中にいなくてはならない。その間に、僕はそこの家人を案内して来て、掃除の検査を受けるのである。きれいに汲み取りましたから御手数ですけれど一度奥様に御目通し願いたいんですが、と女中さんから言わせると、お前見て来いとおっしゃる奥様は殆どないと見え、奥様方はきっと御自分で出て来る。そうしておっしゃるには、まあこの中に人が這入っているのね、とくるのである。中にはまるでおびえるかのように、御苦労さま御苦労さまと繰り返すごとに後退《あとじさ》りして引っ込んでしまう奥様もある。もっとも、エスが傭って来たおわい屋さんだって、糞の中へ降りてゆく井ノ江君の姿を見た時は、われを忘れるくらい顔負けしたらしく、へえ、と一言いって啞然としていたのである。

ここらでひるになる。みんな手足を洗って近所のめし屋へ出掛けるのである。途々、井ノ江君はその腕や手の甲や掌などを鼻にもってゆき、此奴ばかりはいくら洗ってもなかなか落ちないにおいだといった。僕らは、一杯ずつの焼酎を飲みほしてめしにした。

現場へ戻って来ると、エスはまた物蔭に僕を呼んだ。おわい屋さんの汲み取り単価を三十銭にして置いてくれと言うのである。というのは、お互のめし代と飲代をそこから融通するわけで、僕もよろこんで賛成した。そうしてエスは自分に五十銭ばかり借して呉れといい、残りはあなたのもんだというような身振りであったが残りがないのはかなしかった。

午後からの仕事は簡単なので、一時間もあれば出来るのであるが、それでは仕事そのものを安っぽく見られるというので、ゆっくりと夕方までかかるようにしなくてはならないとエスに教えられた。

予備濾過槽には砕石がある。この砕石を一箇ずつ、僕らはスラブの上に取り出した。ぬるぬるぬらぬらと、砕石にくっついている汚物を、一々タワシをかけて洗い落す。やがて、石らしい顔形になると、それを元のように槽内へ詰めるのである。

次は酸化槽。ここには鉛樋がある。鉛樋には適当な勾配がついているので、足で踏んだりなどしてはいけない。只、ホースの水で樋の中の汚水を洗い流し、ゴミをすっかり無くしてしまう。鉛樋の下の砕石は、矢張りタワシをかけて洗うのである。

次は消毒槽。ここは、所謂、浄化された汚水が槽底を流れているだけなのであるから、槽底に落ちているゴミを取り除き、水で内壁を洗い流し、消毒薬入を洗って、カルキを水に溶かして一杯入れて置くのである。

かようにして、僕もまた、人並みに、一・三九キログラムの生産能力を示すことが出来たのである。

くさいと思えば、切りもなくくさいのであったが、生きねばならぬ人間のつもりで生きるんだから、生きると言うことさえも既に遅いくらいで、それと同じく、くさいと言うにも既に遅すぎる食えない詩人のことだと思って見れば、さほどくさい思いも僕はしなかった。それだからこそ佐藤さんもニコニコしていた筈だ。畜生にも劣らない身軽さで、汲み取りつづけたその結果は、仕事をすればするほど儲かった。無論儲けたのは僕ではなく、儲けたいに憑かれている佐藤さんだけの幸福《しあわせ》なのであった。たとえば、○○区○○中学校の浄化槽掃除は、僕の現場見積りで入札し、百八十五円で落札した。その時の、おわい屋さんの下請汲取料が六十円、其の他、一杯代及びめし代等合わせて七十三円九十銭で、差引金高百十一円十銭が儲けになるわけだ。しかもそれは一晩仕事ときた。だが、エスと佐藤さんとが果して利益を等分したかどうかそういうことは結局僕の知ったことではなかった。只、○○区○○町○○公爵邸の仕事をして以来、エスは佐藤衛生工務所に顔を出さなくなってしまった。公爵邸の見積りをしたのはエスであった。百十八円で落札したが、儲けはたった二十一円八十銭、その上二晩仕事だったので一晩の儲けは十円五十九銭で、佐藤さんが首をかしげていたのである。

過日の新聞に依ると、東京市では、昭和十六年に開催する予定だった国際オリンピック（尤もこれは中止になったが）までには、市内の衛生設備を完成するとかの意向であった。つまり、市設下水道の完成した地域にある浄化槽を廃止するというのである。そのためには、切換工事に依らねばならないのであるが、水洗放流になってしまえば、従って浄化槽の掃除も要らなくなる運命なのである。その時、わが井ノ江君や堀下君などは、どんな風に彼等の生き方を切り換えることであろうか。

そろそろ、暑さを忘れる季節にさしかかって、どうやら、僕のからだから糞のにおいも落ちてしまった頃、思い出したように、堀下君がビルディングに現れた。彼は例に依って、片手に汚れた手拭をぶらさげていたが、すっかり様子を変えてしまった管理事務所の雰囲気や僕の風采などに気がついたらしく、もうやめたんですか、と一言置くようにして言うのだった。そうして、再び彼は、手拭を振り振り管理事務所を出て行った。

ダルマ船日記

×月×日　金

眼を覚ましてみると、側に寝ていた筈の六さんの姿は見えなかった。
居候のくせに、なぜこうも寝坊するのであろうか。
桝のような船室から首を出して、甲板を見廻わすと、既に、七輪の薬罐が湯気を吹きあげていた。

この船の名は、水神丸。積載量百トン。型は、通称ダルマと言っている。年齢は、三十五歳。生れは深川。

まるで、老人みたいな風貌だ。無数の皺の合間合間には、鉄錆びが汚《し》みついている。艫《とも》には船室があって、三畳敷位。そこに船頭さんと僕とが一緒に暮らしている。その他、押入が一間と、それに向い合って神棚があり、押入の下には、古道具屋のように炊事道具など一杯詰まっている。それから、片方の壁には蝶ネクタイと背広の上下を掛けてある。それは僕のではなく六さんの外着である。六さんとは、即ち、このダルマ水神丸の船頭さんなのである。

どこにいても、僕にとって一番の不便は、先《ま》ず、放尿の場合である。折角、出かかっている小便でも、身辺に人の跫音がきこえると、直ぐに中途で引っ込んでしまう。だから街を歩いている時など、僕は他人のようにあっさりとは立ち小便の出来ない質《たち》である。これだけは、動物みたいな僕にも似合わず殊勝なことだと思えば思えるのである。とは言え、そのことの不便は、乗船以来一日も欠かさず僕を苦しめているのだ。堪《こら》え切れなくなると、陸に這い上り、人の気配を避けた横丁を物色して僕は用を足さねばならないのだ。

なおさら、困まるのは糞の始末である。その始末方法に就ては、六さんが彼の実地を以て、或る夜、説明付で僕に教えるのだった。こんな風にするんだと言いながら、彼はまくりあげて船端にしゃがんで見せた。そうして、片方の手をさしのべて鍵のように舷の内枠にかけ、片方の手は股の間に入れるのだった。その手はなんだと訊くと、船に小便をひっかけてはいかぬから、こうしてあれを川面の方へ押し向けて置くのだと言うのであった。僕は、教えられた通りのポーズをして、暫らくはしゃがんでいたのである。

ところがここはまるっきり、便所の中とは世界が違っていた。僕には、総ての物が眼の球のある物のように思われ、しゃがんでいる真下の水の音までが気になり出して、一向落ち着くことが出来なかった。僕は幾度も幾度も、水の音だから構うもんかというように自分に言いきかせては思い力み、努めて平気な面を装うて下腹に力をいれたりするんだが、そのうちに曳船のポンポンの音がきこえて来て、ついに目的を果すことが出来なかった。どうしても駄目なんだ。と、六さんに僕は訴えたが、六さんに言わせると、人間じゃないというのだった。

事実、この世界の生活者達は、老若男女、夜であろうがひるまだろうが、僕みたいな者が物珍らしく見ていようが、生理のためには、悠々と船端にしゃがんでいる彼等である。いつになったら僕も便秘をしなくなるだろう。


水神丸の仕事としては、鉄屑の運搬である。このダルマは、本所緑町一丁目の、製鉄原料問屋鈴木徳五郎商店の専属船だ。いま、商店の川っ縁で、七、八人の人夫達が、二十五、六貫ずつにまとめられた鉄屑を担いでは、水神丸に積み込んでいる。

午過ぎ、積荷が終ると、僕らは、甲板の掃除をしたりシイトを覆うたりして、出帆の準備を整えた。雨にでもならなければ、今夜七時か八時頃、船を一つ目の口まで出して置き、夜中の二時頃には、鶴見へ出帆の予定だが、この空模様では多分雨だと自信ありげに六さんが言う。

一つ目の口とは、竪川一の橋のことで、そこから鶴見までは、所謂、曳船で行くとのことだ。

水神丸の船腹は深く沈み、僅かに七、八寸位しか浮いていない。このまま動き出しては、たちまち水浸りになりそうな表情をして、船は平べったく腹這いになっている。

一体、どれ位の鉄屑を積んだのであろうかときいてみた。百トン以上は積めるんだが、おじさんが乗っているから遠慮して、九十三トンにしちゃった。と、六さんが言うのだった。おじさんとは僕のこと。

だが、鶴見へ行くと二寸位は船が浮き出すという。水と湖との相違なのだ。

夜。雨になったので、六さんはえらいと言ってやった。すると、彼は得意気に、それはおじさん第六感だよと言うのだった。

×月×日　土

雨は上り、陽の光が白く降っていた。

それだのに、船を出すのは夜の八時頃だという。いまは満潮だからであろうか。

この間、亀戸の東京鋼材会社の帰りのことだった。亀島橋という貧弱な橋だったが、その橋にさしかかると、水神丸の図体が大きく反動した。橋をくぐるのではなくて橋にめりこんでしまったのだ。僕は、舵棒に足を払われて倒れ、六さんは、胸壁で押していた棹を川の中へ放っぽり出して、前のめりに舷にとりすがっていた。ふたりが起きあがった時は、水神丸は牛のように船首を橋に突っ込んでいて、船尾を横に振ったなり動こうともしなかった。

ふたりは、舳先《へさき》の両側に駈け寄って、前こごみにまるめた背中を橋にあてがい、もがくようにしながら、船と橋とを突っ放そうとするんだが、全力をしぼり出してもそれはなお無力をかんじるばかりのことに過ぎなかった。おまけに、潮の流れが満潮で、そのままぐずついているうちには、しまいに船首で橋を持ち上げてしまうという。これをまた、その筋に見つかってはうるさいことにもなるというわけで、いよいよふたりは狼狽《あわ》てるのだった。

が、ようやくのこと、僕らは挺子《てこ》の段取りをした。やがて、張り切ったゴムをうんと押しているようなかんじが、挺子を伝わって力一杯の全身にかんじられた。たっぷりとした川面の弾力が船首を跳ね返すと、橋の梁《はり》から舳先を引っ外ずすのだった。

あの時の船は空っぽで、従って船腹は高く浮いていた。僕らはとうとう潮の干く時まで橋際に停船していなければならなかった。

しかし、今度の船は荷物を満載していて、こんなにも平べったくなっているではないか。たとえどぶ川の橋が大川の橋とは違ってどんなに低くても、これなら、満潮とは言え以前のような失敗なんかあるまいと僕は思ったが、今度は今度でまた別に理があるのであった。

それは、夜の八時頃が、丁度、満潮のとまりだから、その頃を見計らって徐《おもむ》ろに干潮の流れを利用すれば、楽でもあり、船もヒアがる心配がないのであるという。

空っぽのダルマは、その頭が橋につかえない程度に満潮を避け、満腹のダルマはその腹を気にして、川底に摺りむかない程度に干潮を避け、それぞれのダルマが一様に、魚みたいな眼をして潮の加減を伺っているようだ。


夕方。六さんと、三つ目通りの元徳稲荷の縁日を振らついた。

お茶の半斤《はんきん》と、糠味噌漬にする胡瓜と菜っ葉とを買い、こころもち船乗り気分に酔いながら帰船。直ぐに六さんは、蝶ネクタイを解き、折り目のあざやかな紳士めいたズボンを脱ぎ棄て、「鈴徳商店」と染めぬかれた印半纏に身をくるんだ。僕は、よれよれのルパシュカ姿。

六さんが棹。僕は舵。三十分の後、一つ目の口に繋船。

×月×日　日

荒々しく吹き込んで来た風にたたき起されて、跳ね起きる途端に頭の上に物が落っこちた。痛む頭を片手でおさえ、狼狽てて甲板に這い上ると、舵棒に腰を下ろして六さんが揺れていた。

船は、既に、隅田河口を脱け出し、東京湾を走っている。いくら起こしても起きなかったというので、六さんは不機嫌だった。時に午前の四時頃である。

陸の背中は白みがかり、湾を抱いている怪物のようだ。湾内としては相当に荒れているらしく、唇からしきりに煙草の煙をひきちぎる風だ。波は波除けにあたり飛沫を高く浴びせかけている。

大森沖である。三十馬力の小蒸汽に曳かれているダルマが三隻、後退《あとじさ》りするように寄り添うて来た。それは、こちらの小蒸汽に曳かせるためだった。

やがて、大森沖を過ぎ、羽田沖である。直ぐ右手の沖合いには、灯台がひとつ立っていてまばたきした。左手の方には、別の曳船が七隻。そのむこうには十隻。こちらのは都合四隻。まるで点線のように、三行のダルマが同じ方向へいそいそと急いでいる。

丁度ここの辺り、大正十一年の十月頃だかに、暴風に逢った七隻のダルマ一行が、小蒸汽もろとも海底にもぐってしまったという。それは横浜から東京への曳船だったとのこと。実際、こうして見たところ、こんな風に荷物の積み具合いからして、そもそもと言いたいかんじなのである。載せる物は鉄屑に限らず、無理でも居候でも何でも載っけさせて置いて、もぐるまでは押し黙っていそうな、ダルマの表情はまったく特別なのだ。

僕は、六さんに替わって舵棒を握った。小蒸汽の速力に全身の力をひったぐられて、流石《さすが》に舵は重い。

普通、曳船の小蒸汽は、三十馬力ときいていたのであるが、いま水神丸一党を引っ張っている小蒸汽は、八十馬力。両側の曳船を抜いて先頭を走っている。

灯台を右へ曲り、羽田沖を過ぎ、多摩川の下流六郷川の沖を過ぎた頃、真正面には、鶴見の工場地帯が待ち受けている。

製鉄会社日本鋼管の岸壁に着いたのは五時頃で、一つ目の口からは約三時間。

二、三十隻ずつ、一塊りになった一群のダルマは、二百隻以上もあろうか。東岸壁から西岸壁を埋めていて水の上に街をなしている。みんな鉄屑を満載して、湖と摺れ摺れに平たく家鴨《あひる》のような姿勢を保ちながら、荷揚げの順番を待ちあぐんでいる。

この一帯の風景は、すべてが勿論、鉄錆びの色調だ。物の形はすべてが荒々しく、すべては堅い。生活という感をぎっしり詰めてあるように、質の堅さがどこからでも見張っている。ほんの僅かばかりの緑が、西岸壁の彼方の埋立地に淡く汚《し》みついている。

ダルマというその名や形からして、これは鈍重なかんじを免れない船ではあるが、舵という神経質な物を備えているのが憎らしく、僕は疲れ果てて、ぐっすりと夕方まで寝てしまった。

夕食後。またしても六さんは蝶ネクタイを結んだ。お茶をのみにではなく、珈琲をのみに横浜へ行こうというのである。

僕らは上陸した。船のり風には、陸《おか》に上ったというところだ。鉄屑の山々の裾を曲りくねり、鋼管の守衛詰所に立ち寄って、口髯の黒い守衛に通門票をもらった。その際、あっちを見ているふりをして、僕らの風采ばかりを気に止めているような守衛もあったが、別段何事も言わなかった。

×月×日　月

朝から雨。

天井の出入口まで、すっぽりとシイトを覆い、石油ランプの古ぼけた光のなかに、僕らは土竜《もぐら》のように一日中船室に閉じこもっていた。

ひるめしの時、六さんに、僕は炊事上の注意など受けた。水の使い方があんまり荒すぎるとの言い分だった。

亀戸や竪川での場合は、溝水だから使えないが、ここのは潮水できれいだから、米も食器もお新香も、潮水で洗えと言う。いよいよダルマ生活の伝統に触れて来たのかと思うと、僕の食欲さえがいささか鈍る様子であった。事実、潮水を汲もうとすれば、下ろしたバケツのぐるりを、くるりと一廻わりなどして見せるかのように、なまなましい排泄物や塵芥《ちりあくた》やらが漂うていることも稀なことではない。いくら潮水でもそれはきたないんだからと、一応の反駁を僕は試みたのである。しかし六さんが言うのには、土の上ではあるまいしそんな物は流れてしまうんだからあとはきれいだと逆襲し、更に彼は、潮水でといだお米がおいしいんだと言い張った。

日記を書いていると、書いているものを六さんがのぞいた。朗読してきかせると、六さんという自分の名をきく度に彼は微笑するのだった。ついでに僕は、ダルマの生活道具や生計などに就ていて見た。

滞船中、船から陸へ架けてあるあの細長い板の橋をアイビと言っている。アイビの優秀な物は、日本杉だそうだが、それは値が高くて多くは米松を使っているという。ロープのことをモヤイと言い、モヤイを結えつけるための出臍のような突起が甲板にあって、それをボーズと称している。ハリカイというのはつっかえ棒のような物で、潮が干いても船をヒアがらせない用心として、予《あらかじ》め適当な水深の位置に船を支えて置くのに使用する物である。船室の床板を剥がすと水が溜まっている。それがアカ。この船は年をとっているせいであろう。皮膚が弱っていると見え、若いダルマよりアカの溜まり具合がはげしく、一日に一回は必ず甲板の排水ポンプで汲み出さねばならないのだ。勿論船室は湿めっぽい。荷揚げすることを水揚げすると言い、船を数えるには、一パイ、二ハイ、……とやっている。

水神丸の航海数は、一ヶ月二航海半位。一航海の収入が約八〇円。一ヶ月二百円内外の収入である。小蒸汽に支払う曳船賃は一航海十五、六円。税金は半期分三円五十銭。差引百五、六十円を一ヶ月に稼ぐのである。その外に滞船料というのがある。それはしかし、輸入鉄屑を積載しているダルマに限り、水揚げの順番を待っている間を一日二円七、八十銭の割でもらえるという。水神丸が、正にその舶来鉄屑を満載しているので六さんはにこにこしているのである。

船室の床板を一枚めくり、箒《ほうき》の柄をさしてアカの溜まり具合を見た。この雨で九寸程も溜まっているのでポンプを押さねばなるまい。

×月×日　火

照りつけている陽を幸いに、乗船以来の大掃除をした。夜具や茣蓙など取り出して、甲板の上、鉄屑の上に展《ひろ》げて干した。草のトランクは、湿気を吸い込んでたるんでいる。鼻も邪魔になるほどすべての物が黴びていて、黴のなかで暮らしているようなものである。

昨日は、一日中船室に閉じこもっていたせいか、今日は朝から甲板である。そうして、六さんとの話は昨日のつづきだ。

日本鋼管の向う岸の建物が昭和鋼管。前には独立している会社であったが、いまは日本鋼管と合併しているとのことである。その斜《はす》向うに見える黒い所が、三井の貯炭場。こちらに見えるのが鉄道省の発電所。その対岸は東電。

東電の方にあの変なのがあるだろう。と六さんは言って彼方を指ざしながら、自動的に今度はクレンの説明に移るのだった。

いまこちら側で、鉄屑を揚げているこれもクレンだ。これもあれも型は異っているがどちらもクレン。東電のが、オールヤード・クレン。こちらのはマグネット・クレン。直ぐ手前の小型の奴はモーター・クレン。三井の貯炭場にあるクレンは、あれは単に、ヤード・クレン。と言うのだった。クレン一台の水揚げ能力は、一日平均七十トン位だと言う。日本鋼管の岸壁では、いま四台のクレンを運転しているところだが、一日三百トン位の鉄屑をダルマから引き揚げているわけだ。このクレンと称する人夫がわりの利器に食い荒らされてしまったように、ここでは殆ど人夫らしい人夫の姿を見受けない。東岸壁の方で、僅かに八、九人の人夫達が、生き残った蟻のように、黒黒とかたまった石炭の笊を運んでいる。

六さんの知合いだという二、三の労働服の男達が、水神丸にやって来ては、毎日午睡《ひるね》をしたり、お茶をのんだり、伝言などをとりかわしたりして、いつの間にかまたいなくなったりする。彼等はクレンの運転士だ。それにしても彼等の様子を以て、休憩時間を過すためのそれであると思うには、お茶や午睡の時間が長過ぎた。聞けば、しかし道理であった。彼等の就業時間は、三時間交替だと言うのだった。クレン運転士の一ヶ月の報酬は百円内外と。

日本鋼管には、三千四、五百人の職工が働いているという。僕は、三度相手を変えて、その職工数を訊ねて見た。三度の答えが一様に三千四、五百人と言うのであった。がまた三人が三人共一様に、そのうちの半数が、在郷軍人だと付け加えていうのだった。その点、僕には一種の疑問符のように彼等の心理が変な風に見えるのだった。けれどもそれは結局、僕の長髪やルパシュカに対する反撥の反映であったらしく、案の定、みんなが、一度は必ず六さんに僕のことをきくそうだ。あの男は赤ではないか。と。

×月×日　日

次第に、六さんは主人らしく振舞って来た。東京へ用達しに行くんだとの名目だが、行先が時々喫茶店であったりすることは、例によって黙認。

ところが、蝶ネクタイを結び、出掛ける段になると、彼は定《き》まって留守中の仕事を僕に言いつける習慣の味を覚えたらしい。キャベツの葉っぱを糠味噌に漬けて置くこと。室内の整頓をして置くこと。ランプのホヤを拭いて置くこと。船底のアカを汲み出して置くこと。どの仕事も詩人を恐わがらなくなったような顔付の仕事諸君である。

それならばと言うので、詩人も今日は陸を踏んで見たくなったのである。川崎駅まで六さんを送り、僕は、砂町の佐藤惣之助氏を訪ねた。近況を告げると、氏もまた、なにゆえダルマに乗ったのであるかを訊くのであった。つまりは、陸に住めなくなったんですよ。と答えると、あ、そうかそうかというのであった。

話はお灸の話となって、所望されるまま惣之助氏に肩のコリの灸を、夫人には胃腸の良くなる灸を。

川崎駅で六さんを待つ時刻には、未だ早すぎた。その間を川崎の町に振らつき、泡盛屋を見つけて泡盛をあおる。じわじわと廻わる酔いをたのしみながら、夜の九時、川崎駅に六さんを待つ。帰途。大島町のうす暗い通りで、小柄な男に逢った。六さんの知り合いである。彼は、この界隈に出没するインチキ女やカフェーの女のことで、のろけを言いいっしょに歩いていた。町の外れに来て、急に小男は、着ているその半纏の裾をひったぐるようにして頭からひっかぶるのだった。六さんは、小男の肩をつっついて、気でも狂ったのかと、言ってからかった。すると小男は、俺はな、あそこの酒屋に借りがあるんだと言いざま、僕と六さんとの間に割り込み、しばらくは肩をすぼめ、森閑としていた。酒屋は、橋の手前の陰気な店だった。橋を渡ると同時に小男は酒屋を振り返りもういいもういいと呟《つぶや》いていた。

実に、木製のかんじの、痩せて血の気のない小さな容貌だった。よだれらしいじめじめしたものさえ光っていて、よく見れば見るほどに小さく消えてゆくもののように小汚ない小男だった。六さんの言うところに依れば、彼奴も船頭なんだがその腕前ときたら危なっかしくて見ちゃおれないと言う。現在なお、船のこと一切は、オヤジに世話をやかせている程で、女房も温《おと》なしい女房を持っていながら、オヤジさんも共に船に置きっ放しで、彼奴はああして街中飲み歩いている馬鹿野郎だと言うのだった。

通門票を示し、鋼管の門内へ這入ると、夜業している職工達があった。彼等は熔鉱炉の火にほてった真赤な半身を、夜の暗さに塗りたくるように働いていた。その近くを右へ曲ると、熔鉱炉のほとぼりで酔いが再び燃えさかるのだった。

潮風に吹かれながら、ダルマからダルマへ渡り、一パイ、二ハイ、三バイ、四ハイ、五ハイと数えて、僕らの水神丸だ。船に着くと、六さんは岸壁を振り返って舌打ちした。

なるほど、制服の守衛が、直立の姿勢で岸壁の方からこちらの様子を見ているのだった。が、僕らは、なるべく素振りを大胆に大げさに、シイトを高くまくりあげたり、船室の蓋を開けては、わざわざ甲板に板の音をたてたりして見せた。それは勿論、蝶ネクタイもルパシュカも、赤や青や黄色の世界の者ではなく、ダルマの者だから安心しろとの意味合いを含めたつもりであった。

もはや、お隣りの宮下丸は寝てしまったのか話声もきこえない。やがて、六さんが鼾《いびき》をかき出した。魚達も寝たのであろう。起きているものは、僕と水の音。

明日の晩には、六郷河岸に花火があがるという。

詩人の結婚

天国ビルディングの横の通りに両国ホテルというのがあって、そのホテルの一階の角にはホテルとは別経営のエスキヤールという喫茶店があった。僕は、天国ビルの斎藤さんといっしょに仕事をしていた頃からそこでお茶をのむことにしていた。

竹部さんと知り合ったのもその喫茶店であった。いつのまにか顔馴染になってどちらからともなく詩の話などするようになり、互に独り者だということがわかったりした。

どうです結婚したいとは思いませんか。と、ある日竹部さんが僕に云った。僕は勿論、結婚はしたいもんだと、かねがね思ってはいたのであるが、生憎《あいにく》、相手がなくて独り者をつづけていたのである。

相手さえあればいつでも結婚はしたいんですがね。と答えると、それでは写真を送るから考えておいて下さい。と竹部さんは云った。まもなく写真は届いた。別にどうというほどのこともなかったが、不具者でなく、頭が普通で、じぶんと大差のない年齢なら承諾したいと僕は思った。幾日か経って、エスキヤールに竹部さんが現われた。

どうですか。と彼は云った。年齢はときくと、三十三だけれど初婚ですがね。と彼は云った。そんな年で初婚だとすれば気位でも高すぎて売れ残りになったんですかな。と云うと、竹部さんは笑いながら、まさか。と、云った。実は、当時三十五であった自分も初婚に間違いはなかったが、不思議に、相手が初婚であるかないかを正して見るという気はなかった。からだの方は。ときくと、丈夫らしいですよという。直接の御知り合いではないんですか。ときくと、それが実は同じ学校の職員の妹さんでしてね未だ一度も会ったことはないんですが。と彼は云った。僕はそれだけのことをきいて、結婚することに定《き》めてしまった。そして、是非一度見合いをさせてもらいたいと僕は云った。すると竹部さんは、見合いはさせてもいいが若《も》しもぼくさんが嫌だと言い出したら女にかわいそうですからね。と云う。しかし、見合いとはいっても、既に僕の意見だけは定まってしまったのだから、僕に相手の女性を見せろというのではなく、僕を見てもらいたいのであった。しかし竹部さんは直ぐには応じかねるという風な調子で、とにかくぼくさんの写真を一枚もらいたい。と云うのであった。そして今度は、僕が答える羽目になった。月給は三十円。と答えて流石《さすが》に僕はきまり悪くなったが、竹部さんはびっくりしてしまった。でも詩の方の収入もあるんでしょうと彼は云った。ある場合もあるがまずないと答えると、彼は自身の当惑をあわてて防ぐようにして、そんな馬鹿なことはないそれは嘘でしょうと云うのであった。事実、僕の月給は、三十五歳にもなった僕の年よりも未だ五つも若かった。と思うと、急にそこから、結婚話が総崩れに崩れてしまいそうに思われて来たのである。

当時の僕は、永い間のるんぺん生活を卒業したばかりで、日本橋人形町の赤島ビルの二階の一室で働いていた。ここで働くようになったのは、天国ビルの斎藤さんとの関係からであった。その前までの僕は、天国ビルの空室に居住していて、斎藤さんの世話になっていた。僕はそこにいて、彼の仕事を手伝ったり、詩を書いたりして失業時代の余波に漂っていた。ある日のことであった。空室ではあるが僕のいる空室に、のっくもしないで這入り込んで来た斎藤さんが、ばくさんもこんどはいよいよ月給とりか。と、いきなりそう云った。本人の僕は、いつのまに月給とりになってしまったのか一向知るよしもなかったが、うまい話でもあるんですか。ときくと、斎藤さんはその鼻ひげをむずむずさせながら、ばくさんが月給とりになるんだからこんなうまい話はない。と云うのであった。僕は例によって、そういう話の切り出し方の中に、斎藤さんのよさとずるさと商売とがごっちゃになっているのを見てとった。うまい話とは即ち、従来彼の販売していた温灸器の販売権を人に譲ることになったというのであったが、なにしろその人は素人なので、直ぐに商売を始めるには多少は鍼灸やその器械に知識のある者が一人要るというので、ばくさんぐるみ譲ることにしたという。まるで僕は景品みたいになるのであるが、斎藤さんに云わせるとこの場合も、むかしのあのおわい屋になった場合にしてみても、ばくさんのためだと思うからでわたしの商売はどうでもいいんですよ。と云うのであった。そこで僕は、るんぺん生活の清算をしたい僕自身のために、また永永とお世話になった斎藤さんの商売のためにもと考えた。

月給は？　ときくと、斎藤さんは右手の指を三本示した。食って三〇円なら景品程度の僕にはまず上出来だと思ったが、月給ですよ月給。と斎藤さんは云うのであった。

器械と僕とを譲り受けた人は、前からの顔見知りであった。元はよく売れた器械であったが、斎藤さんがお灸の学校を手離すと同時に、みるみるその器械も売れなくなってしまったほど、器械と学校とは商売上密接な関係にあった。それを知ってか知らないでか、商売というものは広告の仕方ひとつだと云って、その人は前記の赤島ビルの一室を借り受けて商売を始めたのであった。同時に僕は三〇円の月給とりになったのである。

主人は、一日に一度、おひる頃に顔を出しては広告に就ての想を練り、ひるめしがすむと、ではあとたのみますよ。と云い残して帰るのが常であった。

僕の役割は、能書《のうがき》を饒舌《しゃべ》り、器械の使用法など説明したりして、客にその器械を売りつけることなのであった。時には、客をモデルにして実際に器械を使ってみせたりした。そういう時には、まず、客の後頭部のへこんだところに僕は自分の右手の母指をあて、左の掌でその額を支えるようにして、きゅっと母指でおし上げるようにおさえてみせるのである。

どうですいい気持でしょう。というと、客は、うむ。とうなづくに定《き》まっていた。ここが亜門というツボですよ鼻血なんか出した時ここんところをこうしてきゅっとおしてやればおしているうちに鼻血が止まってしまうんです。と云うと客は必ず納得する。そしてその納得にもう一度念をおしてやるように、僕は母指と人差指との股をひろげ、首筋の両側を探り、ここらに天柱というツボ、ここらが風池で、このツボ、所謂、急所というのが頭にだけでも三〇ヶ所程もあるんですよ。といった調子で一往ツボの実感を与えておくのである。それからおもむろに、艾《もぐさ》に点火し、それを器械に挿入して客の肌にあててみせる。灸なら誰もが熱いと云いますけれど、これはどうです熱いですか。と云うと、客は熱くない。と必ず云う。しかし熱くすることも出来るんですよどうです熱いでしょう。と云うと、客は熱いと云う。それはこのスプレーというのが調法なもので、こういう風に手を小きざみに動かしながら熱の調節をとることが出来るので患者は自分の肌に適当なだけの熱を以て治療が出来るわけです。治療はすべて、ツボによって施すのであるが、それは、器械に添付の採穴法に詳しく出ています。と、ざっとそんな工合なのであった。

来る客は、どれもこれも病人なのであった。中には、新聞広告を見て文句を云いに来た者もあった。胃潰瘍が根治するというのは事実であるかと云ってまるでつっかかって来るのであった。その客は、永い間わずらっていて医者の薬もずいぶんのんでみたし、外の治療もやってみたのだが、だまされたみたいにどれも埒があかなかったと云い、ここの器械もまたその手ではないかと思って来たのだが、ほんとうに根治するかしないか、ほんとうのことを教えてくれというのであった。いささか僕も困まって、いっそのこと、実は僕、詩人ですといって白状してしまいたかったのであるが、詩人には詩人の立場からの見方もまたあった。

一体、いつ頃からの御病気ですか。ときけば、もう五、六年もわずらっていると云う。根治するかしないかは別として、もう一度だまされたと思ってこの器械を試みてみたらどうですか。ときけば、一ヶ月も続けてみればいいのか、と客は云うのであった。そこで僕は勇気をふるって云った。

五年も六年も患っている人が、一ヶ月で治ろうとするから無茶なんです。そこがまた病人である証拠であって、からだばかりが病気だと思ったら大間違いです。と云うと、客はその眼を白黒させた。そこでまた僕はつづけた。ほんとうに自分の病気を治そうとする気があるなら、治すに一年かかっても二年かかっても三年かかっても、病気の五年や六年に比べればなんでもないことで、その上、治ればまたそれに越した幸せはないではありませんか。と云った。客はだまってきいていたのであるが、だまされたと思って買ったのか一台の器械を風呂敷にくるみ、それを小脇にかかえてすたすたと帰って行った。

そのようなことなどあって、僕は日々を過ごしていた。

やがて、竹部さんからの手紙は来た。
「娘は貴兄に大変好意をもっているらしく見合いをする気持が濃厚に動いているそうです」と云うのである。実物よりもよく似ている僕の写真を送っておいたからであろうか。万が一よくも似ていない実物の僕を見て、彼女が失望してしまったらやり切れないと思いながら、見合いの場面など僕は想像した。

竹部さんと僕とは、例のエスキャールで、見合いについて打合わせた。先方のいわば見合いの係りみたいな人が二、三人も来るということをきいて、僕は少しばかり顔赤らめた。そして、僕も味方がほしくなって来た。といって自分の結婚を天国ビルの斎藤さんに打ち明けてしまうには、気のひけるところがあったのだ。僕は郷愁に襲われた。こんな時、この東京に、親や兄弟と遠く離れてしまった自分の姿をせつなくおもった。結局、親代りにとそうおもって、僕は金子光晴さんにじぶんの結婚を打ち明けた。

見合いの日、時間前に僕は金子さんを訪ねた。男の眼だけで観るよりは、女性の眼でも観てもらえばまた参考になることもあろうとの、金子さんのきもいりで夫人の森三千代さんも見合いの席へ参加してもらうことになったのである。早速森さんは、この花婿候補者の身のまわりを点検した。

ばくさん、爪は？　と森さんは云った。僕はまるで子供みたいにてれながら、この通りですと答えるかわりに両手の爪を示した。

感心ね。と森さんは云った。爪のことだけは自分ながらも常々感心していることで、生活がどんなに泥まみれになって地べたに寝ころんでいた頃でも、僕は爪を伸ばしていたことはなかった。友人の誰それの爪先が黒いということまで覚えているくらいに自分の爪の監督を忘れず、爪を切るのさえ今でも表へ出て切る習慣なのである。
　僕らはエスキャールに集った。僕の顔がてかてかしているのは、ひげの剃り跡にメンソレタムをぬったからであった。僕の左隣りには彼女の姉。その隣りが彼女。その隣りが彼女の義兄で竹部さんに縁を頼んだ人である。その隣りが僕の味方の森三千代さん。その隣りが産婆役の竹部さん。その隣りが金子さん。その隣りが僕という工合に、ぐるっとテーブルを囲み、コーヒーと林檎を前にした。むろん、エスキャールの女給達も主人も、ばくさんの見合いだとは一向に気がつかない。静かな音楽もそれとは知らずにいつものような回転を繰り返していた。そして僕は、席の人々が何を饒舌っているのかききとれない。彼女は適宜にこちらを見ては森さんに何事か話しかけられてうなずいたり首を振ったりしていた。僕も適宜に、彼女を見ては、聞えもしないみんなの話声に笑ってみせたり口を噤《つぐ》んだりしていた。すると、彼女の義兄さんが立ち上るような恰好をしたかと思うと、
　どうですふたりで一寸《ちょっと》表へ出てみたら。と言った。僕は何のこだわりもなく、それではみなさん一寸失礼します。と云って立ち上った。だまって彼女もつづいて来た。ふたりは、両国駅のコンクリートの壁に沿うて、右の方へ歩き出した。痩せ形の彼女の姿を右にかんじながら、僕は彼女の写真を思い出していた。写真の彼女は実物よりは肥り気味なのである。しかしそのことが、僕に対して何の変化も与えるというのではなかった。僕は、結婚することに定《き》めた時からのこころのままで引き続き歩いた。ただ、彼女だけが定めさえすれば、定めた所から直ぐにエスキャールへ引返して、待っている人達に返事をすればよいのであった。しかし彼女は、定める話をなかなか切り出さなかった。こうなってしまえば、見合いの係に相談する余地もなくいまは彼女自身の独立した意見で定めなくてはならないのでそこに迷いのようなものが生じているのではないのかと思うと、厚かまし

いが、親切に、こちらから定めてやりたくなって来た。

僕は結婚することに定めたんですが結婚することに定めますか。と臆面もなく僕は云った。すると立ちどころに結婚することに話は定まったのである。ふたりは、恋愛なしで楽々と得てしまった「結婚」を抱えるようにして、コンクリートの壁の尽きた所から引返した。途中、僕は彼女に、将来なにかじぶんのしたい希望があるのかときいたが、生花を研究したい。と彼女は答えた。それに対してその時僕はなんと云ったのかも忘れてしまったが、この文章を書きながら女房(当時の彼女)にきいてみると、そうですかそれはいいですね。と僕は云ったそうだ。

ふたりがエスキヤールに戻って来ると、みんなはそわそわした。就中《なかんずく》、産婆役の竹部さんは、どうなることかと思っていたらしく、飛ぶように席を立って来た。まもなく、みんなはほっとした。

エスキヤールを出ると、彼女の味方と僕の味方とに別れた。

金子さんと森さんと僕とは、駅前通りへ出て国技館の所を右へ両国橋を渡り、浜町河岸へ出た。

顔のあたりに、ぽつり、ぽつり、そしてぽつりと、雨の気配がした。

いいじゃないのおとなしそうで。と森さんが云った。

結婚するんだね。と金子さんは云った。

僕は、とうとう結婚するのかと思うと、急に大きな忘れ物に気がついて来た。机もなければ蒲団もない。着替えもなければ金もない。有る物はトランク一箇とその中にある自作詩の掲載誌と、詩の原稿と自分のからだとそれだけであった。自宅は赤島ビルの二階にあったのであるが、温灸の器械やらそのパンフレットやら、艾《もぐさ》などと雑魚寝なのであって、ひとつとして結婚生活にふさわしい物がなかったのである。

僕は金子さんに協力してもらって、現在の牛込弁天町のアパートに四畳半を見つけてよろこんだのである。そして、金子さん宅の押入れから小さな机を運び、小さな本立を運び、金子さんのどてらを一枚と、小さな座蒲団一枚とを運んで来た。座蒲団は大急ぎで間に合わせてくれた森さんの手製なのであった。そこへ堂々と、新しい簞笥が運ばれて来て、僕自身見違えるほど、人間らしく生生として来た。

既に、僕は結納も済ませておいた。最初のうちは、結納も結婚式もはぶいて、直ぐに結婚生活を始めてもよかろうと、僕らしく考えていたのであるが、世間の手前、形だけでもと、竹部さんからの意見があった。僕は、世間の人達がどれ位の金を結納に使うのか、結婚式に要る金がどれ位のものなのか、さっぱり見当もつかず、世間のすることを標準にしたのでは、結納も結婚もおぼつかないと思ったので自分なりに踏ん張ったつもりで、十円ではどうだろうと思った。

そのかわりお返しは要らぬ。と云うと、

そうだそれならばお返しを五円と見ても要らぬことにすれば十五円の価値が出るわけだ。と、竹部さんは僕をべんたつしてくれた。ところで、結婚式の費用であるが、一生に一度と云われている結婚だとあってみれば、一月分の給料三〇円を前借り出来るかと思い、温灸器の主人に事情を打ち明けた。

結婚なんてそんなもの五円もあれば沢山だうちは五円でやった五円で。と主人に食らわされた。僕の顔はほてった。その上、その五円すら借りる勇気を失った。だからと云って結婚まで、棄てるまでにはまいらなかったのである。僕はしばらく振りで兄貴夫婦に手紙を書いたのである。そして、特に、無心の最後だからということを書き加えた。

さて、曲りなりにも、すべての準備が整った頃、結婚ときいてびっくりしたのは天国ビルの斎藤さんであった。彼は啞然としていたが、

考えてごらんなさい、結婚というのは女と男とがくっついていればいいというもんじゃないや、そのうちには子供が出来るし、おぎゃあと同時に五十円要るんですよ五十円、産婆さんに五十円ですよ五十円、やめた方がいいや。と斎藤さんは云うのであった。僕はなんにも云わずに彼の顔を見つめていた。すると、斎藤さんは出すぎたじぶんの饒舌に気がついたらしく、

まあいいや、どんなものか結婚してみるんだな。と彼は云った。

結婚式の夜は来た。僕は、三円で染め更えた茶揭色の背広姿になった。かねがね彼女にも、礼服なしにしてもらいたいとこちらの意見を通じておいた。式場に関する一切のことは、金子さんにおねがいしてあった。式場は、新宿の泰華楼。彼女と彼女の姉さんと僕とは、少々早めに一階でみんなを待っていた。まもなく顔が揃って、みんなは二階へ昇った。昇ると左側にささやかな応接間があった。這入るとすぐに眼についたのがメニウであった。僕は盗むようにしてのぞき込んだ。が、一品二円五十銭以下の料理が見当らないのである。

うっかりそこらの部屋に這入るととんでもないことになるよばくさん。と金子さんに云われて気がついた。というのは、金子さんが十円で結婚式の費用を引受けていたからである。僕らは表に面した部屋に案内された。ところどころ屛風に仕切られた部屋であった。

彼女と僕とは、端っこの方に並んで坐った。ひざまづいて並んでいると、だんだん、花嫁と花婿のかんじがして来た。花嫁と花婿の両側にみんなはもっともらしく並んでいた。モーニングを着込んですましているのは天国ビルの斎藤さんであった。彼は、花嫁と花婿を交々《こもごも》に見ていた。僕はい

っそのこと、斎藤さんのモーニングを拝借して、彼女には貸衣裳屋の礼服を着せてやればよかったなどと思うと、初婚のせつなさがそこらに漂って来た。

料理が運ばれた。直径一尺ほどもあろうかと思われる大きな器に、食べたことのあるようなないような料理が、適宜な間隔で三つ置かれた。

なんとか挨拶を述べなくてはなるまい。と小声で金子さんが注意をしてくれた。僕は姿勢を正して挨拶した。

もっとなんとかしなくてはならないところ、時節柄ほんのおしるしだけにいたしました、どうか召しあがって下さい。と述べたのである。

世は既に支那事変下にあった。至る所で、日の丸の旗と万歳とが見受けられた。

僕と彼女は、弁天町の四畳半で、結婚生活に取りかかった。彼女の名は静江である。夫婦になったからって、いきなり、おい静江と呼ぶことも出来ず、と云って、静江さんと呼ぶにもなんとなく気がひけて、馴れるに任せることにしてしまった。それから、ひと月ほども経った頃、僕らの結婚生活は、年越しのそばひとつ食うことが出来なくなって、彼女は泣き崩れた。僕もかなしくなったのは事実であるが、今更、ふたりがかりで泣くわけにもいかず、恥を冒して彼女をべんたつした。

三十円の男だとは承知のうえではなかったのか。ときくと、それは承知はしていたけれどまさか大の男がそんな筈はないと思っていた。と彼女は云った。僕は、声はりあげて泣きたいところぐっと声をのみ込んで考えた。なにも、詩ばかりを推敲するのが詩人でもあるまい。と考えた。結婚生活にしてみても、推敲するより外には途がないと考えた。たった、原稿紙一枚ほどの詩のために、二百枚、三百枚、四百枚と、推敲しなくては詩も書けないような僕なのであってみれば、生活もまた推敲なのだとおもって自分をはげました。

そのうちに、医療器の商売は駄目になり、こんどは、ニキビソバカスの薬の通信販売を始めたが、それも駄目だった。天国ビルの斎藤さんは、僕の顔を見るたびに、もう駄目ですよいまのうちに別れるんですな。と繰り返した。しかし僕は、斎藤さんのためにと思って結婚したのではなかった。別れるために結婚したのでもなければ、めしを食うために結婚したのでもなかった。であるから、別れろとすすめられたり、または、食えなくなったという理由で、結婚生活を棄てる気にはなれなかった。僕は日々額に汗して、材木新聞社の記者見習みたいな、走りづかいみたいな職に就いたり、高利貸の手代みたいなことをしたり、時には、このような原稿などを書いたりした。ある日、斎藤さんを天国ビルに訪ねると、彼はいきなり僕を誤解した。

ばくさんとは今日限り絶交です。と云ったのである。彼は「詩人便所を洗う」と題した拙文を、「中央公論」で読んだと言って、憤怒そのままの斎藤さんになりかわっていた。そして彼はつけ加えた。知らない人があれを読んだら、まるでわたしがばくさんを食い物にしていると思われるんです。と云うのであった。しかし、それは、そうだとばかりも云えないと僕は思った。なぜなら、いつもばくさんばかりを見馴れていた斎藤さんにしては、あれを読んではじめて、ばくさんから観られてしまった感じもしたのではなかろうか。

あれから六年も経ってしまった。僕は官吏になった。一昨年の六月には男の子が生れてよろこんだ。それから去年の七月、誕生一寸過ぎた頃にはその子に死なれて悲しんだ。そんなことなどもあったりしたが、僕の結婚生活も、どうやら世間の杞憂を乗り越えて来たようだ。

第四「貧乏物語」

北千住の遊廓の近くに、教会があった。ぼくは、かつて、その教会に居候していたことがあった。牧師の舞田さんは、この教会に来る前は、ぼくの郷里の琉球にいたのである。かれは、那覇のある教会の牧師なのであったが、奥さんに死なれて、しばらくの間、やもめ暮しがつづいていた。

ある日のこと、舞田牧師が人力車に乗って、ぼくのところを訪ねて来た。かれは、藁にすがるおもいで、青年になったばかりのぼくのところに相談に来たわけで、ぼくの従姉との関係を、ぽつりぽつり、ぼくにうちあけたのである。逃げるより外にはないでしょうと、ぼくはそう結論を出して云った。それから、まもなくのこと、舞田牧師とぼくの従姉とは那覇からその姿を消してしまって、北千住の教会で、愛の巣を営んでいるのであった。

ぼくは、居候なのであるから、日が経つにつれて、次第に居づらくなって来たのは当然である。白金三光町の友人の下宿を訪ねると、ぜいたくなのを着ているじゃないかと云ってじろじろと、ぼくの着ているアルパカの上衣を見ていたが、翌日、その上衣を貸してくれないかと申し出たのである。むろん、アルパカは、舞田牧師のおさがりなのであったが、友人はそれを質屋へ入れて、そのままになってしまった。その後、ぼくには、一定の住所もなく、転々としていたが、自分の住所を持つようになったのは、結婚と同時で、牛込の弁天町アパートに借りた四畳半がそれなのであった。ぼくは実際のところ、結婚するということについては、女房に食わせることが出来るというような自信もなかったし、また、この世のなかに、ぼくなんぞに食わせることの出来るような、そういう女性を考えることも出来ないので、結婚なんてことは断念していたのである。しかし、そうはいっても、断念しつづけていたというのではなく、しばしば、結婚のことを空想する自分に気がついては、自分の生活を振り返り、ひとりの口さえ食うや食わずの奴が、なにを空想するかという具合に、断念するのであった。だが、世の中はわからぬもので、そういうぼくにも、結婚の世話をしたいとの世話好きな人もあったのだ。忘れもしない昭和十二年の十二月の一日に、新宿の泰華楼の二階で、彼女とぼくの結婚式を挙げた。このことについては、「詩人の結婚」と題して、前に「中央公論」に書いたが、先輩の金子光晴が、拾円で結婚式の費用を引受けてくれたのである。そのときの弁天町アパートの四畳半を歌った詩に、次のようなのがあった。

なんにもなかつた畳のうへに
いろんな物があらはれた
まるでこの世のいろんな姿の文字どもが
声をかぎりに詩を呼び廻はつて
白紙のうへにあらはれて来たやうに
血の出るやうな声を張りあげては

結婚生活を呼び呼びして
をつとになつた僕があらはれた
女房になつた女があらはれた
桐の箪笥があらはれた
薬罐と
火鉢と
鏡台があらはれた
お鍋や
食器が
あらはれた

ところが、仲人は仲人らしく、ぼくと彼女の結婚をまとめるためには、熱心に、色々の手を尽したものと見えて、女房はその仲人のことを、竹部の奴がわるいんだと云って、恨みごとを並べたのである。ぼくは当時、エグホルモリンと称するところの、ニキビ・ソバカスの薬の通信販売の仕事をしていて、その仕事からの収入は、月々三拾円なのであった。ぼくとしては、結婚するために、自分の生活のみすぼらしさを無理に繕ってみせては、あとになってから彼女を失望させたりがっかりさせたり、別れることになったりしては、折角結婚しても甲斐のないことだと、ぼくなりに結婚を大事にしたい気持からして、目下の収入が三拾円でしかないということと、それ以外には貯えなどもある筈のないこと、それどころでなく、自分の蒲団さえもないのであるが、それでもよろしいかと、なんどもなんども仲人であるところのその竹部君に念を押して、そのことを正直に先方に伝えてもらったつもりなのであった。にもかかわらず、結婚してみると、すでに、取返しのつかないことになってしまったのだ。女房の話によると、竹部君は、ぼくの身にあまる程の光栄になるようなことをしゃべりまくって、ニキビ・ソバカスの薬からの収入は三拾円でも、原稿の方の収入が大したもんだと、知っているみたいなことを云ったと云うのである。おまけに、ニキビ・ソバカスの薬の商売はうまくいかず、ぼくの結婚直後、まるで、調子を合わせたようにつぶれてしまったのである。竹部君も竹部君であるが、彼女も彼女であると同時に、ぼくもぼくなのである。結婚は、こうして、一文の金もない現実の生活のうえに乗りあげてしまって、ふたりは、早くも初の夫婦喧嘩を経験した。彼女は、どうやら詩人というものを解りかけて来たと見えて、詩人だかなんだか知らないが、そんなの書いたって金にならなければ仕様がないと云ったりしたが、ぼくはぼくで、金のない詩人であることは、あらかじめ竹部君を通じて伝言しておいたのだから、それを承知で結婚するくらいなら、多少は持ってくるに違いないとおもったが、そっちだって文なしじゃないかと云ったりした。こんなことではいまに、彼女は逃げ出すのかも知れないと、こころひそかに、ぼくはそうおもっていたのであるが、彼女は、しかし、なかなか逃げ出さなかった。そのかわり、彼女は、泣きつづけたのである。ぼくは、金策に出かけるが、こころあたりのところは、結婚のために、すでに尽してもらったところばかりなのであった。そのうちに、結婚生活は、文なしのまんま、大晦日の晩になった。すると、彼女の弟が、酒と肴持参で、アパートにぼくらのことを訪ねて来た。彼は、飲んで酔っぱらって帰ったのだが、ぼくも女房も、なにひとつ彼に振舞ってやることも出来ず、折角、ごちそうにあずかった酒もどこに飲んだのかわからなかったが、あのときのことをおもい出すたびに、晦日そばだって食べなかったと、女房は云い云いするのである。それでいて、詩人は、晦日そばにもならない詩だけは、その頃も、書かずにはいられなかったと見えて、ぼくには、「結婚」と題する次の詩があるのだ。

詩は僕を見ると
結婚々々と鳴きつゞけた
おもふにその頃の僕ときたら
はなはだしく結婚したくなつてゐた
言はゞ
雨に濡れた場合
風に吹かれた場合
死にたくなつた場合などゝこの世にいろいろの場合があつたにしても
そこに自分がゐる場合には
結婚のことを忘れることが出来なかつた
詩はいつもはつらつと
僕のゐる所至る所につきまとつて来て
結婚々々と鳴いてゐた
僕はとうとう結婚してしまつたが
詩はとんと鳴かなくなつた

いまでは詩とはちがつた物がゐて
時々僕の胸をかきむしつては
簞笥の陰にしやがんだりして
おかねが
おかねがと泣き出すんだ。

翌年になって、女房は、丸の内のある歯科医のところに勤めることになった。いかにもぼくがすすめて勤めさせたみたいだが、事実は、自発的なのであった。女房は、毎朝、ぼくの起きないうちに出かけた。ぼくは、ひるま詩を書いたりしていたが、夕方になると、御飯の仕度などして彼女の帰りを待ち、夜はおそくまで原稿にかじりついていて、朝は寝坊したのである。女房は、歯科医のところから、月々三拾円也の月給をもらった。それにぼくの詩もぽつぽつ金になったりする機会がふえて来て、暗礁のうえの結婚生活が、どうにか滑り出すようになって来たのである。ぼくはその年の九月の「中央公論」に、「詩人、便所を洗う」という随筆を書いたが、これは、題名の示す通りの内容のもので、結婚前に、直接ぼくの経験した衛生屋としての仕事ぶりを書いたのであった。これには、糞尿に囲まれていたぼくの前身がまる見えなので、女房が読むと困ることが起きてしまうのではないかと気にしながら、金を欲しさに、おそるおそる書いた次第なのである。しかし、女房がこれを読んで、ぼくのことをどのようにおもい、どのようになげいたのであるか、彼女のこころのなかまでは詳しく知ることは出来なかったが、その原稿料として、彼女の月給の二倍以上もあるところの八拾何円だかのまとまった金を、その手に渡してやった時は、さすがに、うれしそうな顔をしたのである。ぼくも、根はおっちょこちょいなので、すぐにいい気になってしまい、詩人というものはそういうものなんだ。仕方がなければおわい屋もするし、ない時にはがまんもして、はいる時にははいるんだと云いながら、こころのなかでは、即ち、原稿料は大したもんだと彼女に云ってきかせたという仲人の竹部君のことなどおもい出していたのだ。

ところで、「詩人、便所を洗う」の影響は、文藝春秋社にも及び、雑誌「話」の風変りな人達の座談会にぼくは引っ張り出された。一応、ぼくは畸人ではないのだからと、辞退はしたのだが、石川信雄から、まあまあそう云わずにと来られて、ついのこのこと日比谷の山水楼に行ったのであった。昭和十四年二月号の「話」に、「風変りな人達の『話』の会」として、その時の速記が出ているが、司会者が松井翠声、出席者は写真入りで、木村太郎・黒川一・山形天洋・山之口貘・宮坂普九の諸氏で、それぞれの氏名の下には、六号活字で氏名順に次のようなことが記されているのだ。

有名なイカモノ喰いで、蛆虫、毛虫は云わずもがな、眼にふれるものはみんな喰ってしまう。元築地小劇場の俳優。

潔癖が亢じて病的となり、何でもかんでも「汚ない汚ない」と云って自分でも困っている。現在松竹本社社員。

お巡りさんから弁士に転向したという活動写真華やかなりし頃の人気者、今はときどき映画へ出たり、保険の勧誘もやっている。

沖縄出身の詩人で灸術師、高利貸の手代、売薬行商から便所掃除人までやったという変りだね。

往年の河童のフクさん、居候を愛し、その多くの居候を養うために十数種の商売をしたという。サトウ・ハチロー氏の親友。

さて、結婚してから、十五年目の年の暮が来たわけなのである。

自然の力というものはふしぎなもので、食えないからって結婚を断念したつもりでも、つい結婚してしまったり、こどもが出来てはなお生活に困るとおもいながら、つい、こどもは生れるものなのだ。ぼくが、そもそもその口なのであって、生れたこどもは八歳になった。女の子で、小学校二年生なのである。現在、ぼくの家族は、この女の子と、夫婦との三人で、これまで、ぼくの書いて来た詩やその他の作品のようなものからは、到底、想像出来ない程の大きな家に住んでいるのである。総ひのきの天井の高い、門構えの家で、欝蒼と繁った色々の庭木に囲まれていて、訪ねて来る人をして、立派な家ですなあと云わせずにはおかないそういう家なのだ。たとえば、物売りに来る人でも、堂々と、玄関の呼鈴を鳴らし立ててぼくや女房のことなどを呼びつけたうえに、「こんな立派な家に住んでいて、なにひとつも買ってくれないという法はないじゃないか。」と、棄てゼリフを置いて帰るものもあるのである。むかし、舞田牧師にもらって着ていたアルパカの上衣を、贅沢だと云ってぼくから没収してしまったところのあの友人ならば、「こんな立派な家に住んで怪《け》しからん奴だ。」と云うに違いないのだ。それにこのごろでは、ぼくに原稿の依頼で見える新聞の編集の方や、雑誌社の方など、貧乏物語を求めての訪問だけに、この家を見てはなかなか、その用件もすぐにはぼくに云いにくいらしいのである。ある編集の人は、ぼくの傍にいるおかっぱの娘が女子大の附属小学校へ通っているということをきいて、それではずいぶん金もかかることでしょうと云いながら、この家の立派さとともに、いよいよ眼を瞠《みは》る如くなのであった。

しかしながらそのうちに、ぼくら一家は行くところもないので、この家の一室にこうして、不義理をつづけたまんま置いてもらっているのであることや、娘の通っている学校も世間の噂にきくと、金のかかる学校になっているのだが、それも不義理をつづけているおかげで、いまだに殆ど金がかかっていないことや、または、ぼくの収入が、いまだに、月々の平均二千円にも足りなかったりするような状態であることなどを知るに及んだり、最近は見る夢までも、娘や女房を質屋に持って行く夢を見るとか、現にそういう詩も出来たのだということなどを、ぼくの口から知らされるに及んではじめて、雑誌社や新聞社の方は、ぼくのぼくらしさを再確認するらしく、そこで、ほっとしたみたいに、実はその貧乏物語をおねがいしたいのだがと来るような始末なのだ。

詩人、国民登録所にあらわる

詩人、と云うのは、つまりは僕のことである。国民登録所と云うのは、国家総動員法に依て発動された国民登録制の機関である。現在、僕の勤務している役所の中にそれがあるのである。

この役所の窓口に僕が現われるようになったのは、もともとこれは、友人雨地法学士のお蔭であった。

かつて、天国ビルディングの空室に、僕が住んでいた頃のことである。大晦日の夜遅く、ノックする音がしたのでドアを開けて見ると、雨地法学士の来訪なのであった。

思えば、その時の瞬間から、お互の愛情は流れつづけて来て現在にまで及んでいるのである。その時の彼は、あまり目立たない下駄を履き、あまり目立たないセルの袴と、あまり目立たない茶色のソフトと、そしていかにも寒さに追っかけられて来たように着ぶくれた姿をして、飄然《ひょうぜん》と空室にやって来たのであった。彼の鼻はいつ見ても高く立派な鼻でその時もすぐに鼻が眼についた。

遅いじゃないか、と声をかけると、雨地法学士はうなずいたが、ひとつ、僕にたのみたいことがあると云うのであった。無論、僕でもあるまいし、こんな空室を訪ねて来てわざわざ金を借りに来るほどの法学士でもなかろうと思ったが、その通り金のことではなかったのである。彼は、とにかくたのむから四、五日の間僕といっしょに空室に泊めて呉れないかとのことなのであった。僕が空室に住んでいたのは、そこで結婚生活をしているのでもなかったので、躊躇などしている暇もなくそのまま彼の依頼を引き受けたのである。

が、たったひとつ、ここに泊るに就ての条件として僕は彼に注意をした。というのは、この天国ビルディングの管理をしている斎藤さんの眼に触れないように泊まってもらいたいと思ったことである。下手すると、それは僕ともどもにこの空室を追い出されてしまう結果を招きそうな懸念からであった。それで、朝は、斎藤さんの来る時間前に一応外出してもらって、夕方は、斎藤さんがいなくなった頃に来てもらうことにしたのである。

直ぐに、ふたりの生活が始まった。ぐるりは冬である。雨地法学士は、やがて、一本ぐらいならのめるからと云って、近所の屋台店に僕を誘った。ふたりとも酒は好きなのだが、ふたりとも直ぐに赤くなる。僕らは文字通りに一本ずつをほし、おでんを、なるべく柄の大きいのから二つ三つおなかに入れた。

空室に帰って来て、籐椅子に腰を掛け、ふたりは暫時、詩の話やら友達なんかの噂をしたりしていたが、元日は午前の二時頃になったのである。

雨地法学士は、ねむそうな眼をしていた。彼は堪えかねたのであろう。やがて、籐椅子に頭をもたせかけたのである。

ねることにしよう、と云うと、彼は頭をもちあげながら、このまま椅子のうえで寝るのかと云って複雑な顔になったのである。だが僕は、空室に住んでいるとは云え、実は、一枚の蒲団もなしに住んでいたのである。ここには、コンクリートの壁と、窓硝子《ガラス》と、僕らが腰を掛けている古ぼけた籐椅子と、傍《かたわら》に小さな火鉢があるだけであって、その外にはこれという物はなんにもないのである。無理にあると云えば、がらんとしている暗い頭の中に、生活苦みたいな物がひそんでいるだけの物であった。だから僕が、空室に住んでいるとはいっても、むしろそれは、そこに火鉢や椅子どもがころがっているようなことと同じで、この身を空室に置いてわずかに呼吸をしているに過ぎなかったのである。

とにかく雨地法学士も、折角だけれど、この籐椅子のうえで寝てもらうより外には寝る場所がなく、床のうえにはリノリュウムのにおいが漂っていたのである。だが僕は既に、四季を通してこの椅子のうえに自分の睡眠を繕っていた。従って、睡眠の繕い方を心得ていたわけで、即ち、籐椅子を二脚、空室の真中に向い合わせにして、椅子と椅子との間を少しあけそこに火鉢を置くのである。そして、自分の体を仰向けに椅子と椅子とに橋を架け、窓から外して来た色褪せた水色のカーテンを二枚重ねてそれを椅子の肘掛から肘掛へとかけるのである。椅子を真中に構えたのは、一度は壁際にして見たこともあったが、気のせいか壁の冷たさがなんとなく身に伝わってくるようでなかなか冬を避けがたく、そのために選んだ位置なのであった。カーテンの掛け方も自分としてはかなり苦心を重ねた結果であって、最初のうちはぐるぐると身に巻きつけて寝て見たが、寝たかとおもうと眼が覚めた。或る時は、子供の時分に聞いた母の言葉を思い出したように、足先を包んで寝てみるがどうにも冬には勝てなかった。そこで思いついたのが火鉢である。それはひるま、斎藤さんが使い残した火を管理事務所から持って来て、それに炭をつぎ足したのである。火鉢はつまり、寝ている自分の背中の下になるわけだ。炭は今の時勢とはちがって当時はふんだんにあったのである。

それから、ステッキ様の棒を拾って来てそれを二本、肘掛と肘掛とに渡し、上からカーテンを掛けると箱みたいな天幕が出来たのである。これは実に温かく、火鉢からの温度が天幕いっぱいふくれあがるのであった。空室の寝床としては、これで完璧に近かったが、寝返りを打つ場合が気になった。寝ることの出来る人は誰もが寝返りを打つように、僕もまた、寝返りの一度や二度は打ちたくなる。打ちたくなったら打てばよいかも知れないが、なにしろこの身が橋になっていて、橋の下には火があるのだ。寝返り打つには眼を覚まして、寝なおさなくては寝返りが打てなかった。そこで僕は地下室の物置から、四分板を二枚見つけて来た。丁度自分の胸の高さ位の板である。これを今度は橋にして、その上に自分の身体を横たえた。

こうして僕は最初の冬を過ごしたが、二度目の冬と睨み合いしているところへ、雨地法学士の来訪なのである。

彼が何故に僕を訪ねて来たか。それは四、五日の間を泊めてもらいに来たことは、勿論、確かなことである。其の他の理由としては、彼が僕にぽつりぽつりと話したことのなかに伺われたし、当時の友人間での噂に照らし合わせて見ても納得のゆくことなのであった。しかし、そのことがどんなことであったかは、小説を書いているのでもあるまいし、書けもしないだろうし、ここに書く必要も認めないのだ。

さて、僕は雨地法学士を寝かせなくてはならなかった。ねむそうにしている彼を、椅子から立ってもらって、まずその籐椅子をふたつ、室の真中に向い合わせにしたのである。ふたりは向い合って腰をかけ、ふたりとも、両足をたがいちがいにして橋を架けたのである。ふたりになってみると、四分板は幅が狭くそれは結局用をなさなくなった。雨地法学士は、ひどく疲れていたらしく、天幕の向う端から顔だけ出して鼻を斜に横たえ鼾《いびき》をかきはじめた。そのうちに僕も寝込んでしまったのだが、僕は物音で眼が覚めた。多分、寝苦しくて、雨地法学士は寝返りを打ってしまったに違いない。片足は火鉢の縁に、片方の足は床のうえに摺れ落ちていて、天幕は寝返りを打った方向にひったぐられている。しかし彼は、まるで母に抱かれた子供のようにそのまま鼾のなかにもぐり込んでいた。僕は、そこに落ちている彼の両足を静かに持ちあげて、またもとのように橋を架けさせた。けれども足はまた落ちるかも知れなかった。僕は廊下へ出て行った。そして、うす暗い、突きあたりの共同炊事場の片隅にあった廃物らしいひとつの金網を拾って来て、これを橋の下の火鉢に被せて置いたのである。

翌朝、管理人の斎藤さんが来ないうちに、雨地法学士は出て行った。そして暗くなってから、彼はドアをノックした。こうしたことを繰り返して、一日が二日になり、三日が四日五日となり、四、五日の間は過ぎてしまったが、お互に、伸び伸びしてゆく日々に対してはいつのまにか馴れっこになっていた。

しかしながら、雨地法学士が、どんな風にして御飯を食べているのか僕は知らなかった。僕は度度、彼の下宿に泊めてもらったこともあるのだが、その都度僕はいっしょに下宿の御飯を御馳走になったのである。言い忘れたが、雨地法学士は歌論も書き小説も書くのでそんなことから僕らは友達になっていたのであった。彼はいつだったか、小説を書くのだといって、「狂気の沙汰」と題して書き出した物もあったが、小説の主人公が、百円だかの金を拾った夢を見て、翌る日も未だその百円を持っているつもりになって色々の行動をはじめるという風なものだと彼は云っていた。彼はその頃、僕のことを評して、地球の客員、と云った。そして、雨地法学士は、この空室に、彼の所謂、地球の客員の客員となって起居しているのだが、僕には実力がなく、彼に対して食の心配をしてあげることが出来なかった。
というのは、別に謙遜しているわけでもないのだが、僕の生活はまず、家畜同様の生活なのであった。この空室を犬小屋だとすれば僕は犬なのである。そして犬の飼主が、ビルの管理をしている斎藤さんというところである。斎藤さんは管理の外に、もうひとつの商売を持っていた。そもそもその商売のために、斎藤さんは僕を飼い馴らしていたようなものであった。僕の芸当は荷物の荷造りで、医療器械を木箱の中に入れ、それに藁縄をかけるのである。荷造りが済むと、僕はまるで、おちんちんやおすわりや、おあずけなどが済んだ気持になり、にこにこ笑っている斎藤さんから、最低十五銭、時には五十銭を恵まれた。これが僕の全収入であった。しかも荷物は出ても、せいぜい一日に二個か一個、または二、三日も四、五日もつづいて一個も出ないことがある。従って、そんな時はこの空室を抜け出して、友人間を嗅ぎ廻わっているような時なのであった。雨地法学士の下宿に泊まった時もそんな時の一例である。こんな僕の様子は、籐椅子に腰をかけて見ている雨地法学士にも直ぐに解ったらしく、
生きているのが不思議だ。と云って、彼は僕の様子を珍らしがったりもするのであった。だからほんとうは、僕を見ている雨地法学士が変に珍らしがったりするほどの状態なのであって、僕が彼の食に就て心配するよりも、雨地法学士の方であべこべに、僕の食に就て心配して呉れたのが多かった。
夜になって、空室に帰って来た時の彼は、かならず、貘さんめしはすんだのかときいた。そして、時には一本の酒のあるところへ、時には支那そばやライスカレーのある所へと僕を誘って呉れたの

だ。

　とは云え、間もなくのことであった。雨地法学士は、今度は時々、おなかのすいているような気配を示したりすることが眼に見えて来た。それまではどうやら、外で融通のついていたことが、次第にむずかしくなって来たらしい袋路に来ているような気配なのであった。ある夜、彼は疲れた顔して、黙々と空室に帰って来たのである。彼は籐椅子に腰を下ろして、矢張り黙々としていたが、貘さんはもうすんだのか、と云った。

　これは、いつもの言い方とは違っていて、もうすんだのかのもうのところが変っていた。僕は、すんではいないのにすんだかのように認められた感じになりながら、首を左右に振って、あなたはすんだのか、ときいた。すると彼は、実は今日は自分もまだだと云って、そこに再び黙黙をつづけたのである。まるでがらんとした空室の中にがらんとしたのがふたり向い合っているのは、正月の風景とは云えなかった。僕は廊下へ出て行った。二、三日前に見かけた白い物が頭にひらめいて来たからである。僕は次第に犬めく自分の姿を感じながら、共同炊事場の方へのそのそと這入って行った。桶の中にはいっぱい、見かけた時のままの餅がそこにだけ正月のにおいを湛えているように仄《ほの》白く水にひたっていた。どうぞ御自由にとは誰も云ったのではなかったが、そして、のそのそと嗅ぎつけて来た犬にしても、自由な気持で来たのではなかったが、ついに犬なのである。人影もないのに、くわえようとしては振り返り、くわえようとしてはかなしく振り返っていたのだが、犬のすることだ。人間みたいに遠慮しいしい、その餅を何枚か銜《くわ》え出して来たのである。

　その夜、雨地法学士は初めて、地球の客員の獣くさい食卓を囲んだのである。

だが雨地法学士は、いつまでも僕といっしょにこの空室に巣食って生きるつもりではなかったのであった。明らかに彼は焦って来たのである。はじめの頃とは反対に、次第にねむれない夜がつづいて来た。いままで口にしなかったことを彼は口にするようになって来た。僕がいつでもよくねていると云うので、それが癪にさわる位だと云うのである。彼はこうして自身の不眠を訴え出して来た。しかし、人間にしても犬にしても、ねむれない時はかなしいに違いない。だがかような生活を、何年も何年もこの空室で僕がつづけることの出来たことは、ねむれたこともひとつの理由なのであった。僕はその時からはっきりとこの空室を出たくなっていた。雨地法学士にしても、ねむれないねむれないを繰り返しているからには、多分、なんとかしなくてはならなくなって来たと云えるわけだ。

いつの間にか正月はすんだらしい。天国ビルディングの事務所事務所では、またもとの人声などがきこえたりして、そこらあたりに社会らしさが甦って来た。餅は、多分気づかれてしまったに違いない。共同炊事場の桶はそこから姿を消していた。僕は例によって、斎藤さんの掛声をきいては荷造りの芸当をはじめたのである。雨地法学士の鼻は、相も変らず立派な鼻である。そして彼は、斎藤さんが来ないうちに出掛けてはまた空室に帰って来た。彼はその頃から、しきりに就職の口を探し廻わっていたらしく、空室に帰って来てからの話のなかには、履歴書とか先輩とか、新聞社とか編輯とかといったような耳あたらしい言葉が出没した。

そういうある日、雨地法学士は、暗くならないうちに空室に帰って来た。帰って来たのであるが、そこには生憎《あいにく》斎藤さんがいて僕と荷造りの話をしているところであった。ドアを開けて這入って来た彼は、眼の前に僕がいるにもかかわらず、振り向いた斎藤さんにあわててしまって、貘さんはいませんか、と云ったのである。

斎藤さんはもじもじした。しかし斎藤さんは、詩人の友達はみんな変なところがあると思ったのかも知れないが、雨地法学士が、この空室に帰って来たとは知らなかった。彼は雨地法学士に椅子をすすめたり、景気はどうですかと話しかけたり、お宅はどちらですかときいたりした。

斎藤さんが帰った後で、雨地法学士は珍らしく銭湯へ行って来た。歔くさく染まっていたものをすっかり洗い落そうとして来たように、その眼やその鼻その頬が、雲の晴間のように光っている。彼は今夜これから、世話になった先輩を見送るために東京駅まで行かなくてはならないのだが、足袋をなくして困っていると云うのだった。そして、思いがけないことを僕に云った。駅まで行って来る間僕の靴下を貸して呉れないかと云うのである。僕は、ねてもおきても着ている物は同じ物で、従って、はいている靴下も大分まえからはきっ放しのままで、その外には靴下らしい物もなかったのだ。それを彼は、片方だけでいいから貸して呉れないかと云うのである。見ればなるほど、彼の足は、右足だけに足袋をはいていたのである。それは銭湯で失くしたのだが、まさか、片方だけを持ってゆく人もあるまいと思ったので湯屋の者に探してもらっても結局見つからないと云うのであった。僕は、雨地法学士が余りにまじめな顔付をしているので、銭湯へ行く時は確かに両方はいていたのかと云ってふざけたが、彼は何やらまじめな面持ちをして、僕の靴下をはいて出て行った。

寒さはかなりひどかったのである。雨地法学士は、あるったけのシャツを着ているのか、彼は首をちぢめて着ぶくれた姿をして寒さに追っかけられて帰って来た。彼は火の傍に籐椅子を引き摺り寄せて、両手両足を火鉢のうえにかざしながら、

お蔭でたすかった。これでもはかないよりはましだ。と云うのであった。

それは確かにそうにちがいない。僕の生活なんかの場合にしても、ないよりはましだとおもうか

ら空室のなかでも生きていたのである。

ところで僕らはねむくなったのである。ねむいと云ってもいよいよねるとなると、雨地法学士はまたねむれないかも知れなかった。僕は火鉢に炭をついだりカーテンを持ち出したり、籐椅子をがたがたしたりして寝る仕度に取りかかった。すると、突然、雨地法学士が、びっくりしたような声を立てたのである。失くした筈の足袋が出て来たのだ。彼はあまり着ぶくれていたので着物のなかにまぎれ込んだ足袋には気づかず、そのまま帯をしていたのであった。それがいま、着物を着なおそうとして帯を解いた彼の懐から出て来たのである。足袋は首をうなだれて雨地法学士の足もとの床の上に落ちていた。

こんな風にして、僕らは暫らくの間生活をともにしていたのだが、雨地法学士には羽が生えてきて、彼は美事に空室を飛び去った。彼は現在の新聞社に勤めることになったのであった。

その後、僕も空室を抜け出したのであった。僕は、ニキビ・ソバカスの薬の通信販売というような、青春を相手の商売にありついたのである。そして、天国ビルディングは、時々の思い出の彼方を漂っていた。

間もなく、雨地法学士は結婚して可愛い嬢ちゃんも生れた。それから間もなくのこと僕も結婚した。そして僕は、直ぐにも子供が出来るのではないかと思っていたのだが、子供は出来ずに失業したのであった。だがそれにしても、今更、結婚生活を引き摺ってそれをまた天国ビルディングの空室へ運ぶ気にはなれなかった。僕は額に汗して結婚生活をもてあましたのである。

雨地法学士はそれを見かねていた。彼はまるで、かつての僕が共同炊事場の餅を銜えて来たように、どこからかひとつの就職口を持って来てそれを僕に与えて呉れたのだ。

課長は僕の履歴書を見た。いろんなことを経験したんですなあ、と課長は云った。お灸は効くものだそうですね、とも云った。

その時、僕の頭には、暖房屋だの衛生屋だの、ダルマ船だの空室だの、ニキビ・ソバカスの薬だの、ミノファゲンだの藁縄だのと、むかしの生活の感触どもが、どっと一度に甦って来た。すると、課長はまた云った。

若い者達の仲間入りして仕事をする気がありますか、と。

そこで僕はずいぶん久し振りに、自分の年をうちながめたのである。年はむろん僕よりも一足先に老けてしまったように課長の前に立っていた。

僕はその日から国家の一雇員になったのである。俸給の点に就ては女房などがいくら云々して見たところで、僕はあらかじめ承知の上であったし、その点に就ては雨地法学士の意見も叩いて見たのであるが、彼も頑として、ないよりはましだと主張した。

役所は、飯田橋の界隈である。国民登録部と表札のある入口には職工風の人々や会社員風の人々が押しかけて溢れていた。

二階の庶務室へ這入ると、その日新しく採用された人々が、男女ともに十何人か来ていて、みんな手には辞令を持ち、それぞれの部署の振り当てを順々に待っていた。

部員達は、事務の合間々々に頭を交々《こもごも》にもちあげては僕らの方を一瞥したりした。ふと、ひとりの所員が僕を見て珍らしそうに眼をまるくしたのである。僕も見なおすようによく見ると、ここに彼は勤めていたのかと思われる人だった。だから、むろん友達というのではなかったが、互に共通する一人の友人があったわけで、道で逢えばほんの言葉だけこんにちはぐらいの挨拶を交わす人である。彼は不思議そうに、しかし微笑をうかべながら席を立ち上り、僕の前に来てこう云った。どんな御用でこちらへ、と。

僕は答えて、これからお世話になりますからどうぞよろしくお願いしますと云った。すると彼は、御冗談でしょうほんとですかと云ったりしていたが、しまいには、こういう所は詩人には向かないとか、しかしまた詩人の眼から見れば面白い所かも知れませんとか、ひとりで彼は饒舌《しゃべ》っていた。

僕らは庶務室を出て、所長室に引率されて所長の訓示を受けた。

ここで行われる統計に関する一切は国家の秘密であるから諸君はどうぞそのおつもりで各自の職務に就てほしい、というような意味が訓示の中に溢れていた。

翌日から、僕は役所の窓口に席を与えられた。異動申告係というのである。ここはまるで渚のようにに終日人波の押し寄せている所である。波は、時勢のかおりを高く振り乱して、そこらの町工場や彼方此方《あっちこっち》の工場地帯から日々この窓口に打ち寄せて来るのである。

彼等はみんな、厚生大臣に依て指定された「職業」や「学歴」や「免許」のある人達であり、または大小会社の労務係というような人々である。みんな手に手に登録手帖を持っていて、「就業の場所」や「職業」や「居住の場所」や「出征」等に関する異動申告の手続を受けに寄せてくる。

僕らは窓口に待構えて毎日寄せてくる波を受付けるのである。

手帖には、異動に関する記事記入欄があって、たとえば僕が、従来の「就業の場所」を退職した時は、「異動年月日」の欄へその年月日を記入し、「異動記事」とある欄へ、解用と、「本人印」の欄へ僕の印を、そして、「使用者住所氏名印」の欄へは、退職した就業場所の所番地と名称と使用者の印を捺し、その手帖を窓口に提出するのである。そして、従来の「職業」（指定の職業）のまま僕が就職した時は、「異動年月日」の欄へ就職の年月日を、「異動記事」の欄へ、右肩に小さく括弧して就業場所と記し就業場所の所番地及び名称を記入、「使用者住所氏名印」の欄には矢張り使用者の所番地とその印、という風にして記入の上、窓口の係へその手帖を提出するのであるがこれはほんの一例に過ぎないのだ。

こうして提出された手帖を受取って、異動申告係はそれに眼を通す。若《も》しも、解用と書くべきものを解雇としてあったり、または退職となっていたりする場合とか、あるいは異動のあった翌月の末日までというようなそういう異動申告の期間を遅れたとか、それもほんの一例に過ぎないのだが、そんなことに対する注意を与えたりして、僕らは統計伝票の作製にかかるのである。

波は、毎日毎日押し寄せてくる。旋盤工も仕上工も、鉱山技術者も機械技術者も、自動車運転手も化学技術者も、非鉄金属製錬工も、光学ガラス工も金属プレス工も、タレット工も中グリ工も、造舟工も潜水夫も、其の他入れかわり立ちかわり、時勢の波にもまれて揺れてくるのである。彼等はみんな波に打ちあげられて窓口に来て、異動の手続をすませては、再び、あちらへあちらへと退いてゆくのである。

或る日、打ちあげてくる波のしぶきを浴び浴びして、伝票のうえにペンを動かしていると、貘さん、と云って声をかけられた。顔をあげて見ると、ある会社に勤めている詩の方の友人が窓口にいた。彼はその会社の労務の係らしく何冊かの手帖を持っていた。彼は僕を見ながら、やっぱり貘さんだったのか、と云って、どうも似ているとは思うんだが、うつむいているのでどうかと思いながら声をかけたのだと云った。そして彼は、もう一度、やっぱり貘さんだったのかと繰り返したが、こんどはここにあらわれたんですか、と云った。
僕はいささかてれながら、彼の持って来た手帖を受取った。

質屋の娘

かれが、近くの駅まで、友人を送って行く途中なのである。ひとりの娘が、駅の方からやって来た。かれの行きつけの質屋の娘で、路上で逢うのはめずらしく初めてのことなのである。娘はかれによく話しかけた。つい、この間も、風呂敷をたたんでかれにそれを返しながら、時々雑誌で、かれの書いたものを読んでいるといった。さては、文学少女なのかとおもったが、ピアノの方ですと娘はいった。娘は、次第に近づいて来た。

「あの娘ピアニストなんだそうだ。」

「きれいな娘だね。」

「ぼくのなんぞ読んでるんだそうで、うちにも訪ねて来たいといってるよ。」

近づいて来た娘は、しかし、すましこんで、かれのことを、明らかに見て見ぬふりして擦れちがってしまったのである。

「なんだい、知ってるみたいなことをいって挨拶もしやしないじゃないか。」

友人は、そういったが、かれは返す言葉もなかった。かれにしてみれば、きれいな娘と知っているところを、友人に見せびらかすつもりなのではなかったが、知らないのではないし挨拶ぐらいのことはあっても然るべきだとおもわずにはいられなかったのだ。家に帰って、かれは、ふとそのことをおもい出して、女房にいった。

「質屋の娘に逢ったが、挨拶もしないいんだよ。」

するど、女房が

「恥をかかずによかった。」といった。

光子の縁談

一年も二年も便りのなかった光子から、速達が来たのでおやおやとおもった。女房は例によって、勝手に封を切り、勝手に眼をとおしたのである。

「あら、光子のこと嫁に出してもいいんですって」

「ほう、その気になったのかね」

ぼくは、内心、これで光子が助かるのだとおもわないではいられなかった。

光子は、ぼくの姪である。弟の長女として、沖縄で生まれて、まもなく台湾に移り、十五まで台湾にいたのであるが、戦争中に、大阪のぼくの長兄夫婦のもとに養女にもらわれて来たのであった。

当時、義姉は、病気のため入院中なのであったが、戦前夫婦で台湾旅行をした時、光子のことを見て、非常に気に入ったらしく入院している間も、姉はたわごとみたいに光子光子とその名を呼んだりしていたとのことである。そこで光子は、再三の電報で呼び寄せられて、戦争中の船で単身大阪まで出て来たのであった。

終戦後まもなくのことである。長兄が危篤との電報なので、ぼくはすぐに大阪へ行ったのだが、すべてのことがすでに済んでしまっていた。義姉はずっと前から、光子の結婚の相手のことを、ひとり定めにしていて、その相手は、義姉の甥に当るAなのであった。義姉は、戦争で消息不明のAの復員する日を待ちあぐんでいたのであるが、義姉がそのAの消息を知った頃はAはすでに他の女と結婚していて、こどもが二人も出来ていたのである。ぼくが、また、光子の結婚のことを気にし出したのもそのことを知ったからなのである。ところが、並大抵の気むずかしさでないところの義姉の気質をおもうと、ぼくは、ためらっているより外にはなかった。

「嫁に出すなら世話してやりたいね」

ぼくはそういいながら、Sのことをおもい出していた。Sは、若い友人で、学生のころから、ぼくのところに時々やって来た。かれは小説をその頃から書いていて、一度ある作家の選で、短篇を発表したことがあった。かれはそのために、当時の警視庁から呼び出されて風紀上の理由で惨々あぶらを絞られたと云って、もう小説は書きませんとぼくに話したこともあった。現在は、ある役所に勤めているのだが、やはり素質は争えないと見え、組合の文化部長の仕事をしているとのことである。ぼくは、光子の縁談を、Sに持ちかけてみたいとおもった。その上で、光子を上京させて、本人と本人を見てもらうことにしたいとおもったのである。

二、三日経って、ぼくはSを役所に訪ねた。かれは面長の浅黒い顔に、相も変らず不精ひげを貯えていた。

「そろそろ結婚はどうだね。」とぼくは切り出して、

「相手があるんだけれど」とつけ加えた。

「そのひとは東京にいるんですか」

「大阪にいるんだ」

Sは顎ひげを二、三度こすったが「近々に郷里の方から母親と弟が出てくることになっているし、それだけでも現在の俸給ではどうしようかと悩んでいるところなんでして、結婚までは手が廻らんですよ」と云った。

「共稼ぎの出来る子なんだが駄目かね」

Sはかぶりといっしょに手まで振った。

「実はぼくの姪なんだがね。ではそのうちに実物を見てもらった上で」というと、

「それはどうもありがたい話なんですがね、ぼくは駄目ですよ。折角のお話を失礼ですが、Nにどうでしょう」

「N?」

「え、あのぼくの従弟のNです」

ぼくはNを知っていた。しかしぼくは、Sを推せんしているのである。そのSがNを推せんし出したのである。それにしても、実物を見たところで無駄なのであるとS自身はきっぱり話を断っているのだ。ぼくにしても、実物の光子を見せもしないうちから、Sに話を押しつけることは出来ないことなのであった。それにまた、実物の光子が実物のSを見てかぶりを振らないとも限らないのである。要するに、ぼくの話は、まず見合いをするかどうかの打診のつもりなのであったが、それさえもSが無駄だとあれば、諦めるより外にはなかったのだ。

「ざんねんだね」

「いやどうも。しかし、Nのことでしたらぼくも出来るだけ尽してあげたいんですが如何でしょう」

Sがそう云って、Nについて語るところによると、Nは現在ある大学の生物学研究室にいるのであるが、その傍ら、家庭教師もしているとのことであり、なかなかの働き屋であるから、経済的にも不安のない男であるというのである。

「ですが、ちょいとまずいことがあるんでしてね」とSはつけ加えた。

「まずいこと？」

「それがです。Nは前に結婚したことがあるんですよ。Nの傷といえばそれだけのことでしてね。しかし光子さんにおすすめするのもどうかとはおもうんですが」

「で、その奥さんは？」

「死んじゃいました。恋愛結婚で、乳癌で死んじゃったんですがね。Nは女房孝行で入院中は、つきっきりでその孝行ぶりなど病院でも評判でした」

「こどもさんはないのかね」

「ないんです」

ぼくはどうやらほっとした。ぼくの関心はいつのまにやら、SのことからNのことへ話の向《む》きを変えてしまって、Sの肩すかしをくらった形になったのであるがNにこどものないことがわかってみると、光子の話をNに持ちかけてもよいとおもったのだ。ただ、後妻ということが、光子のためにちっと気になることではある。世間によると、後妻は先妻に比較されたりして、なにかにつけて、つらいおもいをさせられるそうで、そうだとすれば光子に気の毒だからである。Sもそのことは一応気にはしているわけなのだ。しかし、気にし出すと、気になることはいくらでも世間にはあるのであって、とにかく一切のことは、見合いをさせてみるより外にはないのだとおもった。

四、五日経って、山の手の駅前の珈琲店で、ぼくとNとは落ち合った。光子が上京するまでの間に合わせるつもりで、かねてぼくの手許にあった色褪せた写真を、鞄の中から取り出して、Nに渡した。
「この子ですがね」

Nはそれを受取って、つくづく見ていたのだが、写真を片手にしたまま、ぼくを見たかとおもうと笑いながら云った。

「顕微鏡で見ないとわからないですね」

そのとおりで、光子の顔が大豆ぐらいにしか見えず目鼻口らしいのもあるにはあるというほどの代物なのであった。

「だからN君、ほんものが見たくなるでしょう。まあそのうちに上京しますから、またその上で」

Nは、また笑いながら色褪せたその写真を、名刺入にはさんで、内ポケットにしまった。

光子が上京したのはそれからまもなくのことである。久しぶりに見る大きな眼が、なんとなくぼくにはうれしかった。

ぼくは念のため、義姉の考えを知りたかった。

「おかあさんは光子のことを嫁に出して、おかあさん自身はどうするつもりなんだ」

「それがこうなの」光子はそう云ってからつづけた。

「母さんは郷里へ帰って暮したいと云ってるのよ。それで、わたしのことを郷里出身の人と結婚させたいらしいけど、わたしは帰りたくないの」

「うん」

ぼくはききながら、かつて光子の手紙に、基地になった沖縄へは帰る気がしないとあったことをおもい出していた。

「で、もし、光子のことを嫁に出したら、おかあさんはどうなるんだ」

「Aさん達に、めんどうを見てもらうことになるらしいのよ。おかあさんの姉さんだって現在そうなのよ。なにしろ、Aさん達はお金があるんですもの」

光子の話は、光子達母子の間が、やはりたがいに他人であることの正体をあらわしているようなもので、義姉はその甥に当るAのことを頼るようになって来ているし、光子は光子で、その叔父に当るぼくのことを頼りにしなくてはならなくなって来たのだ。ぼくはそうおもうと、一日も早く、Nと光子の縁談をまとめたくなって来たのだ。

その翌々日、例の山の手の珈琲店で、光子をNに引き合わせた。ぼくにすすめられるまま、Nは光子を連れて新宿あたりを半日ぶらぶらして、夕方になってまた、ぼくの待っている珈琲店まで光子を送り届けて来た。Nは終始にこにこしていて、光子はいかにも浮々していた。その翌日は、Nの申し出で、光子とぼくと女房とこどもとで、西武百貨店前でNと落ち合った。Nは光子を国際劇場へ案内するつもりだったところ、なにかの都合でとりやめにしたというので、どこか散歩でもと云い出したのだが、ぼくの提案で、おふくろさんに引き合わせることになり、Nは光子を連れて自宅へ行った。帰って来ると、光子は相変らず気持が弾んで浮々していた。

翌日は光子を送って東京駅へ行った。夜の九時半の汽車である。ぼくは次第にこころが落ちつかなくなって来た。発車間際になって来て、そっと、窓の光子にきいた。

「今夜帰ることをNは知ってるのかい？」

「え、きのうきかれたので、この汽車で帰ると云っておいたわ」

にもかかわらず、Nの姿が見えないということは、これは縁談がかんばしくないからなのだとぼくはおもわずにはいられなかった。汽車が動き出すと、

「なるべく早く返事を知らせて」と光子は云った。

それから十日ばかりも経ったろうか。駄目とはおもいながらも駄目をたしかめた上で、光子には手紙を出したいとおもい、ぼくは例の珈琲店で電話を借りた。しかし、生憎とSはいなかった。受話器をおいて、しばらくそこで休んでいると、虫が知らせたとでもいうのか、Sがやって来た。

「どうもね、なんと云いますかね」

Sは困った顔して、Nからのハトロン紙の封筒をぼくの前に差し出した。封筒のなかからは、顕微鏡でなくては見えない光子が出て来たのだ。

詩人の一家

この家に、ぼくの一家が、住むようになってから、もはや、五年も過ぎてしまって、持主に対しては、はなはだ申しわけないことになってしまったものだ。と云うのは、二、三ヶ月の間という約束で、ぼくら親子三人は、この家の六畳間に、おいてもらったからなのである。二、三ヶ月の間という約束は、当時のぼくにとって、出鱈目な約束ではなかった。ある書店から、ぼくの詩集が出版される運びになっていて、すでに、多少の前金をもらい、印刷も校了になっていたので、その本の印税をあてにして、別に住む場所を探すつもりでの予定した期間なのであった。ところが、まもなくのこと、印刷屋の火事で、詩集の紙型《しけい》は焼失してしまい、つづいて、出版社がつぶれてしまって、ぼくの手許に届けられたものは、印税ではなくて、原稿とゲラ刷りなのであった。そのために、ぼくの予定が、すっかり狂ってしまって、すでに五年も過ぎているのであるが、約束の二、三ヶ月を、未だに果し得ない始末なのである。

この家は、門構えの大きな平家で、建坪が五〇坪、敷地が三〇〇坪なのである。天井の高い、総檜の家で、玄関からの廊下が、まっすぐにずっと奥の方の離れまでつづいていて、その廊下の両側に、いくつもの部屋が配置されているのである。ぐるりには、ヒバの垣根をめぐらし、門のところから裏の方へかけての家の北側にあたるところには、銀杏の木や杉の木、あるいは栗の木が、屋根よりもずっと高くのびている。玄関は、東側にあって、はいると、廊下の左側のとっつきの六畳間が、ぼくの一家にあたえられている部屋なのだ。その部屋は西南に向いていて、そこにも廊下があり、廊下をへだてて庭に面している。すぐ眼の前には、ヒマラヤ杉がのび、そのうしろに少し離れてネコ柳がゆれている。ヒマラヤ杉の右横には、ひょうたん池があって、柿の木が影を映している。こんな環境だけに、自分ながら自分のみすぼらしい生活が、よけいに鼻についてくるのである。ぼくは、殆ど毎日というほど、街へ出かけるのであるが、知らない人の眼には勤めているように見えるらしく、パン屋のおかみさんなど、ぼくに、「ひるごろからのお勤めなんて、いい御身分です。」と云ったりする。そんな風に見えても、実際は、金の工面に出かけなくてはならないからなのである。しかし、金の工面をするには、必ずしも新聞社、雑誌社、知人友人、先輩後輩とは限らないのである。時には、風呂敷包を小脇にかかえたり、時には、手にボストンバッグをぶらさげて出かけることもあるのだ。いつぞや、ボストンバッグをぶらさげて、こっそり玄関を出たまではよかったが、門のところで、ミミコに見つかった。ミミコは、石の段々の上に木の葉っぱを並べて、おともだちといっしょにそこにしゃがんで、ままごとをしていたのであるが、いつもの外出のときとは様子がちがっているとおもったのか、木の葉っぱを手にしたまま立ち上り、ボストンバッグを見て云った。

「そんなものもってどこいくの、」

しかし、ぼくの行先は、ミミコに教えるには、まだまだ早すぎるところなのだ。

「おつかいだよ」
ぼくは、そう云ってごまかし、そこに並べられた木の葉っぱを避けながら、段々を降りたのである。

ぼすとんバッグを
ぶらさげているので
ミミコはふしぎな顔をしていたが
いつものように
手を振った
いってらっしゃいと
手を振った
ぼくもまたいつものように
いってまいりまあすとふりかえったが
まもなく質屋の
門をくぐったのだ

自作の詩であるが、この詩からもうかがえるように、作者の生活ぶりは金に縁があるとは云えないのである。そんなわけで、約束の二、三ヶ月がのびのびしているうちに、五年余りもこの家のお世話になって来たのであるが、さて、いつになったら引越しが出来るものやら、金との縁がつかない限りは、皆目その見とおしもつかないのだ。

ある日のこと、仕事のために机に向っていると、傍《かたわら》にいた女房が話しかけるのである。

「お米の配給なんですが、どうします。」

「どうしますってことはないだろう。」

ぼくはそう云って、女房を振り向きながら、

「どうしますもなにも、配給じゃないか。」

ときめつけたのである。すると彼女は、ぷいと立ちあがったのだが、そこにあった洗濯物をひったくるみたいにして、そのまま裏の方へと姿を消してしまったのだ。要するに、金がないからなのである。

ぼくは、しばらくの間、机にむかっていたのであるが、もう仕事が手につかなかった。頭のなかには入れかわり立ちかわり、いろんな人達の顔が現われては消えるのであるが、どんなに物色してみても、それらの顔々には、金策の相手になりそうな顔が見つからないのである。すでに、どの顔にも借りがあるからなのだ。だからと云って、じっとしているわけにもいかず、とにかくペンをおいて、ぼくは、出かけてみるより外にはなくなったのだ。

家を出て、石っころのごろごろ路を右へ出ると、そこは舗装道路である。よく事故のある道路なので、ぼくはいつもするように一寸そこに立ち止り、ミミコに教えておいたとおりのことを、ぼく自身もするのである。即ち、右を見て左を見て、それから舗装道路を横切るのだ。その道路を横切ると、すぐにまたもう一つ、右を見、左を見なければならない道路である。その道路を突っ切ると、道は、はじめて素直になり、すらすらと駅の方へとのびているのである。戦前なら、米だって借り

ることが出来たろうに、敗戦後のせちがらさを身に感じながら、米の配給所の前にさしかかった。すると、むこうの方からやって来る人に気がついたのである。質屋のおばさんなのだ。並を外れて背の高いそのおばさんは、片手に買い物籠を重たそうにぶらさげているが、重たいその籠のせいか、または着物のせいなのか、長い足をしていながら、小きざみに歩いて来るのが異様に見えるのだ。それにしても、とんだところで出会《でくわ》したものである。ぼくは、こころのなかでそうおもいながら、たとえ顔馴みの質屋さんではあっても、いまここで挨拶などされようものなら、それは直ちに質屋とぼくとの間に縁のあることを意味するわけで、この往来をいつもすまし顔で歩いているにちがいないぼくにとっては、世間の見ている眼の前で面の皮を一枚剥がされるみたいなおもいを予想しないではいられないのだ。とは云っても事実は質屋通いをして、そのおばさんの世話になったりするのであってみれば、ぼくに挨拶しようがしまいが、腐れ縁だとおもっておばさん任かせにするより外にはないのである。おばさんとの距離が次第にちぢまって来た。しかし、ぼくのことには気づかぬ風である。しかし、生憎《あいにく》と、すれちがいに、おばさんがこちらを振り向いたのだ。ぼくはおもわず、口を突いて云った。

「こんにちは」

おばさんは頭を下げたが、あべこべにきまりわるそうにして、

「今日はいいあんばいで。」と云いながら行った。

米の配給所を過ぎると、やがて、荒物屋を過ぎ、床屋を過ぎ酒屋を過ぎて八百屋を過ぎて、駅前まで来たことは来たのだが、ぼくは、おもいなおして、いま来た道を家の方へと引返した。どうせ、当てもない金策のために、電車に乗ったり歩いたりして、一日中をあっちこっちしているよりは、

と、そうおもって、またしても質屋ののれんをくぐることにしたからなのである。八百屋、酒屋、床屋、荒物屋、そして、米の配給所と、引返しの道を歩いて来ると、まもなくそこの両側が畑なのである。先程は、気がつかずに通り過ぎてしまったが、そのあたり広々としていて、畑の麦は一斉にのびきっている。いつもなら、右手の畑をへだてて、質屋ののれんが見えたのだが、それも、いつのまにやら、麦の穂波に遮《さ》え切られているのである。

家に帰り着くと、部屋には、ミミコの姿も女房の姿も見えなかった。ぼくは机の前に坐りこみ、吸い残しの煙草に火をつけた。やがて、洗濯がすんだらしく廊下に足音がしたかとおもうと、女房が戻って来た。彼女は、ぼろぼろの手拭で手を拭きながら云った。

「お米の配給というのに、どうしたんですかね。」

「質屋はどうかね。なにかないかね。」

「そんなのありこっないでしょう。」

そうは云いながらも、女房はその気になったらしく、彼女は箪笥の前に行った。しかし、箪笥のひき出しから取り出したのは、質種ではなくて、何枚かの質札なのである。彼女はそれを一枚ずつ、膝の上で調べた。

「みんな持ち出して、何もありはしない。」

彼女はそうつぶやきながら、立ち上って、また箪笥の前に行き、こんどは、一番下の大きなひき出しを開けた。彼女は、そこから、冬のコートを取り出すと、それを黙ってぼくの眼の前に置いたのである。

「どうだい、あったじゃないか。」

「なにさ、いくじなしが。」

彼女は、仕方なしに笑った。そして彼女は、押入を開けたが、背を向けたまま云った。

「風呂敷ですか、ボストンバッグですか。」

「ボストンバッグだ。」

ぼくはそう答えて、夜なら風呂敷でもかまわないのだがとおもいながら、女房からボストンバッグを受けとると、そのなかに、コートを押しこんだ。これなら、そこらで近所の人に出会しても、まさか、質屋に行くとはおもうまいと、ぼくの劣等感はほっとしたのであるが、ボストンバッグを手にぶらさげて立ち上ると、女房が云った。

「わざわざこんなまっぴるまに行くことはないでしょうよ。」

「まっぴるまだって平気さ。」

ぼくはそう云ったが、先程の麦畑の穂波をおもい出していたからなのだが、もう質屋ののれんをくぐっても、その姿が、往来の人の眼にふれる気づかいもなくなっているのである。それよりも、ミミコの姿が見えないのが気になった。ぼくは、ボストンバッグをぶらさげて、門のところの段々を降りながら、いまにもそこらの木蔭から、なんにも知らないミミコが飛び出して来て、両手を高く振りあげ、「いってらっしゃあい。」と叫ぶのではないかと、そうおもわずにはいられなかったのだ。

とにかく、予備テストを受けさせてみて、その結果によって、定《き》めたらどうかというような意見も出て来たので、それではとおもい、一応、その学校の予備テストを、娘に受けさせてみることにしたのである。しかし、予備テストの結果が、仮りに、よい結果になろうと、その学校に、娘を入れることに定めているのではなかったが、そのこととは別に、予備テストということに、ちょいと、こころを動かされてしまって、自分の娘が、どの程度の知能を持っているか、それを見たい欲望と、その学校をすすめてくれる方々の、折角の厚意に対する気持や、その他、色々の行きがかりの事情からして、そうしてみることにしたのである。

その日、女房は、こんな時に着せてやる洋服さえもないのだからと、ひとりでぶつぶつみたいなことをこぼしながら、銘仙の赤い大柄の着物を娘に着せた。その着物が、実は、蒲団の皮にする筈だったものなのだが、いつのまにやら、娘の着物に化けていたのである。ぼくの娘にも、洋服めいたものがないのでもなかったが、みんな、ぼろぼろで、結局、蒲団の皮の着物が、一番よかったのだ。しかし、事情は、すでに、着せる洋服がないからって、予備テストに行かないわけにはいかなかった。大学を出て、まもないと思われる若い女の先生が、銘仙のぼくの娘を連れて、二階の一室に消えた。すると、年輩の女の先生が、手招をして、娘の消えて行った扉のところに、ぼくのことを案内してくれた。

「お子さまに気づかれないように、そっとそこのところから、様子をおのぞきになったらいいでしょう。」

そこのところと、指示を受けたところは、扉の硝子《ガラス》が一枚ないのである。云われるままそっと扉の側に立って、そっと、なかの様子を、ぼくがのぞいた時は、もう、テストがはじまっていた。うしろむきに、若い先生と並んで、左側には、蒲団の皮がかしこまって坐っていた。どうやら、先生への答え方が、明《は》っきりしている様子なので、ほっとしては、また、のぞきのぞきしていると、こんどは、先生の声が、ばかに明っきりと、きこえて来た。

「じゃね、うまというのと　おおきいというのと　いぬというのと　このみっつのことばをつかって　なにか　おはなししてごらんなさい。」

ぼくは、どうなることかと、そっと、きき耳を立てた。

「おおきな　うまが　ぱかぱか　かけっていきました　そのあとから　しろい　いぬがおっかけていきましたが　いぬは　とうとう　まけてしまいました。」

ぼくは、ききながら、胸がすっとした。それから、しばらくの間、テストは続いたが、疲れて来たらしいというので、切り上げた。若い女の先生は、蒲団の皮には気づかれまいとして、ぼくの耳の近くで「優秀です。」と云った。そして、一枚の紙片をぼくに渡した。知能検査通知なのである。それによると、テストを受けた娘の年齢は、満五歳一〇ヶ月で、知能年齢が八歳四ヶ月、知能指数というのが一四三という結果なのである。この結果は、美事に、ぼくのことを親馬鹿にしてしまった。そして、その学校の入学試験の日には、またまた、例の蒲団の皮を着せてやったのである。ぼくは、その日のことについて、次のようなことを、図書新聞に書いた。

「当日付添って行った女房が、帰って来てからぷんぷんしているので、学校の悪口にでもなるのではないかとはらはらしていたところ、うちの娘だけが、たったひとりの着物姿であったと云うわけなのである。おまけに、女房自身の姿は、着古しの、それも、ずっと結婚前からの煤《すす》けた銘仙なのではないかと云うのである。ぼくはなるべく、そういう話には、馬耳東風を守って暮すたてまえなのであるが、馬耳東風は、例によって、女房のぷんぷんを駆り立てるばかりで、うちでは亭主が意気地なしだからと云うのだ。ぼくは、娘の着て行った赤い着物や、女房の煤けた銘仙を交々《こもごも》に見ながら、でも裸でなくてよかったと云ってやった。」

さて、娘の入学試験の結果を、人づてにきくところによると、予備テストの場合の優秀とは、どういうわけなのか、似てもつかないひどい成績だったとのことで、ぼくは、がっかりしてしまった。ところが、一方、こころの片隅では、いっそ、落第となれば堂々と町の小学校へ入れることが出来るのだと思わないでもなかった。というのは、その学校は、金のかかる学校で、金持の娘さん達の行く学校だという風に、ぼくは、かねがね耳にしていたからなのである。しかし、風の吹き回しで、娘は、合格してしまった。

ぼくと女房とは、毎日、会議をひらいた。ところが、入学したばかりの娘を、すぐに、退学させるわけにもいかなかった。ぼくは知人のある映画会社の重役を訪ねて、借金を申し込んだ。そして、三千円也の入学金を納めて、ひとまずほっとした。制服は、セーラー服である。三越や伊勢丹などのデパートを一廻りして来て、二千円か二千五百円ぐらいだと云った。だが、三越や伊勢丹で買ったのでは、折角の学校指定になっているところの洋服屋さんにも学校にもわるいみたいで、矢張りその洋服屋さんに頼むことにして、親子三人連れ立って行った。洋服の生地は、三種ぐらいであったが、

「みなさん　たいてい　これかこれで　おつくりになっているようです。」

洋服屋さんは、そう云って、二種類の生地を示した。そのうちのひとつを、女房は指先でつまみながら

「これで　どのくらいなんでしょうか。」

「これで　四千円おねがいしていますが。」

「これですと?」

女房は、そう云って、もうひとつのをつまんだ。

「これですと、四千六百円になります。」

洋服屋さんは、そういってからつづけて云った。

「六百円しか、ちがわないんですけど、品はもうずっとちがいますから。」

と云うわけなのだ。

女房は、どうしますとぼくにきくので、六百円のちがいなら、品のいい方にしちゃえといったが、

「じゃ、どうしましょう。」とまた云った。

「だから、その四千六百円のにしたらいいだろう。」と云うと、

「それは、そうだが。」と云って、変な眼つきをしてみせるので、ぼくも気がついた。だが、結局、

四千六百円のを誂《あつら》えることにしたので、持って来たところの二千五百円は、内金に過ぎなくなってしまった。

娘が、学校へ通いはじめてみると、毎日、四〇円の金がなくてはならないのである。それは往復のバス代なのだ。電車なら、私鉄で池袋まで出て国鉄に乗り換えるのだが、いまのうちは無理なので、バスを利用する外にはないからなのである。

十二月のなかばを過ぎた頃、ぼくは、娘に質問して、おまえの組で、オーバーを着て来ないお友達がいるかいと云った。

「いるわよ。」

娘はそう云ってから、なんとかさんと、あたしとふたりだけだと云った。そして、ほかのなんとかさんに、どうしてオーバーを着て来ないのかときかれたというのである。

「で、おまえは、なんと答えた?」ときくと、ないから着て来ないだけさと云ったという。出来ることなら、学校の寄付も一万円でなく、二万円でもと考えているようなつもりなのだが、それは、人目には見えないぼくの主観に過ぎず、客観的には、寄付はもちろんのこと、月謝の滞納も、すでに何ヶ月にも及び、娘にも、まだ、オーバー一枚着せてやれなかったのである。なにしろ、日常、食うことにも追われつづけているのだから当然のことなのだ。別に、怠けた覚えもなく、娘が、学校へあがってからというものは、特に、張り切って働いているつもりなのであり、この働き振りは数字の上にも、客観的に現われているのである。つまり、これまでのぼくの収入というものは、年にして二万円をちょいと出たぐらいのもので、月にしてみれば、二千円足らずなのだ。この二千円足らずの金を、親子三人で、歯をむき出し合いながら食いちぎって来たのであるが、事実は、それで足る筈がなく、それでもなんとかして、泥棒や強盗をしない程度の生活だけはしたいものと、出来る限りの借金で、多少でも足りない分を補って来た。しかし、もっとそれを、正確に云ってみるならば、実際には、ぼくと云えども、月々五千円から七千円ぐらいの生活はして来たのだから、云わば、借金で足りないところを、実収の二千円足らずの金で補っていたわけになるのである。

ところで、娘を学校にやるようになってからは、積極的に、小説などとは云えないまでも、小説のまがいみたいな散文を書いたりするようになったので、収入が、これまでの倍になったということは、ぼくに、それだけの働きが出て来たからなのだ。それでも、足りるわけがないのである。時たま、友人に逢って、娘のことが話題にのぼったり、その学校のことや月謝のことや寄付などのことに話が及ぶのであるが、相手は、その眼をぱちぱちしながら、ぼくにしゃべるだけのことをしゃべらせた揚句は、その学校に娘を入れたということを、どれもこれもが定《き》まって「身分不相応なことをしたもんだね。」とくるのである。しかしながら、ぼくもへこたれたくはないので、いかに自分が、身分相応にやっているかを説明するために、月謝の滞納や寄付金の未納、その他、通学のためのその日のバス代四〇円にも窮したりすることなど、つい、しゃべらずにはおれなくなったりするのである。娘の学校では、はなはだ迷惑していることとおもう。そうおもうと、ぼくはまた、借金をしてでも、せめて月謝だけのことは解決しなくては申しわけなく、分相応な考え方をしながら、あてもない借金をするために街へさまよい出たりした。だが、それならば、借金々々云って、そんなに簡単に、借金が出来るのかというと、そうではなかった。三月になってから、ついに、月謝の催促が舞い込んで来た。半年なのである。多分、学校では、じっとしておれなくなったのであろう。ぼくもじっとしてはおれなくなったのだ。こころあたりの新聞社や雑誌社を、二、三廻ってみたのだが、ぼくなどに、前借させてくれるところの、新聞社も雑誌社もないということだけが、明《は》っきりとわかっただけで、失望の絶頂に達した頃は、夢遊病者みたいに、尾張町の角にぼんやり佇《たたず》んでいたのである。おもえば、昭和六年の頃、初めて「改造」に詩を書いてから、二〇年の間を、殆どの文芸雑誌、総合雑誌に、時には、新聞紙上にと、詩を書いて来たのだが、ジャーナリズムには、ぼくなどに貸す金は一文もないわけなのだ。もっとも、時勢は、掲載した分の原稿料さえも、未払いの多いという時勢なのだから、原稿一枚も持たずに、金を借りようとするのも、世間知らずの、身の程知らずなのかも知れなかった。ぼくは、その時、不図《ふと》、尾張町の地下鉄に、知人のあったことをおもい出した。彼は、池袋の珈琲店で、顔見知りになった人なのであったが、その勤務先が地下鉄のなかにあるというので、是非一度、銀座に出たときは、ついでに、その勤務先へ寄ってくれるようにと云い、うまい珈琲を御馳走するからと云い、また、ぼくに、お暇の折に、おねだりしたいことがあるとも云っていた。ぼくは、くたびれてもいたので、うまい珈琲でも御馳走にあずかりながら、一休みしたいとその彼を訪ねてみた。彼は、すぐに、元の服部時計店の裏通りにぼくのことを案内して、モカを御馳走してくれたのである。色々と話しているうちに、彼ともまた、娘の話が出たりして、月謝滞納の話、借金を断わられた話が出たりした。

「では、まことに失礼ですが、これはずっと前からおねだりしたいとおもっていたことですから。」

彼はそう云って、ぼくに、色紙を所望した。そして、「それは、暇の時でいいから、それをおねだり出来れば、滞納の分だけの月謝を全部払わせていただきたいのですが如何でしょうか」と云うのである。

「七百円の五ヶ月ですがね。」というと、

「では、ごめんどうですが、夕方にでも池袋の方へ来ていただけないでしょうか。」
こうして、ぼくは、その夕方、例の池袋の珈琲店で、確かに約束の金を受取り、翌日は、その金をそっくり、学校へ届けることが出来たのである。そして、彼へ渡した色紙には、次のような自作の詩の一節を書いたのである。

世間は

ひとつの地球で間に合つても

ひとつばかりの地球では

僕の世界が広すぎる。

関白娘　可憐なる関白と貧乏詩人

「おとうさま、おとうさま！」

小学校三年生で、八つの、早生れのミミコが、そう云ってぼくに話しかけて来たのである。なにが、おとうさまなのか、ぼくには、そのおとうさまという言葉づかいが、そもそもぴんと来ないのだ。むしろ、とうちゃんだの、とっちゃんだのと呼ばれる方が、ぴったりするのである。

「おとうさまか。どうしたんだい。」

「おとうさまっていやなひと、ミミコのこと詩にかいたんでしょう。ミミコゆうべのラジオでちゃんときいたんですもの。」

ミミコは、そう云ってから、つづけて「ミミコのこと詩に書くなんて、ずるいわ、おとうさま。」と云って、抗議を申し込むのである。ミミコのおとうさまには、閉口するのだ。ぼくの書いたものなら、なんでもミミコは詩だとおもっている。

ある日のこと、その子が、詩を書いたというので、それを、母親がぼくに見せたのだが、「のはらのひみつ」と題してあって、次のように書かれていた。

「あるところに、のはらがありました。そこを、ひとりの、おんなのこが、とうりました。のはらには、たくさんの、おはながさいていました。まあ、きれいなはなだこと、そうおんなのこが、いいました。すると、ひとつの、はなから、たくさんのおかねが、でてきました。すると、おんなのこが、きていた、きものまで、きれいになっていました。」というのである。ミミコのいう切ない詩であった。

読みおわって、ぼくは、こころのなかでうちのことなんか、すっぱ抜くもんじゃないよミミコ、とつぶやいたのである。

「おれが原稿を書いて、それが放送されたり、雑誌にのせられたりして、お銭をつくるんだから、おまえも御飯を食べたり、また、学校へも行けるんだぞ。」

「でも、おとうさま、ミミコのことなんか書かないで、ごじぶんのことを書きなさいよ。」

「そうだ。ごじぶんのことも書くし、かあちゃんのことも書くし、ミミコのことだって書いたっていいんだよ。」

「でも、あたし、こまるわ。」

ミミコは、そう云って、ぷいとふくれてみせるのである。

「こまることなんかないじゃないか。」と云うと

「学校のおともだちが知ってて、あれミミコちゃんのことでしょうって、いうんですもの。」

なるほど、それがきまりわるかったり、はずかしかったりして、抗議を申し込んだのか。だが、そのミミコの抗議をボクは無視して、またミミコのことを書こうとしている。それも、「関白娘」という文章である。関白娘とは腕白娘のつもりではない。うちのミミコは決して腕白でもわがまま

でもない。むしろ無邪気な人のいい娘である。おとうちゃんでない「おとうさま」が保証したいくらいだ。ボクにとって、ミミコは明星でさえある。可憐な美しい花でもある。だが困ったことは無邪気なわが家の関白の希望を、父親のボクが、なかなか満たされないことなのだ。その希《のぞ》みというのも、大きいことではなかった。学校の月謝をちゃんと払ってほしいというだけのことであった。

それにしても、こまるのは、いつでもぼくなのである。自分のことを書き、女房のことを書き、ミミコのことなども書かなくては、一家の生活を支えることは出来ない。書くには、手も頭ものろくて、原稿の〆切の期日などとは、まともに取っ組む才能がなく、一家を支えると云っても、書くことばかりの収入だけでは、到底、一家を支えるほどのことが出来ないのだ。従って、借金は付物なのである。この、借金がまた、並々ならぬ苦労をしなくては出来ることなのではなかった。というのは、ぼくの場合なかなか借金出来るところの相手がないからなのである。つまり、借金の出来るところは、すでに、一廻りも二廻りも廻って、借金をしてしまっていて、その借金も殆どそのままになっているので、もうまたと借りにも行けないし、貸してもくれない状態なのだ。そんな、ぼくが、なおかつ、借金をしなくてはならないためには、ぼくに貸してくれそうな、新しい相手の発見が必要なので、従来の面の皮を、更に厚くしなくては、知ったばかりの人に、金を貸して頂戴とは、なかなか云えないことで、そこがこれまでの借金の仕方よりもむずかしい点なのである。

しかしながら、ぼくのする借金は、多額というわけにはいかなかった。最高、五千円というのはあっても、これは、年に一度ぐらいのことで、千円とか五百円とかと借りることも、年にすれば数える程しかないのだが、一番、ぼくのことを困らせるのは多額の金よりもむしろ、五百円以下の二百円、三百円ぐらいの金なのである。それは、結局、ぼくの生活が、いわゆる、その日暮しのものだからなのであって、その日暮しの生活をしているものには、多額の金を必要とするようなそういうスケールなんてのがないのである。ただ、明日の米代がないとか、おかず代がないとか、ミミコのバス代がないとかと、女房からこぼされては、のこのこと街なかへ出かけ、あるいは自分の吸う煙草代のようなのを求めて、またのこのこと出かけるだけのことを日々繰り返しているに過ぎないのだ。

しかも、このような生活の仕方は、なんとしても他人に迷惑をかけない限りは、なかなかそれが成り立つ筈のものではないのであって、女房から追立てられて、のこのこと出かけるとは云っても、それはまるで、街なかのあちらこちらに迷惑をかけに出かけるようなものなのだ。

だが、街へ出ても、出るたびに目的を果して帰るのではなかった。時には、帰る電車賃もなく、歩いて帰ることもたびたびなのであり、百や二百の金でも、あちらに寄ったり、こちらに寄ったりしてみなくては、そう簡単に借りられるものではないので、家に帰っては、もうそれだけでもくたくたなのである。従って、ぺんを持つのもおっくう、たとえ持っても、仕事は一向にはかどらないのであるが、たまに書けば、女房がそれを見て、恥さらしのことばかりを書いたと非難するかとおもうと、ミミコはミミコで、「ミミコのことを詩に書くなんて、おとうさまっていやなひと。」だと抗議を申し込んでくるのだ。

そのような生活をして生きているということは、金などのある人には到底出来っこないことで、それをぼくが出来るところにぼくの金のなさが現われているのである。そのことは明らかに、ミミコの生活にもしみこんでいるものらしく、野原に咲いた花を見ても、すぐにお金のことを空想したり夢みたりしているのだ。彼女の書いた詩「のはらのひみつ」にしたってそれだ。

でも、その詩は、ミミコにとっては、学校にあがったばかりの一年生のときの作なのである。いまは、三年生なのだ。一年二年と、ここまで、彼女のことを押し上げてくるのも容易ではなかった。学期末になると、必ず、なんどか月謝の催促をうけては、どうやら、ひと月分か二月分を工面して納めて来たのだが、滞納の分はいつでも、学期から学期へとまたがっているのである。そのような、おとうさまの苦労も知らずに、いかにも一人前ぶって、詩のことまで干渉するほどの、生意気ざかりの娘になったのである。

ある日のこと、「贅沢いうんじゃないっ。」と云って、ぼくは、ミミコのことを叱りつけたのだ。学校のおともだちの、なんとかさんとなんとかさんの家にはピアノがあるとかであった。「おとうさま、ミミコのうちにも、ピアノがほしいわ。」と来たところでおとうさまは、ピアノどころの騒ぎではなかったからなのだ。明日も、学校へ行かねばならないミミコの、往復のバス代四十円のために、頭を悩ましながら、例によってその工面に、街なかの誰かのところへ迷惑をかけに出かけなくてはならなかったのである。ミミコには富裕な家庭の子弟だけがいる学校の雰囲気のなかから突然帰宅すると万事のみこめないようだ。

そうかとおもうと、おとうさまとおかあさまのしている話など横取りして、彼女は云うのだ。

「ねえ、れんあいってなあに。」

「れんあいっておとなの言葉なんだ。こどものきくことじゃない。」と云うと、

「あんなこといって、ミミコのことをごまかそうとしている。」とくるのだ。

「ごまかしなんかしないよ。」と云うと、

「れんあいってなんだかミミコはちゃんと、しってるんだもの。」とくるのである。仕方なしに、

ぼく、「じゃ、れんあいってなんのことだい。」ときくと、

「れんあいってのはね、おとこのひととおんなのひととがね、なにかね、ものをねだったりすること。」と云うのだ。ひとり娘だけに、こんな調子では、その末をぼくは案じないではいられなかったのである。

四月の学期はじめなのであった。学校から帰ってくるなり、「おとうさま、またよ。」と云いながら、ミミコは、ぼくの机の端にランドセルをおろし、こわい顔をしてその中から一枚の紙片を取り出してぼくに寄越した。

「なんだい。」と云いながら受取ると、

「げっしゃなのよ。げっしゃぐらい、おさめてちょうだいよ　ねえ、おとうさま。」というのである。むろん、紙片の内容は、月謝の催促なのであった。二年の学年末に催促をうけたのであったが、五カ月分を滞納のままになっていたので、三年の学期はじめになってその分の催促がまた来たのである。月八百円なので、四千円の滞納なのであった。ぼくは、毎日家を出て、四千円の相手を物色して歩いたのだが、ぼくの素行を知っている知人や友人や先輩のなかから四千円を引き出そうとすることは無謀に過ぎなかった。しかしながら、その日のための百か二百の金には、なんとかしてちょいちょいありついたのである。そんなことでぼくは毎日疲れて帰った。

ミミコは、時に、寝床のなかでぼくの帰りを待っていて、「おとうさま、おかえりあそばせ。」とくるのだが、それとわかると、諦める風にして、「ミミコだって、たまには、おみやげほしいわ。」などと、子供のくせにいやみのひとつも云いたくなるらしかった。

そういうある日の夕方、池袋の西口マーケットのなかの行きつけの呑屋にぼくは寄った。行きつ

けと云っても、金などあっての行きつけとはちがい、開店当時から、客種のことなどちょいとした相談をうけたりした店で、友人の経営しているバラックの店なのである。この店には、ぼくの友人関係、雑誌社の人、画家、彫刻家、それに、ぼくなどが寄り、空気のなごやかな点で、落ちついた。その他の商売の人なども来るには来るが、この店の空気には、すぐに馴じんでしまうのである。ぼくは、この店に寄ったからって、必ずしも、杯一をやるのではないのだ。日本茶を、ごちそうになりながら、疲れを休めていることもしばしばなのである。時には、二階にのぼり、横になったりすることもある。

その日も、四千円のことで空しく、店の片隅にいて、日本茶を前にしていた。すると、最近、ここで知り合いになった石田さんという人が、スマートな背広姿で這入って来た。石田さんの商売は知らないが、かれは、ぼくのことを、ばくさんばくさんと呼んで、いつも馴れ馴れしく話しかけてくるのである。かれは、ぼくの隣りに腰をかけると、両手の指を組んで、ぷりぷりとその華奢な指の関節を鳴らしてから、ぼくの前にある日本茶に眼をやったが、すぐにマダムに向い、「ばくさんにも一杯。」と云った。

ぼくは、かねがね、マダムやマスターから、石田さんがお金のある人であるということをきいていたのであるが、見たところぼくもそうおもっていたのである。かれは左手のくすり指に、金の指環をはめていて一度、その指環をはずし、「この通り純金ですよ。」と云いながら、指環をやわらかそうに、伸ばしてみせたり曲げてみせたりしたこともあった。また、かれは「いつでもこれとこれは身につけているんです。」と云って、内ポケットのなかから、小切手帳と実印だというのを取り出してみせて、すぐにまた、内ポケットへしまいこんだこともあった。背はすらりとしていて、男っぷりはよく、眼は光っているのである。

「石田さん、お帰りのときでよろしいんですが、ちょいとお願いがあるんですがね。」

ぼくは、もうこの人より外にはないような気がして、四千円のことを頼む決心をしたのである。

「え、よござんす。じゃマダムこれで。」

石田さんは、歯切れのよい返事をぼくにして、マダムに千円札を出した。かれは、一杯のんでも二杯のんでも、ぼくの眼にふれた限りでは、いつも千円札を出すのである。ぼくは、石田さんの後について、縄のれんをくぐり表へ出た。

「立ち話で失礼ですが。」ぼくはそう切り出して立ち止ると、石田さんも立ち止って微笑しながら「御用件はなんでしょう。」と云った。ぼくは、ありのままの事情を話して、「お知り合いになったばかりで、なんとも厚かましい御相談ですが。」と、必死になって頼んだのである。たのみながら、顔は熱くなり、もうこれ以上は、面の皮も厚くなりようがないのだとおもった。すると、石田さんは、微笑をうかべたままで、「実は、ぼくは、絶対に金は貸さんことにしているんです。」と云った。

ぼくは、同時に諦めたのである。と云うのは、これまでのぼくの経験によると、最初、「実は、」と出る人は、貸さないことを前提にしているからなのであって、ぼくも、図々しい割には、諦めが早いからなのである。

「どうもとんでもないところを御見せして。」

と、ぼくは云ったが、石田さんは別れ際に、「ぼくは金のことで、親友をひとり失ったんで。」と云うのであった。ぼくは、途方に暮れてしまった。

そもそも、こんな経済的才能に欠けた貧乏生活をしていながら、なにゆえ、ミミコのことを、金のかかる学校にやったかは、話を少々逆のぼらなければならないのである。疎開先を引揚げて、いまの家に落着いたのは、ミミコの四つの時なのであった。池袋から西武電車で六つ目の中村橋へ降りすぐ左側の踏切りを突っ切って、そのまま北へ七分位のところで、石神井、新橋間のバス通りに出るのである。その通りを、またそのまま突っ切ると、多少のぼり加減の細い石っころ途である。その石っころ途の左角の門構えの大きな家なのだ。そこの息子さんが友人なので、かれに頼んで、しばらくの間、御厄介になることになったのである。家の門は、まる木の柱だけ立っていて、門を右へ曲って行くと、左側が玄関なのだ。門から玄関までの両側には植木があって、玄関のすぐ先のところを左へ曲ると裏へ通じていてそこには井戸がある。裏は北になっていて、杉の木が、二、三本立っている。井戸のところを通って行くと、そこには離れがあって、矢張り息子さんの友人夫婦が住んでいる。家の向きは西南で、庭には、まんなかにひょうたん池があり、池のうしろに柿の木、その隣りがイチジク、その隣りにヒマラヤ杉が立っていて、門からの突きあたりに庭の入口の風雅な木戸がある。その木戸の両側には、紅葉の木がある。家は平屋で、東南から西北へ長方形で、西北の端に離れがあるわけだ。

玄関を上ると、まんなかが廊下で、離れの方までつづいている。ぼくらにあたえられた部屋は、廊下の左側の最初の部屋で、六畳間なのである。総檜の家で、庭に面した廊下には硝子《ガラス》戸が立っている。

ミミコは、この家に越して来たとき、「ここんちにははきだめないのかしら。」というので、「おしっこなのかい。」ときくと、こっくりをしてみせるので、みんなを笑わせた。田舎では、いつでもはきだめでやらせていたからなのである。彼女はまた、いかにも知ったかぶりをして、「ふたばんとまってかえるんでしょう。」などと云ったが、それは、ぼくが上京するとき、いつも二晩泊りでかえったからなのである。そして、おなじ年の近所の女の子と友だちになったとき、「おめえもっとこっちこうよ。」と、田舎まる出しのことを云ったりして、相手の子を面くらわせたりした。

まもなく、学校へあがることになったが、知人の間で、いまの学校をすすめられ、ミミコもその気になった。ぼくも、その学校の評判は耳にしていたことで、ぼくなどその日暮しの詩人のこどもなど到底あげられそうもないような学校であった。金がかかるということも、きいていないのではなかった。しかし、ぼくはその頃、自分の本が二冊出版されることになっていたので、それからの金を基礎にして、なんとか生活の立つ方法が考えられるとおもったりしていたところ、予備テストを受けさせてみると、本人には云えないが、優秀ですとそのテストの先生からきかされて、親ばかで途方もない腹を決めたのであった。こうしてはきだめにおしっこする田舎娘は日本でも名だたる大学の附属校の児童となったわけである。

ところが、本を出す筈だった出版屋がつぶれ、本も出なくなり、当てにしていたのも駄目になってしまって、結局、現在のようになったのであるが、ふうふう云いながらも、いつのまにやら三年間を通して来たのだから、月謝ぐらいのことはなんとかして、つづけたいというのが、「おとうさま」としての気持らしいのである。

そのおとうさまの気持はなかなか果されないで、ミミコだけははきだめの鶴のように言葉も上品になりまさってゆくようだ。

わが家の関白は可憐で上品だ。この可憐な関白のために貧乏詩人は汗水たらして何とか「月謝ぐらい」はとかけ廻るのである。

過日、池袋の西武百貨店で、沖縄舞踊の紹介並びに、織物の展覧会のあった際にも、こころよく色々のことを手伝い、舞踊の手伝いにも出て、曲りなりにも十五日の間、舞台にも立ったし、ついこの間は、NHKのテレビジョン実験放送のためにもたのまれたりして、顔には、どうらんを塗り、沖縄の女性に装って踊ったり、詩など朗読したりするのもそのためである。

つい、七、八日前のこと、ミミコの学校で父兄会があった。ぼくは、あるところから原稿の依頼をうけていたのだが、書くべきことがなかなかまとまらないので父兄会には女房に出てもらいたかったのである。女房はしかし、頑としてきかなかった。

「月謝も納めてないのにきまりわるくて行けますか。」というのであった。そこで、女房のきまりわるがるところへも、ぼくは出かけなくてはならなかった。父兄会に出たぼくは、女房とはちがった意味できまりわるかったのである。というのは、良家の御婦人ばかりのなかに、男の人は髯だらけのぼくひとりなのであった。

帰って来て、こんどの稿料で、六、七、八の滞納の月謝を処理しなくてはなるまいとおもって机にむかっていると、書き出しをのぞいたうちの関白娘ミミコが

「あっ、おとうさま、またあたしのことかくんでしょう。」と云った。

首実検に来た客

そのころ、ぼくは毎日、まちへ出かけた。そして夜おそく家に帰ってきた。したがって、女房はいつもふきげんなのであった。勤めているのでもないのに、毎日毎日出かけて、毎晩毎晩おそく帰って来て、なんのために出かけるのか、なんのためにこんなにおそくなるまで、どこをうろついているのかと女房はこぼしたのである。

ある日のこと、ぼくにしてはめずらしく明るいうちにまちから帰ってきた。

「のんべえが、めずらしく早く帰って来たものだ」

女房はそういって、ほめているのか皮肉っているのか、どっちともつかないみたいな目をしてみせてから、玄関の戸をしめていった。

「先ほど、静岡の杉野っていう若い男の人がたずねて来たんですよ。そんな人知ってるんですか」

「杉野なんて、ぼくの知ってる人にはいないね」というと、

「ウソいいなさんな、ちゃんとその人は、先生が静岡に在勤中にお世話になりましたといってたんですよ。知らないはずがあるもんですか」と、吐き出すみたいな調子なのである。

ぼくにはまるで何のことだかわからなかった。第一、静岡のどこにもぼくは勤めていたことなど、あるはずがなかったからなのである。それに、ぼくの知りもしない杉野という若い男が、どんなことを女房に話したものか、馬鹿につんつんしているのである。

「わけのわからないことをいうもんじゃないよ。いつ静岡のどこにおれが勤めていたんだい」というと、女房はつんとしたまんま、机のうえのゴム板を大げさに持ちあげて、その下から一枚のメモをひったくり、「これを読めばわかるでしょう。その人が置いていったんだから」と、ぼくの前に差し出したのである。

メモには鉛筆で――先生過日ご厄介になりました。静岡のほうにご在勤中の際、いろいろご迷惑をかけ、まことに申しわけございませんでした。あれからちょっとした理由がありまして、先生のご住所がわかりましたので、きょうおたずね致しました。今後ともよろしくご指導くださるようお願い致します。学校も三島をやめて、左記のほうにおります。いずれまたお伺い致します。ときどき上京しますので、お元気でお過ごしのほどお祈り致します。敬具――とあって、静岡県田方郡のある村名とその人の勤務先らしい小学校名が記してあり、メモの裏には、貘先生へとして、杉野拝とあるのである。

文章の意味が、どういうことを述べているかはまことによくわかるのであるが、ぼくに対して述べられているのであるから、ぼくにはさっぱりどういうことなのかわからなかった。

「これはおまえ、人違いなんだよ」

「人違いだなんて、ごまかしてもダメですよ」

「だっておまえ、同名異人ってこともあるじゃないか。それにたとえば、名はおんなじ三郎にしても姓が別なのもよくあるじゃないか。貘先生は貘先生でも、姓の違う貘先生じゃないかね」

「バカいいなさんな。ちゃんとはっきり、山之口貘先生といってたんです」

「それじゃこれは同名異人だ」

「冗談じゃない。山之口貘なんてのが二人もいますかよ」

一言ごとに頭ごなしでくる女房にぼくはいささか腹が立ってきた。

「それじゃいったいなんだというんだよ。いつまでもつんつんふくれっつらしやがって、おれがいったいどうしたというんだよ」

ぼくはそこに女房をにらみすえて、返してくる次のことばを待ち構えたのである。女房は見ぬふりしてしまったのであるが、やがて腰をあげるとこんどはゆっくりした調子で「どうしたもこうしたもないものさ。毎晩毎晩おそくまでどこをうろついてなにをしてるのか知らないけれど」といってから、すぐにつづけて「ま、いいさ、また来るっていってたんだからいずれわかることなんだし、静岡でもどこでも勝手にうろつくさ」と、ひとり合点みたいなことをつぶやきすてて、庭へ姿を消したのである。

翌日、やっぱりぼくは出かけなくてはならなかった。家にさえとじこもっていれば、それだけのことでも女房の気にそうことはわかっているのである。しかし、一日中を机の前にすわっていたところで、それだけ詩ができるのでもなければ金がころがり込んで来るのでもなかった。しかも、金さえあれば金との縁など切ってしまいたいのだが、縁を切りたくても金がないのでは金との縁も切れないのだ。そんなことはすでにしばしば胃袋の存在が証明しているはずのことなのである。

それで金との縁を切るためには、たとえ一時の間に合わせでもまず金との縁を結ばない限り胃袋が納得しないのであってみれば、その日暮らしの原理にそうて、出かけてそれを捜してくるよりほかにはないのであった。

　この日、ぼくといえども、かつていまだ、一度も借金を申し込んだことのない相手があることに気がついたのである。北島又之助その人なのであった。ある土建会社の社長なのである。コップ一杯五〇円の泡盛屋の定連で、ぼくの知っているある若い画家のパトロンなのであった。三、四年も前からの顔なじみで、お互いに、又さん、貘さんと呼び合っての気安いおつきあいにもかかわらず、一度もこの又さんに借りたことがないということが、ぼくにしてはめずらしいことなのであった。もっとも泡盛屋で会うたんびに、いつもかれから泡盛一杯の恩恵をこうむっているので、その上、金のことまではいいにくいからなのであった。こんなことを考えたりして歩いているうちに、いつのまにかこの日の目標が北島又之助氏にきまってしまって、池袋西口の泡盛屋をぼくはのぞいたのである。するとそこには、まるでぼくが置いたみたいに、スタンドを前にしてぽつんと一人、北島又之助氏が腰をかけているのである。いつもなら、並んで腰を下ろすところなのであるが、また一杯を出されたのでは、金のことなどいい出しにくいものと、ひそかにぼくはそう心得ないではいられなかった。

「又さん、ちょっと折り入ってお願いがあるんですがね」

「ほう、そんなにあらたまった用かね、まあかけなさいよ」

「ありがとう。でもここじゃちょっとまずいことなんで」

「おやおや、じゃちょっと表へ出よう」

北島又之助氏はそういって、軽くお尻をもちあげると、いっしょに表に出たが、ふたりは近所のコーヒー店のボックスに腰を下ろした。

「貘さんが、あらたまっての用なんてめずらしいじゃないか」

「どうも、お金のことには弱いんで」

「銭のこととはわかっとるんだが、そんなことといって、貘さんは貧乏をたのしんでるんじゃないのかい」

ぼくには、痛いことばなのである。といって引きさがるにも反ばくするにもすでに遅かったのである。ぼくは苦笑したまま又さんのマナイタの上で、かれの批判にまかせるよりほかにはなかったが、用件だけはなんとか果したかった。すると、「いくらあればいいんです」と、又さんがきくのである。

「五千円ばかりなんとか」

「ばかりではいやだ。はっきりしたことといってください」

「五千円」と、ぼくはいった。

北島又之助氏は、懐中から大きな布地の財布を取り出してなかの札をみせながらいった。

「ここにちょうど五千円あるにはあるが、千円にしてもらいたい。しかし貘さんがぜひというのならば、千円はおれのだからそいつはいつでもいいとして、四千円はあすの昼までには返してもらわないと困る金なんだ。それでよければ全部お持ちなさい」

結局のところ千円を又さんに借りたのである。ぼくはそれを受け取りながら、ふと、きのうの女房との一件をおもい出さずにはいられなかった。静岡くんだりを山之口貘先生にばけて歩いた男も、ぼくみたいなことばかりをして、金を嗅ぎ回っているのではないかとおもうと、昨日たずねてきたという若い男が、その被害者なのではないのか、と、そうおもわずにはいられなかったのである。

その後、二ヵ月ほどたって秋晴れの日なのであった。出かけようとしたくしていたところへ、来客とあって女房が取りついだ。

「いつかの静岡の若い人ですよ」

玄関に出てみると、背の高い若い人が直立しているのである。見かけた覚えもないまるで知らない人なのだが、とにかくへやにはいってもらい、首実検をしてもらうより外になかった。

「ぼく山之口貘です」

かれはだまって会釈をした。しかし、女房がお茶をすすめても、ぼくの顔から目をそらさないのである。ぼくはうながしていった。

「あなたのご存じの山之口貘先生に見えますか」

「ええ、似ています」

ぼくはうす気味わるくなった。まかりまちがえば、こちらがにせものにされないとも限らないのでぼくはあわてた。

「声はどうです。声は」

「声は違います」

「そうですか。どうせぼくにばけた先生なら、あなたに迷惑ばかりかけたんじゃないんですか」といったところ、「違います。お世話になったんです。それでお礼かたがた寄ったんですが」とかれは首をかしげた。

しかし、ぼくも首をかしげたのである。にせものは結局にせものであって、ほんものみたいな借り専門の人間なのではなかったらしいのである。

第三日曜日

出会《でくわ》すたびに、金の催促をする人がある。少くとも、曽田金雄氏がそうである。ぼくはかれに会うたんびに、きっと金の催促をされるのである。もっともその金は、借りた金なのだから、出会すたんびに催促を受けても、ぼくとしては面の皮に力をいれて、がまんしいしい云い訳をしなくてはならないのだ。しかし、云い訳をしなくてはならないからと云って、それも、曽田金雄氏に云うべき文句ではないのである。要するに、云い訳をしなくてはならないことも、催促を受けなくてはならないことも、借りているからのことなのであって、自分ひとりで困っているより外にはないのである。

曽田金雄氏に借りている金は、三〇〇〇円なのであった。別に、古くからの知り合いでもなければ、むろん友人なのでもないが、池袋駅西口の泡盛屋で、このごろ知ったばかりの人である。敗戦後の街は騒然としているのであるが、騒然のなかにぽつんと出来た、そこだけなごやかな雰囲気の泡盛屋である。

「ぼくさんここには毎晩かね。」と、馴れ馴れしく話しかけられたことがきっかけなのであったが、それまでは、かれの名も知らなければ、その顔に見覚えさえもなかった。

「まあいまのところ毎晩というところですね。」

「一升はいくんだろうね。」

「一杯か二杯ですがね。」

「でも飲めば一升は飲めるんだろう。」

だが、向うさんだけが、こちらの名を知っていて、こちらが知らないのでは、話がぴったりしなかった。ぼくは、一応かれの名を知るために、「お宅も毎晩ですかね。お宅はどちらなんですか。」とたずねてみた。すると、かれは内ポケットに手を入れたが、「自宅は遠いんだけど、仕事の関係で池袋には毎日のように出てくるんでね。」と云いながら、一枚の名刺をぼくに寄越したのである。かれは、人からこの店を教えられて泡盛を飲むようになったといって、焼酎みたいでもあるが、原料はなにかとぼくにきいた。

「蒸溜酒ですよ。米からつくるんですよ。」と云うと、

「やっぱり米かね。どうも焼酎とはちがうとおもったが、これは何度ぐらいあるんだろう。」

「二十五度ですが、三十五度のもありますよ。」そう云いながら、ぼくは戦前の泡盛のことをおもい出した。マッチを摺って火をつけると、青い焔を立てて燃えるのであったが、あのころの泡盛は四十五度もあったからなのである。しかし、戦後、沖縄では、三十五度以上の泡盛は輸出することが出来なくなったとのことであるから、いまは、青い焔もまた、在京の沖縄人や、一般の泡盛党にとっても、郷愁にすぎなくなったのである。曽田金雄氏は、空になったコップを持ち上げた。

「三十五度ってのを一杯くれ。」

マダムは、別なコップになみなみとついだ。

「ばくさんにも一杯ついであげてよ。」

「はいはい。」

マダムはそう云いながら、ぼくにはつがずにカラカラを置いた。

「どうしたんだい。ばくさんについであげるんだよ。」

「でも、ばくさんはもう召しあがらないんです。」

「召しあがらない？　余計なこと云うんじゃないよ。」

マダムが、ぼくのかわりになって困っているので、ぼくはマダムのかわりを引き受けて云った。

「折角ですが、ほんとに。」

「一杯ぐらいつきあいなさいよ。」かれはそう云ったかとおもうと、呼びつけるようにして、「マダム、ばくさんについであげるんだよ。」と云った。

　ぼくはマダムに、かぶりを横に振ってみせた。しかし、こうなるとぼくも、これ以上はなぜ飲まないのであるかを、曽田金雄氏が納得するように明らかにしないではいられなかった。それで、ぼくは毎日、コップ一杯にきめて飲んでいること、それ以上は、飲んでも二杯までを限度としていること、つまり、飲める飲めないにかかわらず、ぼく自身に事情あって飲まないことにしているということ、だから、曽田金雄氏に遠慮しているのではなくて、どんな相手の場合でも変りなく辞退していること、そのことについては早い話が、この店に来て、ぼくに一杯の泡盛をすすめたことのある人なら、きっと誰もが知っている筈であること、そして、人からすすめられるままに飲めば、むろんこの店のためにもなるのであるが、そういうわけだから、マダムにも諒解を得た上、わるいけれどそういう時には、ぼくにはつがないでほしいとマダムに頼んであることなど、云い訳がましくぼくはしゃべった。曽田金雄氏はうなずいて、コップを口にもっていったが、それを置きながら、

「おいマダム。」と云った。マダムは面倒くさそうに笑ってみせた。

「冗談じゃないよ。商売じゃないか。ばくさんに一杯。」とかれはまた、マダムをうながした。

「いや、ぼくはほんとにいいんです。まあごゆっくりどうぞ。」

ぼくはそう云いながら、腰をあげずにはいられなかった。すると、かれはあわてて、

「それは困る。」と云った。

しかし、一足先に帰らないと、困るのはぼくなのであった。すでに、ぼくは二杯を飲んでいたからなのである。このごろのぼくは前とは違って来て、二杯以上飲むと家に帰ってからもう仕事が出来なくなったのだ。なにも、詩のようなものを書いたり、小説のようなものを書いたり、あるいは随筆みたいなのを書いたりするということは、夜なかでなくてはならないとは限らないのであるが、もしも、ぼくの場合に、ひるま原稿を書いて過ごすとなると、金の工面を夜の間にしなくてはならないことになるのである。第一ぼくの場合には、それが依頼を受けた原稿であるにしても、こちらから持ち込む原稿であるにしても、それを雑誌社や新聞社に郵送することは、ぼくの生活上まことに不便なのである。従って原稿と引替えに稿料をもらうためには、郵便屋さんの手を借りずに、自分で小脇に原稿をかかえて、新聞社や雑誌社に届けることにしているからで、そういうことはひるまのうちにやるべきことなのだ。また、金策にしても、永年の経験を積んでいるとは云え、このごろでは、誰に借りていいかもわからなくなったほど、世の中も全く混乱の状態なので、借りてみない限りは誰に借りていいのかもわからないみたいに、ぼくの借り方も行き当りばったりなのである。

夜、夜なかの金策は、泥棒や強盗としてならばとにかくなのである。ぼくの場合は詩人のつもりなので、頬かむりをしたり、刃物かピストルを握って、夜のなかを抜き足さし足でしのび込むという風な、おどしや殺人などを加味するほどのそういう派手な金策には、到底、自信の限りではないのである。それで、もっぱら、借りるということとそのことより外には、ぼくにとって金策の道がないのである。ところが、借りるということも、なかなか簡単に出来るものではないのだ。何よりも先《ま》ず第一に、金を借りに来た自分が誰であるかを、相手にはっきり示すためには、頬かむりなどしては出来ないのである。誰であるかもわからずに、金を貸すものは先ずないからなのである。その点、夜よりも、ひるまの明るい空間が適しているのだ。それに、夜は借りに出かけても、相手は静かに眼を閉じて夢を結んでいるのかも知れないのだ。叩き起せば起きるにしても、金を借りに来たのかとおもえば、相手にとっては二重の迷惑なのだ。その点もやはり、夜は不便なので、相手の眼の開いているひるまの時間を利用すべきなのだ。そういうわけで、ひるまの時間や空間を、金策のために当てて、夜は原稿の仕事のために使っているのである。

コップ一杯か二杯の泡盛に、飲むことを極力制限していることは、かような生活の方式から出た飲み方なのであって、ぼくにとってはこれ以上の飲み方はないのである。それを泡盛屋の若い定連に云わせると、年のせいだそうだが、それも思い当ることがないのではないのだ。ぼくの前歯が一本かけているのがそうなのだ。自分では転ぶつもりはなかったので、まるで他人のからだが転ぶのを見ていたかのように、転んでしまったが、起きあがったときには前歯が折れて血だらけになっていたのである。また、ある雑誌の編集の人は、顔色変えてぼくのことを責め立てた。詩を一篇かれの雑誌にやることを確かに約束したと云い、今日が約束の日で原稿をもらいに来たというのである。

ぼくには覚えがなかったのであるが、「手帳を見て下さい。あのとき確かに手帳に書いた筈です。」と云うのだ。手帳を開いてみると、なるほど、書いてあるには違いないのである。ところが、何のことだか、何の字なのか、書いた筈のぼくにもそれがわからなかった。こうして、肉体や頭の状態までが眼に見えて、ついこの間までの若さとは、ぼくの様子が変になって来たことも確かなのである。また、人からすすめられる酒に対しても、素直に受けられなくなったのは、なんと云ってもぼくにしては上出来で、お返しが出来ないばかりか、人にすすめたためしもないような気まりわるさから、自分自身を救い出していることも確かなのである。もともと金がないからにしても、すすめられる酒を辞退出来るようになったのはそこにも年のせいが出て来たのかも知れないのだ。

そんなこんなの、いっさいがっさいによって、どうやら、泡盛は、一杯から二杯どまりの飲み方を実行することが出来たのだ。

ところが、金のことになると、泡盛みたいにはうまくいかないのだ。すでに、曽田金雄氏に対しても、いつのまにか、ぼくは借金を背負っているのである。一篇の詩を書いても、その収入では次の一篇を書くまでの生活を支えることが出来ないからなのだ。一篇の随筆の場合もまたおなじである。詩や随筆などを仕事としているとは云っても、それは全くの名目だけのようなもので、仕事から仕事までの間を、それらの収入で賄えないのでは、曽田金雄氏からでも、つい借りないではいられなかったのである。「ふたつきばかりの間なんですがね。」と云うと、かれはいやな顔もしないで「いいよいいよ。」と云った。そして、ノートみたいなものを内ポケットから取り出して、泡盛のコップの側に置いて、かれは万年筆を持った。「小切手じゃまずいのかい。」と振り返った。が、すぐにおもいなおしたようにポケットに手を入れて、「あるある。」とつぶやいた。かれはそれを三枚かぞえてぼくに寄越したのである。ぼくはかつてこれほど簡単に、懐に抱きあげられたおもいで、金を借りたことはなかった。それはその瞬間、曽田金雄氏の上に神が宿っていたのかも知れなかった。かれはしかし、一ヶ月も経たないうちに、ぼくの顔を見て、云った。

「こないだのはいつ返してくれる?」

「いま、原稿を書きかけているので、それが出来次第お返ししたいんですが。」と云うと、

「いいよいいよ。いつでもいいよ。」と云った。かれは週に一度はきっと、泡盛屋に姿をあらわすのであるが、そのたびに、ぼくには金の催促をするようになって、しまいにはその金の催促をするために、泡盛屋に来るような気配を示したのである。流石《さすが》に、客の前では云わなかったが、そんなときには「ぼくさん一寸《ちょっと》。」と云って、表にぼくを呼び出すのだ。もはやそれは催促ではなくなって、ぼくに金を借りに来たみたいなもので、「なんとかたのみますよ。」と哀願にまで変ったのである。

ぼくは困った。踏み倒すために金を借りたのではないからだ。そして、もっと困るのは、返す金がなかなか出来ないことなのだ。

ある日、ぼくは溜息をついた。頭には、金のことがこびりついたまま、人ごみのなかに立っていた。Sデパートの一階である。池袋駅の一部になっていて、山手線や西武線の乗り降りの群衆で渦を巻いていた。かすれた声で、名を呼ばれて振り向くと、めずらしい男が、微笑をうかべながら傍《そば》に寄って来た。十年ばかり前まで、同じ職場に勤めていた木本良助なのである。むかしそのままのかれを、そこに持って来て立てたみたいで、相変らずの猫背の上で煤《すす》けた小さな顔をほころばせているのである。ぼくは行く当てもなく、駅の群衆をながめていたところなので、かれに誘われるままお茶をつき合う気になって、デパートの外側に出た。もうそろそろ夕方に近いのでもあり、場合

によってはぼくの方で、西口のいつもの泡盛屋に案内して、一、二杯のところはマダムに借りてもよいとの下心はぼくにもあって、むかしは酒を飲まなかったかれとは知りながらも、「どうだね。ぱい一にするか。」ときいてみた。かれは笑いながら、「相変らず飲んでいるんですか。俺は駄目だ。」と云った。そこでふたりは珈琲店に這入ったのである。

道路をへだてて、デパートと向き合っているこの珈琲店は、ばかに奥へ細長いが、戦後の区画整理のために、元の位置から、二、三間ずれてこんな風になったのである。元の店は真四角で、色気はなくマダムとその息子達だけでやっていたのであるが、この場所にずれてからは、みるみるうちに賑やかになって女の子も幾人かおいた。ティーテーブルが、両側の壁に沿って並べられていて、腰をかけていると、まるで、汽車に乗っているみたいで、まんなかの通路を、お揃いの服を着た四、五人の女の子達が、色気なしでせかせかと往ったり来たりするようになった。

木本良助は、珈琲を啜《すす》りながら、ぼくの名を時々新聞か雑誌で見かけるとかで、健在であることを知っていたと語り、そして云った。

「もうすっかり有名人だね。」

ぼくは、くすぐったくなりながら、「なにかぼくのを読んだのかね。」ときいてみた。

「読んだことはないが、なまえだけは時々見ている。」と云って、「大したもんだ。」とかれはつぶやいた。そして、もう一度繰り返して、「新聞や雑誌に名が出るようになれば、もう一流だ。」と云った。ぼくは浴びせられるまま、このような賛辞を浴びながら、一流になりすまし、大したものみたいな顔して珈琲を啜《すす》った。すると、木本良助が、煤けた顔に微笑をうかべ、意味ありげな眼をしてみせたのである。なんのことだかぼくにはわからなかった。かれは、やがて、その右手の人差指ある。


と親指とで丸をつくって示して云った。

「これもたんまりはいるんじゃないかね。」

一流のぼくはぺしゃんこになってしまって、どうにか、かぶりだけを横に振ることが出来たのである。

「そうかね。駄目かね。」

木本良助はそう云って首をかしげた。話は、まもなく、かれ自身のことに移った。近々に職場の整理があるんで、かれの首が危くなったと云うのである。

「しかし、手当は三〇まんぐらいはもらえる。」とかれは云った。そして、「三〇まんもあれば、どうにか一生の生活は出来るだろうね。」とかれは云った。

「そうだね。あと何年、いくつぐらいまで生きるつもりかね。」

つい、ぼくはそう云ったが、三〇まん円で一生を生きる方法を編み出さねばならないところに、木本良助のこまかい生き方が如実ににじみ出ているようで、笑いごとでは到底すまされない味気ないものがあるのではないかとおもわれて、三〇まん円を手にしたときのかれの姿を想像すると痛ましくなってくるのであった。だが、木本良助にしてみれば、有名になっても金のない、ぼくのことが痛ましく見えて来たのか、かれはまたしても、親指と人差指で丸をつくった。

「そうかね。これは駄目かね。」

「駄目だね。」

木本良助は、首をひねったが、折り返し云った。

「じゃ生活は苦しいんだね。」

ぼくは笑って返事をごまかしたのである。すると、かれはあらたまって、「少しぐらいなら融通してもいいよ。」と云った。これは、意外にもめずらしいことで、木本良助の言葉とはおもえなかったのである。と云うのは、折角のかれの言葉を台なしにするようで気のひけることではあるが、職場ではみんなから敬遠されていた筈のかれで、みんなの間では、かれの名さえ口にするものがなかった。みんなはかれのことを、しみったれと云って、しみったれが来た、しみったれが行ったという風であった。事実、煙草一本だって、いやな顔をしないでは出せないところがあって、のけものにされて孤立の状態なのであった。ただ、ぼくだけが、時にかれとつき合っていたのである。かれが珈琲をのむようになったのも、ぼくとのつきあいではじまったのであって、それまでのかれはひとりで、猫背をもっと曲げるようにして、ミルク・ホールの白っぽいのれんをくぐっては、ジャムつきのパンを食べたり、ミルクを飲んだりしていたのであった。そういうかれを珈琲店に誘うようになってから、その職場をぼくがやめるまでの二年ばかりの間のことをおもい出しても、こちらが誘ったときは当然ながら、かれから誘われた時でも、かれの会計で珈琲を飲んだことはなかった。もっとも、後半になってからは、それぞれが、それぞれの珈琲代を払った。わるいけれど、どういう風の吹き廻しか、木本良助が、金をぼくに融通したいと云うのだ。三〇〇〇円の借金を背負って、曽田金雄氏から追っかけ廻されているぼくにとっては、木本良助の前に来て、やっと立ち止ったおもいがしたのである。そこでぼくは、木本良助から借りて、その金で曽田金雄氏に返したいとおもいついたのだ。そして、木本良助から借りる金を、原稿が出来次第その稿料で返すことにしたいとおもった。そこで、五〇〇〇円ほど、融通してもらえるかどうかを、きいてみると、木本良助は反《そり》身《み》になって、こんどは、一寸《ちよつと》困ったみたいな眼をした。

「五〇〇〇円は無理かね。」

「一〇〇〇円にしてほしいなあ。」

ぼくはがっかりした。五〇〇〇円貸してもらえたら、曽田金雄氏の分を返して、残りの二〇〇〇円を、さし当りの生活費に当てて、落ち着いて原稿も書けるとおもったからなのだ。ところが、目下、曽田氏に返す金はともかく、家では女房こどもに食わせる金さえないとなれば、その一〇〇〇円だってありがたく借りるより外にはなかったのだ。

木本良助は、ポケットから、ハトロン紙の封筒を取り出すと、いじらしくも人目を憚《はばか》り身体を斜に向けて、壁との間で猫背になって紙幣を数えた。かれは数え終ると、ハトロン紙の封筒をポケットにしまって、向きなおったが、すぐにはその金を寄越さなかった。かれは、ぼくに貸してくれる筈の金を、片手に握ったまま考えている風であったが、やがて、いかにも云いにくそうにして、「いつごろ返してもらえる?」と云った。

ぼくはおどろいてしまった。が、急におかしさがこみあげてくるのを抑えながら、「一ケ月ばかりの間なんだがどうだろうね。」と云った。かれはうなずいたが、また云いにくそうになりながら、「わるいけれど、一筆書いてもらえないか。」と云った。メモを取り出して、「こんな紙でいいのかい。」ときくと、かれは、こっくりをしたのである。そういうかれの仕種のなかに、やはりむかしと変らない木本良助がいて、ぼくにはそれが、いじらしいものにさえ見えて来たのである。ぼくはペンを握って、メモに、一金一〇〇〇円也と書いて、署名した。

「生憎、印鑑を持ってないんだが。」

「拇印でもいいよ。」

「だが、朱肉がないね。」

木本良助は、困ったみたいにあたりを見廻した。そこにもここにも客はいっぱいいるのである。だがみんな珈琲を飲みに来たのであって、朱肉を持って来たのではない筈なのだ。そこで、ぼくはまるで、木本良助の使いにでも行くように、腰をあげると、奥へ行ってマダムに朱肉を借り、指を染めて戻って来たのである。かれは、ぼくの借用書を受け取って、きちんと四つに折ると、それを手帳にはさんでから、「じゃこれを。」と云いながら、テーブルの下から手をさしのばして、その金を寄越したのである。木本良助のこの金の出し方は、ふと、ぼくに、利子のことを考えさせずにはおかなかった。かれの態度から推察すれば、それもはっきりしてもらった方が、かれの気持に叶うのではあるまいかとぼくはおもった。しかし、利子という言葉を遠慮した。

「失礼だがお礼をどんな風にすれば――」

かれは、微笑したまま、答えなかった。

「一割ぐらいでかんべんしてもらえんかね。」

「いや、もっと安くしていいよ。」

かれはそう云ってから、「五分でいいよ、五分で。」と云った。

これで、木本良助との貸借の関係が結ばれたわけである。かれの口ぶりによると、一割のお礼は安いが、それを更にきばって、うんと安くしたと云っているみたいなのだが、実のところ、かれのはじめの話の様子では、利子など、くっつけられるなどとは予想もしていなかったことなのである。ぼくにとっては、利子のつく金を借りるのはこんどがはじめてのことなのであるが、それはまた木本良助がいよいよその一生を、三〇まん円で生きなくてはならないために、たとえ利子は安くしても、ぽつぽつ高利貸の練習をしているのではないかと、ぼくはそうおもわずにはいられなかったのだ。

それにしても、曽田金雄氏への借金も返せないで、じたばたしているうちに、もうまた借金なのである。木本良助は、一〇〇〇円の金を出す前に、かれは先ず、いつごろ返してくれるかをぼくにきいたのであるが、かれにはすでに催促のための身構えがあるわけで、いまに、曽田金雄氏と入れかわり立ちかわり、煤けた顔を出すのかも知れないのだ。

珈琲店を出ると、そこで木本良助と別れた。泡盛屋に寄ってみたくなったが、曽田金雄氏がいるのかも知れないとおもうと足がにぶり、その日はそのまま家に帰った。

翌日、泡盛屋に寄ると、昨夜は遅い時間に曽田金雄氏が来たとのことでマダムが云った。

「ばくさんは来なかったかときいていましたが、九州へ旅行するんだそうです。」

「それで。」ときくと、

「それでその前に、なんだか用あるらしく、一寸ばくさんに会いたいと云ってました。」

「で、今日また来るんだろうか。」

「いいえ、もう今朝立った筈なんです。」

ぼくはひとまずほっとしたが、三〇〇〇円の借金は、しきりにぼくをして、曽田金雄氏の動静をうかがわせないではいられなかった。

そこへ、画家の泊松二郎がはいって来た。かれは、ぼくと同郷の沖縄出身で、少年のころからの友人なのである。色の浅黒い、ちんまりした、しかしなかなか彫りの深い、彫刻的な顔をしている。この泡盛屋の定連としては、ぼくよりも先輩で、開店当時からの古顔である。ぼくに、この店を教えたのもかれで、ふたりは、毎晩この店で逢った。だが、必ずしも、ふたりは毎晩飲むわけではないのである。ふたりは、あがりだけをごちそうになって帰ることもたびたびなのである。あがりだけを飲んでも、毎日この泡盛屋に寄らないではいられないということは、たがいに郷愁で結びついているからなのだ。敗戦と同時に、沖縄が、日本から切り離されたということは、戦前にもまして、在京の沖縄人の郷愁をかき立てないではおかないものがあるのだ。云わば、一杯の泡盛にも、ぼくらは郷里沖縄を実感しないではいられなくなったのである。だがやがて、郷愁ばかりをなめているわけにもいかなかった。現地沖縄で、祖国復帰の悲願を訴えつづけているとき、在京の沖縄人もみんな、諸手を挙げてそれに相呼応しないではいられなくなったのだ。泊松二郎にしてもぼくにしても、例外である筈はなかった。そこで、ぼくらがおもいついたのは、沖縄舞踊なのであった。戦禍であらゆる文化財を失くしてしまった沖縄に、たった一つ生き残っているのが、舞踊というこの無形文化財なのだ。ぼくらは、この沖縄舞踊を本土の人達に紹介し、鑑賞してもらうことによって、本土の人達の胸のなかに、少しでも沖縄への関心を呼び醒ますことが出来れば、祖国復帰の悲願のためにその一助にもなるのではあるまいかとおもったからなのである。それも、大それた方法などによらず、先ず、自分達の足もとからというので、与えられた場所と、与えられた環境のなかで始めることにしたのだ。その与えられた場が、つまりこの泡盛屋で、従って、鑑賞するのはここの客達なのである。泡盛屋では、講和条約会議の前から、毎月第三日曜日の夜は、沖縄舞踊の鑑賞日として、各方面の人気を呼んだ。いよいよ、講和条約会議の迫ったころの第三日曜日の夜など、店内の酒客の席はもちろんのこと足の踏み場もないほどの客で、表の通路にまであふれ、あふれた客達の後からは、通りすがりの人達が立ち止って見物した。

世間には、講和条約会議によって、沖縄は日本に復帰するのではないかと見る向きもあったが、結果としては、沖縄に対する潜在主権を日本に残したに過ぎず、あべこべに沖縄の基地化だけが、ますますクローズアップされたのである。やがて、突如として、奄美大島の日本復帰が発表された。世間にはまたしても、奄美大島の復帰は、やがては沖縄の日本復帰を意味するものだと、そう見ている向きもないのではなかったが、祖国復帰を悲願すればするほど、軍用地接収に絡まる沖縄の土地問題は、いよいよ足もとを脅して苦難の一途を辿って深刻化した。沖縄はついに、アメリカに対して、軍用地の新規接収反対、不要地の返還を訴え、補償の適正化を訴え、地代の毎年払いを訴え、米軍による損害賠償の促進を訴えたのであるが、現在、この訴えは、プライス勧告によって阻まれようとしているのである。

だが、沖縄はいよいよ日本復帰を叫び、土地の問題を訴え、プライス勧告反対を叫ばずにはいられないのだ。

泊松二郎にしても、ぼくにしても、黙っていられる筈がないのである。ふたりはそれぞれ、コップに一杯ずつついでもらった。泊松二郎はコップのなかの郷愁を一口なめて云った。

「そうだ、石垣寸鉄が上京しているんだがね。」

「そうだってね。マダムにきいたよ。」

石垣寸鉄も、ぼくにとっては少年のころからの友人なのであった。たくましい骨格の男で、柔道の有段者であり、戦前は詩人巡査として知られ、沖縄の歴史上の一人物に因んだかれの長篇叙事詩は映画化されたこともあった。敗戦後、本土から引揚げて、沖縄へ帰っていたのである。むかし、八重山の小学校で雄弁大会が催されたとき、演壇に立って満場の拍手を浴びていたかれを、ぼくは見たことがあった。

「舞踊の日には、司会と解説を寸鉄にやってもらうんだね。」

「いいね。」

「かれは蛇皮線も弾くし。」

ぼくはそう云いながら、月夜の八重山の浜辺で、むかし寸鉄がうたってきかせてくれたことなどおもい出していた。

まもなく、また、第三日曜日が来た。

泡盛屋にはすでに客が一杯である。右側の壁に沿うた席でも、左側のスタンドでも、舞踊のはじまるのをたのしみにして、泡盛を飲みながら待っているのだ。真正面の奥の三畳が舞台である。舞台に上って左側の階段をのぼると、そこが楽屋である。泊松二郎も石垣寸鉄も来ていて、舞踊の女の子達は、鏡に向っていた。石垣寸鉄はぼくを見ると、

「やあ、ばくさん。」と云った。そして、「司会、解説、俺が引き受けたからね。」と笑った。相変らずの童顔である。プログラムはいつもと似たようなもので、例によって、御前風、上り口説、浜千鳥、花風、谷茶前《たんちゃめ》、むんじゅる、鳩間節《ぱーまぶし》、天川、などである。

御前風というのは、昔、琉球国王の御前で奏されたということから御前風と云われていて、琉球の歌舞音曲を奏する時には、先ずこの御前風から始めることになっている。今夜の出演者も例の人達なのであって、沖縄出身の若い女性三人である。この若い子達が、舞台装置のない三畳の舞台で、紅型《びんがた》の大きな布地を背景にして、一人で踊ったり、二人で踊ったりするのであるが、画家の泊松二郎とぼくとが、彼女達の舞踊のどこかの合間で、一踊り踊らなくてはならないのである。かれの踊

りも、ぼくの踊りも、云わば馬鹿の一つ覚えであるが、それでも、見る人が変ればそのたびに新鮮に見えるのか、いつも割れるほどの人気なのだ。今夜の客も店から溢れて、表の通路まで塞がっているという。

司会の石垣寸鉄が挨拶に出た。沖縄の舞踊が確立されたのは今から三〇〇年ほど前のことで、それは当時の琉球王府に、踊奉行というのがおかれてからであることを語りそれが、宮廷舞踊から、今日のように一般化されるようになったのは、廃藩置県以後のことであることを述べた。そして、戦争によってすべての文化財をなくしてしまったあの沖縄にとって、残されたたった一つの文化財であると結び、割れるようなかっさいを浴びて退場した。

舞踊は、蛇皮線の音にのって、御前風から次々と進み、満場の客は、次第に泡盛と踊りに酔い、豚の耳の三杯酢や、もやし料理のチャンプルー。あるいは豚のしっぽを食べ、足の吸物のアシティビチをすすりながらざわめいては、また舞踊につられてしんとした。石垣寸鉄は、泊松二郎の踊る番になって、「沖縄出身の画家泊松二郎が、勝連節《かつれんぶし》を踊ります。」と云った。泊松二郎は、縦縞の芭蕉布を着て、櫂を肩にして踊った。それから次は女の子のむんじゅるに移り、ぼくの番になった。「こんどは、沖縄の生んだ詩人、山之口貘の浜千鳥を御紹介します。」と、石垣寸鉄は云ったが、つづけて「詩よりは舞踊がうまいのであります。」と云いながら退場した。みんなどっと笑って手をたたいた。ぼくは紺地の着物を着て、女形になり頭には紫色の布地を巻いて舞台に出たが、自分では美人のおやまのつもりでも、みんな拍手と笑いとをごっちゃにしてむかえた。

まもなく、第三日曜日のぼくらの日本復帰運動は済んだのである。

泊松二郎と石垣寸鉄とぼくとの三人は、帰る方向はおんなじなのであったが、ぼくは一足先に下へ降りた。

「ばくさんばくさん。」と呼ばれて、店先を見ると、スタンドの隅っこに、曽田金雄氏がいるのである。ぼくは、すぐに三〇〇〇円を感じてしまったのだが、曽田金雄氏の傍までは行かないわけにはいかなかった。

「踊りはなかなかうまいもんだね。」

「あの子達はみんな専門にやってますからね。」

「そうじゃないよ、ばくさんがだよ。」

「いや、どうも。」

ぼくは頭を掻いたが、それは三〇〇〇円の借金を掻いたに等しかった。すると、曽田金雄氏は、あたりを憚《はばか》る声で、「時にばくさんこの間のあれなんとかならんかね。」と云った。ぼくは自分の不義理を詫びて、近々に脱稿出来るとおもう仕事のことを話して云い訳につとめると、かれはうなずいてみせたが、

「でも、この店からだいぶもらっているんじゃないのかい。」

「おやおや、泡盛屋の宣伝係に見えるんですかね。」

ぼくはむっとした。それは、三〇〇〇円の借金とはかかわりなしに、曽田金雄氏の言葉がぼくらの第三日曜日を冒瀆しているからなのだ。

自伝

本名山口重三郎。明治三十六年九月十一日沖縄の那覇の生れである。沖縄県立一中に学んだ。中学の二年生の頃、女性のことを気にするようになって、詩を書くことを覚え、詩にこるみたいに初恋にもこり出して、許婚《いいなずけ》の仲にまでまとめあげた。その頃からぼつぼつ「琉球新報」「沖縄朝日新聞」「沖縄タイムス」等の郷里の新聞に詩を書いたりした。

大正十一年の秋に上京したが、約束の父からの送金がないために放浪状態になってしまった。大正十二年の九月一日の関東大震災のおかげで、一時、帰郷したのであるが、当時、父が、鰹節製造の事業に失敗したばかりのところで、家を失い、家族は四散し、ぼくはぼくで、許婚の女性からは棄てられ、その上、二度目の恋愛にも破れたという風なことばかりが重なり合って、こうした環境が、ぼくの放浪を本定《ほんぎま》りにしたようなもので、どうやら、詩にかぢりついて生きたくなったのもそれからなのである。

大正十三年の夏、着のみ着のままで、詩稿だけを携えて、ぼくはまた上京、昭和十四年の五月頃までの大半を、一定の住所を持たずにすごした。それでも時には、書籍問屋の発送荷造人になったり、煖房屋になったり、お灸屋になったり、汲取屋にもなってしまったり、あるいは、隅田川で、ダルマ船の船頭さんの助手みたいになって、鉄屑の運搬を手伝いながら水上で暮したり、または、ニキビ、ソバカスの薬の通信販売などの職を転々とした。昭和十四年六月から、二十三年の四月頃までの戦時戦後を通じては、官吏として、職業紹介その他の事務に携った。現代は、時に、小説に似たもの随筆に似たものなど書いて、兼業にしている。

はじめて、詩を発表したのが、昭和六年の四月の「改造」で、「夢の後」「発声」の二篇がそれである。その後は、改造社の「文芸」、「中央公論」「むらさき」「新潮」「公論」「人間」河出書房の「文芸」その他の雑誌、新聞等に発表して今日に及んでいるのだが、寡作であることと、生活上の止むを得ない事情から、詩の専門誌には、殆ど、発表の機会を持つことが出来なかった。

著作には、処女詩集「思弁の苑」がある。昭和十三年に巌松堂の「むらさき」出版部から出版した。昭和十五年には、「思弁の苑」に、新作十二篇を加えて、山雅房から、「山之口貘詩集」として出版した。

なお、昭和十五年五月から、十月まで、平田内蔵吉とともに、「現代詩人集」全六巻を編纂して、山雅房から出版した。

振り返ってみると、大正十一年から十三年のあたりへかけては、前に述べた事情のなかにあって、生れた土地にいながら、すでに住む家もなかった。根は、やけくそなのであったが、世間に対しては詩人ぶって、友人知人親せきなどに迷惑をかけて歩き廻り、やがて、爪弾《つまはじ》きや後指《うしろゆび》によって追いまくられてしまって、しまいには、海岸や公園に宿をとったりするようになった。

恩人ばかりをぶらさげて

交通妨害になりました
狭い街には住めなくなりました

とうたい、その詩稿などを携えて再度上京したのである。その間に、増野三良訳で、タゴールの詩集三冊を読んだ。「新月」「園丁」「ギタンヂャリ」がそれであった。

しかし、上京はしたものの、すぐにはどうにもなる筈がなかった。しばしば、自殺をおもい立つのであったが、そのたびに詩には未練がましく、もう少し書きたいという気持をどうすることも出来ないで、とうとう自殺をしたつもりで生きることに決めたのである。この決心は、ぼくから、見栄も外聞も剝ぎとってしまって、色色なことをぼくにさせることが出来たのである。それは、職歴にも反映しているようだ。

(『現代日本詩人全集』第十四巻、東京創元社、一九五五年/『山之口貘詩文集』講談社文芸文庫、一九九九年)

解説……

山之口貘の小説

仲程昌徳

1

山之口貘の小説は、そのすべてが自伝である。ということは、自己の生活史を、小説の形式を借りて書き残したということであるが、その生活史は、勿論、その生きた時代を抜きにしては考えられないし、またよき生活史にみられる一時代の歴史の生動が、貘の小説にも実に生々しくみられるのである。

山之口貘は、小説家としてよりも詩人として多くの人々に知られている。そして、詩人としての貘の詩も、まさに自己の生活そのものを飽くことなくうたっているわけであるが、それらの詩に残せなかった多くのものを、小説は書き残しているのである。いわば小説は、詩の影の部分を受持っていたということができそうである。

ここでは、雑誌や新聞に掲載された作品から、貘が上京してから結婚後の生活までの経緯を見事にみることができる。

例えばそれは、「無銭宿」や「野宿」を上京のころ、「ダルマ船日記」や「天国ビルの斎藤さん」を放浪時代、「第四「貧乏物語」」や「詩人の結婚」を結婚当初のころ、そして「詩人の一家」や「関白娘」を子供の生長した時代というふうにである。それらを、更に要約してしまえば、上京、帰郷、再度の上京、放浪の生活、結婚、出産というようになるであろうが、そういう生活の歩みのなかで、貘の眼を引きつけたものは、底辺の人間の生活であり、在日朝鮮人の姿であり、沖縄の不安定な位置であり、暗澹たる不隠な社会の様相であるというように、それらのどの一つをとってみても、大きな社会的問題として、決して見逃がすことのできないようなものばかりであったのである。

山之口貘は、そのような大きな社会的問題を、必ずしも意図的にまっこうから取り上げたわけではないが、一人の貧しい詩人として生きているうちに、それらは、どうしようもなく背後から重くのしかかってくるものとしてあったわけである。

山之口貘が、最初に上京したのは一九二二年（大正十一）の秋である。「無銭宿」と「野宿」は、最初の上京と帰郷、そして再度の上京までの経緯が書かれたものである。この二篇は、いわば連作形式の作品であるが、共に三〇年近い年月がたって後に、思い出して書かれたものである。

「無銭宿」は、上京したのに約束の送金がなく、目的であった絵画の勉強を断念、友人たちの下宿先を転々としていた頃を描いたものであり、また、「野宿」は、東京を一瞬にして壊滅させた関東大震災のあった時期をつづったものである。

貘は、そこではじめて社会の大きな暗部に手を触れるわけであるが、それは、後になっても、ずっと貘の作品にみえかくれするものとなっていく。

「野宿」には、その社会の暗部が次のように照らされている。

街は、大変な騒ぎなのであった。江の島が海底に沈んでしまったとか、鎌倉が津浪にさらわれてしまったとか、社会主義者は片っ端から警察に引っ張られたとか、または、ぼくにはなんのためになのかさっぱりわからなかったのだが、荒川方面から朝鮮人の大群が東京をめざして攻めて来つつあるとか、井戸という井戸には、毒が投じられているので、井戸水を呑んではいけないとかと、そのようなことが次から次へと、途々、ぼくの耳に這入って来た。人々は、みんな右往左往の状態で、棒片のようなものを手にしていたり、日本刀など片手にしているものもあったりして、またたく間に、巷は殺気立っていたのである。

山之口貘は、一九二〇年（大正九）に、「石炭」という詩を、「琉球新報」紙上に「サムロ」の筆名で発表している。それは、博物の教師にたいする抗議詩であるが、大杉栄の影響を受けたりして書かれたものであると言う。中学時代の一時期、少なくとも社会主義に触れ、その思想に共感を寄せたものにとって、関東大震災は、決して忘れることのできないものであったはずである。なぜなら、それは、当時、主義・思想に全く無関心であったものにも大変な衝撃を与えたからである。『昭和時代』のなかで、貘と同年であった中島健蔵は、関東大震災を「いまわしき序曲」として書いているが、中島は、当時「社会問題にも、思想問題にもあまり関心を持っていなかった」にもかかわらず、関東大震災によって引き起こされた事件について、「われわれよりも一時代前の知識人たちは、幸徳秋水の事件、とくにその死刑判決によって大きなショックを受けたという。（中略）われわれの年代の人間にとっては、亀戸事件や甘粕事件が一時代前の人々における幸徳事件にあたる」というようにして書きとめてある。それからすれば、貘の心中の動揺がいかほどのものであったか推察されよう。

貘は「野宿」のなかで、その亀戸事件や甘粕事件についてつっこんで触れているわけではない。ただ、「野宿」のなかで、「キリストを悪人に仕立てたみたいな風貌」のため、「警察まで同行」させられ取調べられたりしたことを記しているだけである。

貘は、作品を発表して後、傍点部分の「ぼくにはなんのためになのかさっぱりわからなかったのだが」という文章を、棒線を引いて消してある。事件から三〇年近くたっていたにもかかわらず、当時の感慨をそのまま述べようとした意図があってそれは書かれたのであろうが、それを棒線で消した理由は、明らかに解ったことをあいまいな表現にするのは、自分をごまかすことになると思ったことによるはずである。いわば、発表当時は、当時に立ち帰ってそのまま記そうとしたことが、後になってその方法は、一種の自己偽瞞に落ち入ることになると気付いたためであると考えることができる。なぜなら、「野宿」を発表するまで、在日朝鮮人の問題について、貘はくり返し作品の中で取り扱っているからである。

「天国ビルの斎藤さん」「お福さんの杞憂」「穴木先生と詩人」「親日家」「貘という犬」等、すべてがそうであるが、とりわけもっとも早い時期に書かれた「天国ビルの斎藤さん」はそうであり、それはまた、貘が沖縄の出身であることをも含めて問題にしているものである。

「天国ビルの斎藤さん」は、在日朝鮮人であるが、ひたすら出自を隠している。その様を、貘は、例えば、次のようにその作品の中では描き出しているのである。

いつか、出入りの箱屋が来て、斎藤さんに言ったのである。

ほんとうに斎藤さんは九州ですか、と。斎藤さんが九州ですと答えると、箱屋は九州のどちらですかと言う。福岡県ですと斎藤さんが答えると、箱屋は何郡ですかとくる。○○郡ですと斎藤さんが答えると、箱屋は何村ですかと言う。○○村ですと答えると、箱屋はそこで居なおるようにして、実は私も○○村のものなんだが、斎藤さんは何字ですか、と来た。

それでも言わない斎藤さんなのであるが、結局彼は答えて言った、自分は小さい時分から郷里を離れたので郷里のことはなんにも知らないんだ、と。


貘は、一九三二年（昭和七）「婦人公論」六月号に掲載された久志富佐子の「滅びゆく琉球女の手記——地球の隅っこに押しやられた民族の歎きをきいて頂きたい——」は読んでいたはずである。そこには、沖縄の出身であることを偽わって、商売に成功している男がでてくるのであるが、その出自を隠すことが、あるいは隠さざるを得ない理由が、奈辺にあったかを貘も知らないわけはなかったのである。

大正の後期から昭和の初期にかけ、「瀕死の琉球」あるいは「蘇鉄地獄の琉球」、果ては「経済亡国の見本」とまで言われるようになった沖縄から、飛び出るようにして本土へ流れ込んでいったものたちを待っていたのは「朝鮮人・琉球人お断り」の貼紙であったのである。

貘が、かつて「会話」という詩篇の中で、「お国は」と女に聞かれて「ずつとむかふ」とか「南方」とか「亜熱帯」とか「赤道直下のあの近所」とかしか答えられなかった男の姿を描いていたことを思いあわせると、在日朝鮮人の問題は、決して人ごとだとは思えなかったはずである。

「天国ビルの斎藤さん」が書かれたのは、一九三九年（昭和十四）であるが、その翌年に沖縄を訪れた民芸協会員の一行二六名、柳宗悦を代表とした人々は、一年にわたって県当局と方言論争をまき起こしている。その論争の一部始終を詳細に点検しさえすれば、沖縄側が自ら卑下感を作り出していった要因も明らかになるはずである。それはともかく、在日朝鮮人の問題を、貘は「天国ビルの斎藤さん」で右のようにあつかっているわけだが、出自を執拗に隠す斎藤さんを刑事みたいに問いつめる「箱屋の心理」にたいし、また貘は、激しい怒りを持っていた、と同時に一種のあわれみをも感じていたのである。

それは、「穴木先生と詩人」の中で、次のように書いてあるところからも推察することができるであろう。

ある先生は斎藤さんに使われているという立場を嘆くみたいな口調で、君にしても俺達にしても日本人の恥じゃないかと云い、ストライキを起そうではないかと云ってさかんにぼくのことを煽動したりするのである。

そのように、直接斎藤さんに立ち向かうことをしないものは、陰でかくれて運動をするが、また直接、次のような暴力を働くやからもいたのである。

「いいごきげんですね。」
「先生だものいいごきげんにちがいないや。時にこれはどうです？」

ステッキをさすりさすり、穴木先生はそれをみせる風にして持ちあげたかとおもうと、いきなり、おめえんとやってしまったのだ。ステッキは折れてその尖端がコンクリートの壁にぶつかり、床の上にころがり落ちたのである。斎藤さんはやられた頭を両の手でかかえて、テーブルの上に俯してしまった。ぼくは残念ながら、この出来事に反映している日本風な暴力の典型を観た。なんと、地球のうえが寒々としていることか。

「穴木先生と詩人」の書かれた一九五一年（昭和二十六）といえば、いわゆる朝鮮戦争の勃発した次の年であり、日本はアメリカの軍事物資を手助けすることによって、経済政策をたてなおしていった時期にあたる。それは、かつて植民地政策によって虐げた人々を、さらに陰にかくれるようにして圧力をかけ、その上塗りをしていったころである。

「なんと、地球のうえが寒々としていることか」と、貘が書きとめざるを得なかったのは、勿論、そういうことと直接関係があってのことではないであろうが、そこには、時代の背景を充分に感じさせる雰囲気が漂よっていることだけは指摘することができるはずである。

そのように、在日朝鮮人の問題をくり返しとり扱ってきた後に、「野宿」が書かれたことを考えてみれば、傍点部分が消されていった理由も納得がいくことであろう。

2

関東大震災は、先程も触れたように、必ずしも天災の恐ろしさによって、貘の心のなかに残ったわけではない。天災に乗じて、およそ考えることのできないような残虐無道のことをやってのけていることにもある。一つは、在日朝鮮人にたいする徹底的な暴行であり、あとの一つは、社会主義者にたいする、それこそ無暴な弾圧である。

結婚前までの貘の小説の背景を織りなすものは、震災で「いまわしき序曲」として立ちあらわれてきたこの二つの事件に少なくとも関係のあるものばかりである。発表された作品順にでなく、内容順にみていけば、「野宿」のなかに、その二つが記されていることもまた、象徴的であると言えば言えるであろう。二つのうち、その一つは右に書いてきたとおりであり、あとの一つは、また次のように「野宿」にはでてくる。

震災直後、巡査は、「主義者」らしきものを警察まで同行し尋問しているが、貘もそれにあって忠告されている。「野宿」には、同行させられた「腹立ちまぎれ」に、巡査にたのみこんで、「右ノ者社会主義者ニアラザルコトヲ証明ス」という「駒込警察署の角印」のはいった「日本紙の切れっ端」をもらったりしていることが書かれているのである。

貘は、放浪の中で、「主義者」にまちがわれて幾度か巡査に尋問されているが、それはまた、何も巡査だけが貘をそうみていたのでなく、一般の人にしても主義者らしきものにたいして、異様ないわれのない感情を抱いていたことは、一九三七年（昭和十二）に書かれた、最初の作品「ダルマ船日記」にもみられるものである。

日本鋼管には、三千四、五百人の職工が働いているという。僕は、三度相手を変えて、その職工数を訊ねて見た。三度の答えが一様に三千四、五百人と言うのであった。がまた三人が三人共一様に、そのうちの半数が、在郷軍人だと付け加えて言うのだった。その点、僕には一種の疑問符のように彼等の心理が変な風に見えるのだった。けれどもそれは結局、僕の長髪やルパシュカに対する反撥の反映であったらしく、案の定、みんなが、一度は必ず六さんに僕のことをきくそうだ。あの男は赤ではないか。と。

貘は、中学時代に「石炭」という詩を書いて発表している。それについては先程も触れたのであるが、もう一度くり返しておくと、博物の時間に、先生が、石炭にも無煙炭、泥炭、かっ炭などという階級があるのだから、人間の社会にも階級があるのはあたりまえだ、と言ったことにたいし、石炭のそれは、丁度人間に白色、黒色、黄色という種類があるのと同じくそれは階級でもなんでもないという抗議詩であり、その詩は、「大杉栄の影響をうけたりしていて」書かれたものである、と貘は「ぼくの半生記」の中で記している。いわば、それは、貘もかつて「主義者」の影響を受け、それに熱中した一時期を持ったということであるが、上京してからの貘は、佐藤春夫の「放浪三昧」（一九三三年）に書かれているとおり、巡査の尋問に会うと、「右でも左でもない、僕は僕流だ」と宣言しているのである。それはまた、「数学」という詩にもみられるとおりであり、「アナキスト」か「コムミュニスト」かと言って人間を区別しようとするものに、「僕は僕である」と答えさせているごとくである。

「ダルマ船日記」の終わりのところで、貘は、久しぶりに船を離れて遊びにいっての帰り、「制服の守衛」が、不信な目つきで遠くからみつめていることを意識し「蝶ネククイもルパシュカも、赤や青や黄色の世界の者ではなく、ダルマの者だから安心しろとの意味合いを含め」て、「わざわざ甲板に板の音をたてたりして見せた」りしているのである。

守衛や周囲の労働者に至るまで、時代の変化は急速におし寄せていたことが、そこには読みとれるのであるが、「貘という犬」にはまた、「歩いていく先々で、巡査や私服の刑事から、不審訊問を受けることが度重なって来た」ことが書かれている。

そういう中で、佐藤春夫からもらった名刺は、あまりに有名な話であるが、その名刺には次のようなことが書かれていたのである。

詩人山之口貘を証明《ママ》ス
昭和四年十二月十二日　佐藤春夫

またその裏には、まんなかのところに電話番号があって、そこのところには、次の通りにぼくのことが表わされていた。

山之口君ハ性温良。目下
窮乏ナルモ善良ナル市民也。

佐藤春夫の名刺に記された元号によって、「貘という犬」の書かれた時代がわかるわけであるが、それは、やがて日常の底辺に生活するものにまで、権力の波がもろにかぶさってくる前ぶれの時でもあったし、また軍部の権力が前後のみさかいもなしに、おし広げられ、あたかも坂をかけおりる車輪の如く歯止めのきかなくなる時でもあった。

「貘という犬」と同年に書かれた「親日家」の背景は、まさにそれを証するものの如くである。

ある日のこと、街中が騒然とした。外から帰って来た中田が、黒いソフトの帽子にかかった雪を払い払い、ぼくと向き合って腰をおろした。中田はいかにも深刻な面持ちで、すぐそこの街角にも、兵隊が機関銃を据えていることや、現に、続々と、千葉方面からの兵隊が、両国駅に降りつつあるということなど話しているうちに、

「これで世の中が一変すると、ばくさんなどもさしあたり銃殺組だ。」と云って、ぼくのことをおどかした。そこへ、竜さんが飛び込んで来た。竜さんは、おろおろしながら、ぼくに、窓の方を指ざしてみせてから、その窓の方へ行って、表の様子を見ていたが、中田とぼくのいる方に戻ってくると、立ったまんまで自分のポケットのなかを探り、メモを取り出した。竜さんは一字ごとに鉛筆をなめるようにして書いていたが、示されたそのメモを見ると、またしても竜景陽親日とあって、それが、いつもの字より大きく、黒々と書かれているのが、ぼくの眼にかなしく映っていた。この日の出来事を、歴史は、二・二六事件というようになった。

時代は、急角度に異様な様相を帯びて変わっていく。そういう中で「銃殺組」の貘は、放浪生活から足を洗って、結婚へと踏みきっていくのである。

3

山之口貘が結婚したのは、一九三七年（昭和十二）の十二月である。すなわち、二・二六事件の翌年である。結婚式は、金子光晴の仲人で取り行なわれたのであるが、それは、大層質素な結婚式であった。

「詩人の結婚」には、その時の様子が次のように書かれている。

料理が運ばれた。直径一尺ほどもあろうかと思われる大きな器に、食べたことのあるようないような料理が、適宜な間隔で三つ置かれた。

なんとか挨拶を述べなくてはなるまい。と小声で金子さんが注意をしてくれた。僕は姿勢を正して挨拶した。

もっとなんとかしなくてはならないところ、時節柄ほんのおしるしだけにいたしました、どうか召しあがって下さい。と述べたのである。

世は既に支那事変下にあった。到る所で、日の丸の旗と万歳とが見受けられた。

「日の丸の旗と万歳」とが、いよいよ激しくなっていくなかで、貘の結婚生活ははじまったわけである。それは、「畳」の詩篇にみられる如く、「なんにもなかつた畳のうへに」桐の簞笥、薬罐、火鉢、鏡台、お鍋、食器等の「いろんな物があらはれた」ことはあらわれた出発ではあったが、貧しさの底をつくような生活であった。

貘は、それを「年越しのそばひとつ食うことが出来なくなって、女房は泣き崩れた。僕もかなしくなったのは事実であるが、今更、ふたりがかりで泣くわけにもいかず、恥を冒して彼女をべんたつした」と書いてある。

結婚後、貘は、はじめての公務員生活に入るわけであるが、一九四〇年（昭和十五）に発表された「詩人、国民登録所にあらわる」はその時の体験をもとにして書かれたものであり、またそれには、当時の時代の様相が次のように書かれている。

僕らは庶務室を出て、所長室に引率されて所長の訓示を受けた。ここで行われる統計に関する一切は国家の秘密であるから諸君はどうぞそのおつもりで各自の職務に就てほしい、というような意味が訓示の中に溢れていた。

翌日から、僕は役所の窓口に席を与えられた。異動申告係というのである。ここはまるで渚のように終日人波の押し寄せている所である。波は、時勢のかおりを高く振り乱して、そこらの町工場や彼方此方《あっちこっち》の工場地帯から日々この窓口に打ち寄せて来るのである。

「国家の秘密」というただならぬ言葉や、「時勢のかおり」とは、勿論、支那事変下の日本の姿を言っているわけであり、それは「日の丸の旗と万歳」の怒号に満ちみちた時代であったわけである。「時勢のかおり」は、「応召」の詩篇にもみられるごとく、「お寺の人」にまでおよび、世の中は、やがて全てがカーキー色一色に染まってしまう。貘の結婚生活は、そういう中で、貧しさに泣きくずれたりする女房を叱咤激励しつつ進んでいくのである。そして、「曲り角」にうたわれてくるように、子供をみごもった女房の姿が、やがてあらわれてきたりするのである。

「詩人の結婚」は「あれから六年も経ってしまった。僕は官吏になった。一昨年の六月には男の子が生れてよろこんだ。それから去年の七月、誕生一寸過ぎた頃にはその子に死なれて悲しんだ。そんなことなどもあったりしたが、僕の結婚生活も、どうやら世間の杞憂を乗り越えて来たようだ。」というところで終わっている。

時代の波にのまれて一喜一憂する群の中で、貘のように、極めて生活的なにおいの強い言葉を書き綴ったということは、時代をよく乗り切った人間でなければできないことであったことが解るし、一九三七年から四三年までと言えば、「日の丸の旗と万歳」が、まだ勢いのよかった時代であり、その中で「日の丸の旗と万歳」にまきこまれることなくこれらの言葉を書けたのは、状況や、はやりの思想に踊らされることのなかった、よき生活者であったことを証しているはずである。

4

山之口貘のその後の結婚生活は、質屋をうたった詩篇群にみられるとおりである。それは、極端に言えば、女房や娘を質種にして質屋に持っていったりするような夢をみたりするほどにも貧窮していた。

貘は、「詩人の結婚」に書かれているように、一時期官吏になったりもしているが、それでも生活は楽にならなかった。ならないどころか、借金に追われるような淋しいものであったといえるようである。しかし、そういう生活の中で、貘は救いを娘に見出していたのである。

貘の小説作品には、敗戦前後の時期を書いたものが見当らないので、この頃の事情はよくわからないが、それとは別に、詩は、疎開先でのことが、娘の生長していく姿と重なるようにして書かれている。

疎開生活の不如意さは、それらの詩篇でもうかがわれるが、そこには生活そのものの暗さより、娘の生長していく姿が、心あたたまるような言葉でつづられている。勿論「桃の木」のような詩篇があることはあるが、なによりもまず、娘が先であったことは疑いようがない。詩はまさにそうであるし、また、ここに収められている娘について書かれた作品群も、やさしくすくわれるような気持をつづったものが多い。

「関白娘」「詩人の一家」「月謝」そのいずれをとってみてもいい。その頃になると、一応、山之口貘の名は広く知れわたっていて、原稿料その他で生活そのものにもうるおいがでていたことは確かであるが、しかしそれは、生活を維持するのに、決して充分であったとはいえないようである。そのことについて、貘は「月謝」のなかで次のように書いてある。

別に、怠けた覚えもなく、娘が、学校へあがってからというものは、特に、張り切って働いているつもりなのであり、この働き振りは数字の上にも、客観的に現われているのである。つまり、これまでのぼくの収入というものは、年にして二万円をちょいと出たぐらいのもので、月にしてみれば、二千円足らずなのだ。この二千円足らずの金を、親子三人で、歯をむき出し合いながら食いちぎって来たのであるが、事実は、それで足る筈がなく、それでもなんとかして、泥棒や強盗をしない程度の生活だけはしたいものと、出来る限りの借金で、多少でも足りない分を補って来た。しかし、もっとそれを、正確に云ってみるならば、実際には、ぼくと云えども、月々五千円から七千円ぐらいの生活はして来たのだから、云わば、借金で足りないところを、実収の二千円足らずの金で補っていたわけになるのである。

これは、大層窮乏していた生活を示すものであるし、そのため貘は、一時しのぎに質屋にも通わざるを得なくなるのである。

「詩人の一家」には、質種をつめたボストンバッグを持って家を出ていく貘を「いってらっしゃあい」と見送る娘のことが書かれている。そういう、いわば追いつめられた生活の中で、娘は貘の救いとして常に眼前にいたのである。

「関白娘」の中で、そのことについて「関白娘とは腕白娘のつもりではない。うちのミミコは決して腕白でもわがままでもない。むしろ無邪気な人のいい娘である。おとうちゃんでない「おとうさま」が保証したいくらいだ。ボクにとって、ミミコは明星でさえある。可憐な美しい花でもある。」と書いている通りであり、そのことはまた、娘をうたった多くの詩篇が証していることでもある。

5

山之口貘のことについて触れる場合、決して忘れてはいけないことの一つに沖縄がある。それは、貘が、沖縄の出身であるということを含め、それ以上に、心から沖縄のことを思っていたからである。

金子光晴は、「貘さんのこと」の中で「貘さんは僕が知ってからも、始終、故里の琉球の夢をみていた。琉球の海の青さを語るとき、琉球の怪談をきかせるとき、貘さんのことばは熱を帯び、貘さんの眼はかがやく」と書いてあるが、しかし、貘が、沖縄について作品の上で積極的に語りはじめるのは敗戦後であり、沖縄の帰属問題が起こってからのことであると言える。

沖縄の復帰運動は、いろいろな問題を含みこんでいて、簡単に述べることはできないが、その運動に寄せた沖縄に住む人々の情熱は、空前絶後とも言えるようなものであったことは一つの運動史のエポックとして忘れることのできないものであるはずである。

「第三日曜日」は、それと関連するものであり、当時県外にいた人々の気持を述べたものであると考えられる。

敗戦と同時に、沖縄が、日本から切り離されたということは、戦前にもまして、在京の沖縄人の郷愁をかき立てないではおかないものがあるのだ。云わば、一杯の泡盛にも、ぼくらは郷里沖縄を実感しないではいられなくなったのである。だがやがて、郷愁ばかりをなめているわけにもいかなかった。現地沖縄で、祖国復帰の悲願を訴えつづけているとき、在京の沖縄人もみんな、諸手を挙げてそれに相呼応しないではいられなくなったのだ。

貘は、沖縄の運動に相呼応するものとして「第三日曜日」を「ぼくらの日本復帰運動」と呼び、泡盛屋で沖縄舞踊の会を実施したのである。それは、「戦禍であらゆる文化財を失くしてしまった沖縄に、たった一つ生き残っているのが、舞踊という」無形文化財であって、「この沖縄舞踊を本土の人達に紹介し、鑑賞してもらうことによって、本土の人達の胸のなかに、少しでも沖縄への関心を呼び醒ますことが出来れば、祖国復帰の悲願のためにその一助にもなるのではあるまいかとおもったから」であった。

「第三日曜日」は、一九五六年（昭和三十一）に発表されたものであるが、貘は、三年前の一九五三年（昭和二十八）あたりから、それこそ筆を取れば、沖縄という言葉がでてこないということはないとも言えるほどに、沖縄に関するエッセーを書き続けている。そしてそれは、一九六三年（昭和三十八）の七月十九日、六〇歳の生涯を終え永眠するまで変わりはしなかったのである。

山之口貘　略年譜（1903―1963）

●1903（明治36年）
九月十一日、沖縄県那覇区東町大門前《うふじょうめー》に生まれる。戸籍名・山口重三郎、幼名・さんるー。父・重珍、母・カマトの三男。父は第百四十七銀行沖縄支店勤務。山口家は薩摩口之島の商人・松本一岐重次を祖とし、薩摩の琉球侵入以降琉球に帰化した。

●1910（明治43年）7歳
那覇の甲辰尋常小学校入学。児童期に雑誌『日本少年』を耽読。

●1916（大正5年）13歳
甲辰尋常小学校修了。下級生のオミトのことが頭から離れず、沖縄県立第一中学校（現・県立首里高等学校）の受験に失敗、那覇尋常高等小学校高等科入学。

●1917（大正6年）14歳
沖縄県立第一中学校に合格。入学早々、校長の修身の時間に居眠りし、注意人物としてマークされる。また、学校側が標準語励行運動を推進し方言罰則制度を採り入れたため反感を持ち、意識的に沖縄口《ウチナーグチ》を使ったり方言札を独り占めにしたりした。

●1918（大正7年）15歳
下級生の喜屋武《きゃん》隆盛の姉で県立第一高等女学校の学生であった呉勢《ぐーじー》（後に結婚して石川妙子）に思慕の情を抱き、次第に密会を重ね、詩「恋人の番兵」を手紙に添えて送ったりする。

●1919（大正8年）16歳
熱心なユタ信者である両親にユタを利用して呉勢と許婚の間柄になる。呉勢に対する性欲を抑圧し続けた結果極度の神経衰弱となり、沖縄県立病院に半年間入院、その後同級の山口重信の家で療養したが、呉勢と重信の仲を知りショックを受ける。「自由絵画展覧会」に「壺川」出品。『日本詩集』及び翌年刊行の『日本詩人』に影響を受ける。

●1920（大正9年）17歳

中学落第。社会主義思想家の大杉栄の影響を受け、博物（植物担当）の教師・坂口総一郎への抗議詩「石炭」をサムロ生の筆名で『琉球新報』に投稿し掲載され、学校からにらまれる。日本を席巻したホイットマン熱の洗礼を受ける。この頃、下級生の小田栄、仲村渠らと詩誌『ほのほ』創刊か。父が沖縄産業銀行八重山支店長に転職、かつお節製造業にも乗り出す。翌年夏頃までに石垣島で後の警察詩人・伊波南哲と会い、当地の裁判所官舎にいた下地恵信と三人で『榕樹』創刊か（一号で終刊）。

●1921（大正10年）18歳
県立一中退学。呉勢から許婚の解消を告げられる。オミトとの恋愛が復活する。

●1922（大正11年）19歳
鹿児島経由で上京、初めてヤマトの土を踏む。豊多摩郡戸塚町に下宿し、日本美術学校に通う。入学式で後に洋画家となる南風原朝光に会う。一ヶ月で退学。その後友人のいる本郷菊坂の下宿へ移り、本郷絵画研究所へ通う。

●1923（大正12年）20歳
下宿代の催促が激しくなり夜逃げ。駒込片町の荒物屋の二階の先輩の下宿に転がり込むが、ここも追い出されふたりで駒込中里の一軒家に移る（「無銭宿」参照）。関東大震災に遭い沖縄に帰る。筆名に初めて山之口貘を使用。

●1924（大正13年）21歳
『八重山新報』二月一日号に「山原行吟の歌」十三首が掲載される。「琉球詩人会」の発足に参加。この頃からタゴールを耽読、増野三良訳で『新月』『園丁』『ギタンヂャリ』を読む。

●1925（大正14年）22歳
八月一日発行の『抒情詩』に「日向のスケッチ」「夜は妊娠である」など四篇が掲載される。詩稿を抱いて二度目の上京。

●1926（大正15／昭和元年）23歳
銀座の書籍問屋東海堂書店の発送部に勤める。以後、暖房屋、鍼灸、ダルマ船、汲み取り屋、ニキビ・ソバカス薬の通信販売等の職を転々とする。佐藤春夫を訪ねる。

●1927（昭和2年）24歳
小石川区関口に転居してきた佐藤春夫を訪ね、「ものもらひの歌」など初期作品をみてもらう。

●1929（昭和4年）26歳
警察の不審尋問対策に、佐藤春夫が名刺に「山之口君ハ性温良。目下窮乏ナルモ善良ナル市民也」と書いてくれる。東京鍼灸医学研究所へ通信事務員として就職。詩人・淵上毛錢を知る。

●1930（昭和5年）27歳
東京の「沖縄学の父」伊波普猷宅に居候。

●1931（昭和6年）28歳
改造社出版部・比嘉春潮の紹介で、『改造』四月号に「発声」「夢の後」を発表、総合誌に初めての作品掲載となる。両国ビル東京鍼灸医学校内に住む。

●1932（昭和7年）29歳
東京鍼灸医学研究所在職のまま同医学校入学。

浅草泪橋の泡盛屋で詩集社主催の「琉球料理を味う会」が催され、初めて金子光晴・森三千代夫妻に会う。

●1933（昭和8年）30歳
貘をモデルにした佐藤春夫の小説「放浪三昧」脱稿。三月『若草』に「ものもらひの話」発表。

●1934（昭和9年）31歳
六月『セルパン』に「第一印象」発表。父、大阪市北区都島に戸籍を移す。東両国の両国アパートに住む。

●1935（昭和10年）32歳
一月『日本詩』に「生活の柄」など発表。『文藝』二月号に「数学」「座蒲団」発表。牛込余丁町の金子光晴の借家を頻繁に訪ねる。東京鍼灸医学校卒業。

●1936（昭和11年）33歳
『歴程』の同人となる。日本歌曲の新しい創造を目指した詩人と音楽家の集団「ポムクラブ」が結成され、メンバーとなる。東京鍼灸医学研究所を辞め、半年ほど隅田川のダルマ船に乗る。二・二六事件。

●1937（昭和12年）34歳
金子光晴夫妻の立ち合いで両国ホテルの喫茶店エスキャールで安田静江と見合い、新宿「泰華楼」で結婚式、牛込区弁天町の弁天町アパートに住む。日中戦争始まる。

●1938（昭和13年）35歳
第一詩集『思辨の苑』（むらさき出版部、八月）刊行。

●1939（昭和14年）36歳
草野心平が『新潮』一月号に「思辨の苑」を発表、『思辨の苑』を評す。東京府職業紹介所に就職、異動申告係に配属。十月二十六日、安田静江との婚姻を届け出る。

●1940（昭和15年）37歳
西條八十主宰の『蠟人形』に「襤褸は寝てゐる」発

表。第二詩集『山之口貘詩集』（山雅房、十二月）刊。
●1941（昭和16年）38歳
長男・重也誕生。太平洋戦争開戦。
●1942（昭和17年）39歳
長男・重也死亡。
●1943（昭和18年）40歳
淵上毛銭の詩集『誕生』に序詩として「チェロ」を寄せる。「山河」同人となる。
●1944（昭和19年）41歳
長女・泉誕生。十月十日の那覇大空襲で生家炎上。年末、静江の実家茨城へ疎開。
●1945（昭和20年）42歳
兄・重慶、栄養失調で死亡。太平洋戦争終結、沖縄県はいったん消滅し、米軍による沖縄統治が始まる。
●1946（昭和21年）43歳
早大仏文研究会と『歴程』共催の「詩と音楽の会」に講師として参加する。
●1947（昭和22年）44歳
『歴程』に「疎開して」発表。
●1948（昭和23年）45歳
水俣の淵上毛銭を訪ねる。淵上の紹介で火野葦平を知る。職業安定所を退職。練馬区貫井町の月田家に間借りする。『芸術』八月号に〈夢を評す〉と題して「ミミコの由来」などを発表。『歴程』の座談会「現代詩の核心をめぐって」に出席。
●1949（昭和24年）46歳
六月、『魔法』第五号に「かれの戦死」発表。
●1950（昭和25年）47歳
淵上毛銭死去。泉、日本女子大学付属豊明小学校入学。『人間』五月号に「沖縄島」などを発表。
●1951（昭和26年）48歳
母・カマト死亡。九月刊『婦人倶楽部秋の増刊号』に「沖縄よどこへ行く」を、『小説新潮』十月号に「借金を背負つて」を発表。この頃、毎月第三日曜日の夜に池袋の泡盛屋「おもろ」で南風原朝光、伊波南哲らと沖縄の祖国復帰を願って沖縄舞踊の会を催す。
●1952（昭和27年）49歳
『小説新潮』二月に「路上にて」、三月に「灸をする」、『文藝春秋』六月号に「借り貸し」発表。講和条約にちなんだ詩「沖縄よどこへ行く」を筋にして構成された「沖縄舞踊」のNHKテレビ実験放送で南風原朝光と共演する。前年、サンフランシスコ講和条約が締結されるが、沖縄は引き続き米軍の軍政下に置かれることが決まる。同年、米軍制は終了するが、米国主導で新たに琉球政府が設置され、本格的な琉球統治が始まる。

●1953（昭和28年）50歳

第八回文部省芸術祭に沖縄芸能使節団が初めて来京、沖縄舞踏公演に南風原朝光と加わる。『文藝春秋』十二月号に、金子光晴、草野心平との鼎談「貧乏詩人の歌へる」が載る。

●1954（昭和29年）51歳

『死の灰詩集』（宝文館、十月）に「鮪に鰯」発表。アメリカのビキニ環礁での水爆実験で、日本のマグロ延縄漁船・第五福竜丸が被爆（死の灰事件、第五福竜丸事件）。

●1955（昭和30年）52歳

『現代日本詩人全集』第十四巻（東京創元社、五月）に貘の詩七十一篇が再録、書き下ろし「自伝」も収録される。九月頃から胃痛を覚えるようになる。

●1956（昭和31年）53歳

島袋盛敏著『琉球芸能全集』全四巻（おきなわ社、二月）に編集委員として名を連ねる。『現代詩』九月号に、金子光晴、許南麒との鼎談「詩人は沖縄をどう見るか」が載る。十二月十日、金子光晴、吉田一穂とラジオ東京の「作家と貧乏」に出演。

●1957（昭和32年）54歳

四月、現代詩人会総会に出席。

●1958（昭和33年）55歳

『定本山之口貘詩集』（原書房、七月）刊。十一月六日、那覇丸で三十四年ぶりに帰郷、八重山石垣島で兄弟、親戚と再会。

●1959（昭和34年）56歳

一月六日、白山丸で帰郷の途につく。前年の『定本山之口貘詩集』で第二回高村光太郎賞受賞。

●1960（昭和35年）57歳

『現代日本名詩集大成7』（東京創元社、十一月）に『思辨の苑』全篇が収録される。

●1961（昭和36年）58歳

南風原朝光、交通事故死。

●1962（昭和37年）59歳

十二月、『無限』十二号に「島からの風」発表。泡盛屋「山原」で「歌と舞踊の夕べ」が開かれ、即興喜劇「山原の一夜」を披露。

●1963（昭和38年）59歳

沖縄タイムス賞受賞。七月十九日、胃がんにより永眠、享年五十九。八月、遺稿「摩文仁の丘」に服部良一が作曲、嘉手納清美の歌によって東芝レコードから発売される。翌十二月、詩集『鮪に鰯』（原書房）が刊行された。

＊『山之口貘詩文集』（講談社文芸文庫）所収の松下博文氏作成の年譜などを参照させていただいた。

初出紙誌一覧（発表順）

ダルマ船日記　『中央公論』一九三七年十二月号
詩人便所を洗う　『中央公論』一九三八年九月号
天国ビルの斎藤さん　『中央公論』一九三九年一月号
詩人、国民登録所にあらわる　『中央公論』一九四〇年五月号
詩人の結婚　『中央公論』一九四三年六月号
無銭宿　『新潮』一九五〇年二月号
お福さんの杞憂　『新潮』一九五〇年六月号
野宿　『群像』一九五〇年九月号
穴木先生と詩人　『新潮』一九五一年四月号
親日家　『ベストセラー』一九五一年六月号
貘という犬　『新潮』一九五一年九月号

月謝　『明窓』一九五一年十一月号
第四「貧乏物語」　『中央公論』一九五一年十二月号
質屋の娘　『毎日グラフ』一九五二年九月十日号
関白娘　『サンデー毎日』一九五二年十月二十五日号
光子の縁談　『電信電話』一九五四年九月号
第三日曜日　『新潮』一九五六年九月号
アルパカ・ルパシカ　『ゆーもあー』一九五七年二月号
詩人の一家　『詩文芸』一九五七年七月号
汲取屋になった詩人　『サンデー毎日』一九五八年六月号
首実検に来た客　『北海道新聞』一九六一年十一月十二日

＊本書は『山之口貘全集第二巻・小説』（思潮社、一九七五年十二月）を底本とする（童話作品は除外した。「解説」も同書収録のものにもとづく）。各作品は、時間軸に沿って並べ直し、少しルビを付した。

山之口貘
（やまのくち・ばく）

1903年、沖縄県生まれ。詩人、作家。
沖縄県立第一中学校中退、上京して日本美術学校に入学するも退学。夜逃げをしたり路上生活をしたりしつつ、書籍取次店、暖房屋、ダルマ船、汲み取り屋、鍼灸医学研究所などの職を転々としながら、貧乏・借金暮らしを見つめ、故郷・沖縄を想い、根源的な人間の姿を掘り下げる詩作に励んだ。著書に、『詩集 思辨の苑』『山之口貘詩集』『定本山之口貘詩集』（高村光太郎賞）、『山之口貘詩集 鮪に鰯』『山之口貘詩文集』『山之口貘沖縄随筆集』『山之口貘全集（全4巻）』などがある。全業績で沖縄タイムス賞受賞。1963年逝去。

山之口貘全小説 沖縄から

二〇二三年 八 月二〇日 初版印刷
二〇二三年 八 月三〇日 初版発行
著 者――山之口貘
発行者――小野寺優
発行所――株式会社河出書房新社
〒一五一‐〇〇五一
東京都渋谷区千駄ヶ谷二‐三二‐二
電 話――〇三‐三四〇四‐一二〇一〔営業〕
〇三‐三四〇四‐八六一一〔編集〕
https://www.kawade.co.jp/
組 版――株式会社ステラ
印 刷――三松堂株式会社
製 本――三松堂株式会社
落丁本・乱丁本はお取り替えいたします。

ISBN978-4-309-03061-6
Printed in Japan

伊波普猷・著

孤島苦の琉球史

〈沖縄学の父〉の記念碑的名著。
琉球一千年の孤島苦の記録。
中国の冊封を受け、薩摩藩にも隷属、
その両属支配の全貌とは。
沖縄返還50年名著復活！
エッセイ＝柳田国男、折口信夫
解説＝高良倉吉／推薦＝池澤夏樹

河出書房新社